奚同发

著

你敢说

你没做？

河南文艺出版社

·郑州·

白嘉轩就是白鹿原 一个人撑着一道原。美同发绕墙出

陈忠实

时间为一堆吹过. 小说截至落叶澈固的那一瞬。

毕淑敏

题赠各 同发

"写作"就是我愿意
带着这样的表情和朋友
说话
——毕飞宇
题赠吴同发先生

吴同发先生：

故事和思想体量
相若，彼此无法迁就，
那就全凭写作的决心了！

王安忆

题箕同发

现实不过是神秘而不可知的幻觉

马原

贾平凹

箕同发先生正

意境。
造你品译丝多义而完整品
以高真实朴素而句于苍迪

在鲁迅文学院图书馆查阅资料

在北京鲁迅博物馆

序一：记者的生活与文学的发现

——说说奚同发和他的小说集《你敢说你没做》

李一鸣

同发是鲁迅文学院第十九届高研班的学习委员。因文学上的成就来到鲁院的他，每每在专家讲座后连连发问，彰显着一个新闻人善于发现问题的职业素养和永葆的好奇之心。即使在名家云集的第二届中澳文学论坛上，他也能从密集举手示意的人丛中抢得一次次难得的提问机会，且常常站起来一连抛出三个问题，足见他的思考与质疑能力。

记者和作家，是同发的双重身份。多年来，他在这两种行业与身份之间游刃有余，使得他的生活与创作丰富多彩。

从事媒体行业 20 多年，扎实的写作功底和广泛的社会阅历为奚同发的文学创作提供了坚实的基础。在新闻界，他是一名资深的优秀记者，思维敏捷，眼界宽阔，善于捕捉并写出了许多有价值的新闻报道，先后被中央电视台、新华社、《文艺报》、《文学报》、《光明日报》、《工人日报》等多家著名媒体刊发、引用或转载。 作为作家，他正是在新闻结束的地方开始，创作了一部又一部长中短篇小说，且问鼎多个文学奖项。 今天摆在读者面前的《你敢说你没做》，是他的中短篇小说合集，收入的是他近年来发表在文坛诸多重要刊物上的作品。 聚沙成塔，集腋成裘，用心一也！

在中外文学史上，身跨新闻、文学两界，取得斐然成就的作家并不少见。 我们熟知的《老人与海》的作者海明威、《百年孤独》的作者马尔克斯、《城市与狗》的作者略萨，2015 年诺贝尔文学奖获得者阿列克谢耶维奇，国内的萧乾、金庸、莫言、刘震云、刘庆邦等，不胜枚举。 新闻与文学似乎仅"一线之隔"，实际上，由速朽新闻元素到绵长艺术欣赏的美学转换，岂是一蹴而就！

新闻强调客观真实，文学重在想象虚构。 客观真实对记者的选择、甄别、传递能力是个考验。 而与信息化、碎片化、快速化的新闻相比，文学写作要求对生活的沉淀和提纯，对客观真实的冗繁、表象有所剥离；要求作家借助想象，创造出一种与现实有着同样复杂性、甚至更为复杂的虚构的"真实世界"。 这个艺术城郭，以其特有的质感，与真实生活契和的社会逻辑，让我们走进人生"偶然中的必然，必然中的偶然"。 它恰似一面镜子，虽然镜子里的世界并非真实，但我们可以从中看到自己的影子。 当然，小说对应生活，远非镜子那么简单。

当今中国，正历经着波澜壮阔的社会改革，人间烟火日新月异，传奇网红变幻莫测，对于每一位写作者来说，都是千载难逢的时代，正如有人所说"现实比小说还精彩"。 奚同发显然是幸福中的幸福者——他竟然用两种写法关注当下，并在汹涌澎湃、瞬息万变的时代波涛中勇做"弄潮儿"。 长期的记者职业，使奚同发得以一直浸淫在生活深处，见识社会百态，洞察世间万象，从而写出活灵活现、栩栩如生的各类人物，描绘出身临其境、触手可及的万千景象。 他的笔下充满人文关怀，常常触动我们心灵的最柔软处。

得益于采访生涯，他接触了许多知名作家、大文豪，比如2003 年诺贝尔文学奖得主、南非作家 J.M 库切，日本作家、《望乡》的作者山崎朋子，俄罗斯著名侦探小说作家玛丽妮娜等等；国内包括王蒙、莫言、铁凝、蒋子龙、陈忠实、贾平凹、周大新、阎连科、方方、毕飞宇、叶兆言、阿来、麦家、马原、刘庆邦、金宇澄等当代一流作家，以及于黑丁、南丁、张一弓、田中禾、李佩甫、张宇、李洱、邵丽、何弘、乔叶等几代文学豫军。他以不同的方式与他们对话，既是交流，又是质疑解惑。 这种经历不仅提升了他的审美水准，也开阔并丰富了他的文学视野。 所以，鲁迅文学奖得主乔叶如此评价："同发是一个具有世界情怀的作家。"

在奚同发的小说中，有些出于职业意识，常常直接让新闻记者作为主人公或线索人物，例如收入本书的《你敢说你没做》《彼此》《给你一把水果刀》《求离》《那一夜，睡得香》等。这些小说，或面对网络信息、观点纷争乱象，强调新闻工作者还原真相的责任使命；或走进行业特殊环境，解构媒体间的挑战、挤压所带给从业者的困惑和迷惘；或对缺乏职业精神和道德良知的行径给予嘲讽和鞭挞。有写实，有荒诞。

无论是媒体人直接出现的作品，还是其他林林总总人物做主角，比如本书同名小说《你敢说你没做》中被误抓后历经"熬鹰"审讯的记者王胜利，《那一夜，睡得香》中被生活折腾得对他人信任皆无的记者乔晓静，《出卖》中最终不得不出卖自己妻子遗体的医生余克平，《变脸》中那位身患绝症戴着变脸脸谱与儿子见面的父亲，《退下来了》中退下来仍喜欢"讲话"的原市长，《主刀》中的检察官刘晓波与儿科专家黄大夫，《癖好》中的雅盗张三，《搓背少年》中那个替母亲在澡堂帮别人搓背的少年郎，《西天红霞》中的煤矿知识分子冯松林……三教九流、引车卖浆，都是作者对生活的见证、细节的捕捉。其中，他的有些小说作为全国硕士研究生试卷或多省高考模拟试卷阅读题，有的被运用于初、高中的期中、期末考试试卷，产生了广泛影响。

奚同发的作品一直在关注应接不暇、浮光掠影的都市世象，力图穿越匆忙庞杂的信息资讯，化解喧嚣纷繁的社会表层，抵达人物的内心，从而惊醒我们曾忽略的一个个庸常中的存在。从某种意义上讲，他的小说已形成浓郁的"都市"味儿，瞄准这个时代的人的生存状态、精神实质，掘进人性的隐秘，呈现出属于作家个人化的发现和表达。

文学作品需要这种发现，这种发现也是作家对社会生活的一种贡献。巴尔扎克、欧仁苏笔下的巴黎，托尔斯泰笔下的俄罗斯，略萨笔下的阿尔贝托……无一不彰显着作家兼有个人烙印和时代特质的艺术存在。

作为职业记者，又多年生活在省会郑州，对城市内外的关注和描摹，在以乡土文学取得极大成就的中原作家群中，奚同发的写作"另类"出来。茅盾文学奖得主李佩甫曾以《奔跑中的刀子》为题评价奚同发的小说："他的句式有点像是奔跑中的刀子，迅捷、敏锐、有热度，以期在快节奏的生活中找准下刀的方向……同发对当代都市青年的焦虑与茫然，对当代青年在互联网上的虚拟生活的解读分析常有独到之处，下手很准，有的细节可以说是入木三分。"他找到了自己写作的方向，"在钢筋水泥铸就的都市丛林里摸爬滚打，终于找到了撬开时代生活的'密钥'。"

显然，奚同发找到了一口自己的井，因此创作有了掘进的可能。常常忆念在鲁院的同发，是那么的"书卷"，又是那样的洒脱。举重若轻的磅礴，举轻若重的幽微，或正对应了记者与作家的气质。他必将创作出更多更好文质兼美的精品大作，不负自己的才华，不负读者的期待，不负这个伟大的时代。

（作者系中国作家协会办公厅主任，鲁迅文学院原常务副院长、教授，著名作家、评论家，茅盾文学奖、鲁迅文学奖评委）

序二:聚焦的力量

王萌萌

　　初识奚同发，是在鲁迅文学院第十九届中青年作家高级研讨班进修期间。 天南海北聚到一起做同学本就是缘分，又通过抽签跟随同一位导师学习，有幸成了他的小师妹。 言语实在、举止沉稳、为人敦厚，是我对他的第一印象，并在此后的相处中处处得以印证。 他长我不少，算是父兄辈，对我关照有加却又从不摆前辈的架子，和气低调，幽默又有分寸，令我颇为感念。

　　鲁院一别，至今已有四载，其间我与同发师兄未曾再见，只是通过社交网络交流互动。 我偶有小小进步或者成绩，他总会热情赞扬勉励。 去年，听闻他的新书——小说集《雀儿问答》隆重推出，引发了各界的关注和好评，由衷地为他高兴之余，敬佩之情愈深。 本以为这本新书已囊括了他近年来创作的精华，未料他今年又将出版新作，可见他创作数量与品质之丰厚。 以我之年龄资历，为他作序本不够格，但他诚心相邀，又想借此机会学习，便斗胆写下粗陋文字忝作嚆引。

很早之前便拜读过同发师兄的代表作，比如与鲁迅、梁实秋、比尔·布莱森的文章一起进入 2006 年全国 GCT（硕士学位研究生入学资格考试）统考试卷的《最后一颗子弹》。当时就惊叹于他对选题的独到眼光、高超的叙事技巧以及强大的谋篇布局、把握节奏的控制力，否则如何能在短篇甚至更精简的篇幅内营造出电影高潮般悬念迭起、张力十足、惊心动魄的情境。然而此次读同发师兄的新书稿，令我对他的创作有了更深入的了解和全新的认识。

选材的开阔是我阅读此书稿的第一印象，对于多年在报社工作的同发师兄来说，这完全在意料之中。毕竟就职于媒体，天天与各种信息、各色人群打交道，对于作家来说，有便于积累原始素材的优势。但对于素材的合理选择与有效利用则大有学问。近些年常听人说真实生活远比小说精彩，在编故事越来越难的当下，同发师兄善于从生活的寻常处出发，叙事上却往往另辟蹊径、突出奇兵。

中篇小说《那一夜，睡得香》，讲的是中年女记者以为自己的手机被爱人监听，整夜失眠后想要复制电话卡反监听却险些陷入骗局，最终发觉一切不过是场误会。网络社交如此便捷频繁的当下，人与人之间、尤其是与最亲近的人之间的信任缺失值得每个人反思。 短篇小说《求离》也是写记者，主人公面对的问题则更为棘手，亲姐姐在农村收养智障孩子，本是行善，却因不慎引发火灾导致三个孩子死亡而陷入舆论攻击的旋涡。 主人公想要保护姐姐，又碍于媒体人的身份多有不便，想要离职，却恰逢报社领导换届。 面对新任领导的关怀他心生幻想，几个月后却因为罪不在己的失误而被辞退。 社会舆论的无序与网络暴力的可怕，职场生态的残酷与人性的复杂险恶，以及现实世界的荒诞等问题皆有所显现和探寻。

《玫瑰杀手》以神秘的职业杀手的口吻展现了他最后一单生意的猎杀对象、一名经验丰富的警察精妙的枪法。《天痛》在架空历史的故事中塑造了一个有情有义、有勇有谋、保家卫国的古代奇女子……语言凝练、节奏明快、可读性强这些元素在当今浩如烟海的小说文本中或许并不罕见；而构思奇特、不落俗套、总能出人意料又符合情理，则是同发师兄一以贯之的特质。 读他的小说，起初并不觉得如何，却越看越放不下，随着看似平常却机锋暗藏的语句步步深入，最后击节赞叹，又忍不住反复回味，在此等功力背后，可以想见有多少对文字百折不回的热情，又有多少为写作甘于寂寞的沉潜。

对不同性别、职业、阶层人物的行为特点和其内心世界细腻入微的刻画是同发师兄的拿手好戏。 不论是使用第一人称还是第三人称，都能让读者感到自然、流畅、毫无违和感。《你敢说你没做》

中，看似松散却环环相扣、步步推进的结构与主人公个人化、口语化、意识流的自述以及草原猎人熬鹰的异域化情节结合，既讲清楚了隐藏在层层迷雾之下盘根错节的故事，又将一个怯懦、自私、好色、贪财却又良知未泯的小记者在被警察误抓、遭遇通宵审讯过程中的种种情绪变化展现得淋漓尽致。 以跳楼事件引出故事的《给你一把水果刀》里，失恋欲自杀的打工妹吴梅将感情转移到了劝解她的记者身上。 文本中塑造的吴梅，稚嫩、纯情、执拗而又可爱，令人不禁心生怜惜，与持刀杀人的行为形成了强烈的戏剧化反转。 在凶杀案发生的一刻，文中却是这样描写："就在这时，我感到腹部有一道从未体验过的痛……她十分安详地仰视着我，宝石般的黑眼珠回映着一个男人的影子；雪亮的眼白，连一丝杂质都没有，衬托得眼珠更加深邃。 这是一对如何生动如婴儿般的明眸呀……"

最使我唏嘘的情节来自《出卖》：外科大夫余克平工作顺利，美丽贤惠的妻子怀有身孕，除了在医院被小护士纪梅单恋有些烦恼之外生活上一切平稳；岂料妻子意外遭歹徒劫持，警方在进行营救时失误而导致妻子被割断颈动脉大出血身亡。 余克平虽然悲恸欲绝却还是将妻子的尸体出卖了，只为了让妻子和未出世的孩子"永久地存在于这个世界"。 二十年之后，活得如同行尸走肉的他在参观医学标本展览室的时候，邂逅了腹部半侧被立体分层地切开来的妻子的尸体标本。"可以清晰地看到皮肤、肌肉、脂肋、骨盆,尤其引人注目的是她那被胎盘膨胀起来的子宫里孕育成形的胎儿。 小家伙斜身躺在妈妈的体内,双眼微闭,鼻梁挺挺,嘴唇饱满,一双胖乎乎的小手带着一连串的肉窝随意地摆在自己胸前,两条肉嘟嘟的小腿交叉蜷曲,可爱的小脚丫更是像模像样地迎向观者,整个呈现出一副睡美人似的优雅安详……当年因为穿着稍有暴露都羞涩和脸红耳赤的妻子,如今只能一丝不挂地昂首望着远方,站在一个圆形台座上,双手交叠环绕在腹的下部,永远地保护着静静睡在她体内的婴儿,怕动了胎气似的。 余克平想对女人摆摆手,去吸引她那仰视的目光,双手却软得毫无抬举之力。 他对她说了一通话也只在自己心底,因为他根本失了声,只有泪像决了堤的水肆虐横流。"读到此处,我只觉得手背上一热,泪水竟已在不知不觉中滴落,这是怎样的惨不可言、锥心刺骨,又是怎样不动声色的深情与守望。

对于社会底层与弱势群体,同发师兄是深怀认同感与悲悯心的,但他从不刻意煽情,反而格外冷静与克制。《变脸》中为了让儿子开心而专门去学习变脸的身患绝症的父亲,最后并不知道将来要怎么办;《搓背少年》中接替患病母亲在浴室搓澡的少年起初被"我"误认为说谎,后来也不知去向。 这样的故事没有结果,叫人悲伤沉重,却正反映了纷乱生活令人无奈的真相,而又于狭窄缝隙中隐隐透着莹润的光亮。

　　与多数同龄的河南作家不同的是，同发师兄几乎不写乡村，而是专门写都市生活。 两性情感、善恶选择、人情冷暖、时代变迁等等文学创作中的经典命题，被他以独特的视角观察、提炼、浓缩成一篇篇具有"奚式风格"的发人深省、韵味悠长的小说。第九届茅盾文学奖得主李佩甫曾称他的"句式有点像是奔跑中的刀子，迅捷、敏锐、有热度，以期在快节奏的生活中找准下刀的方向"。 我个人觉得，同发师兄小说最大的感染力来源于高度的聚焦。 聚焦当下都市人群的情感痛点；聚焦纷繁琐碎杂芜卑微的生活之中跃动的色彩；聚焦人类命运之中不可对抗却又不甘顺从的种种束缚与困惑；聚焦人心深处最幽暗最柔嫩最不可捉摸与描述之处。 因为聚焦所以有四两拨千斤的力量。

　　唯一遗憾的是，这种聚焦所呈现出的文学野心和审美格局还不够大，以同发师兄的阅历、积淀与修为，一定能创作出意蕴更丰富、气度更壮阔、情怀更深沉的作品，期待早日拜读到他更重量级的新作。

2017 年 8 月 16 日于上海

　　（作者系 80 后作家，已出版长篇小说《大爱无声》《米九》《爱如晨曦》等"志愿者三部曲"，曾获得"上海志愿文化宣传大使""上海文化新人"等荣誉称号。）

序三:根植现实的精神世界

墨白

　　1998 年年初，我从周口地区文联调到河南省文学院，结识省会
新闻界的第一个朋友就是奚同发。 二十年来，我们多次一起出席学
术会议，一起外出参加文学活动，一起参加朋友的饭局；在阳光穿
过茶社窗口照在咖啡杯上的某个春日下午，或在热风摇动书房窗外
树梢的某个夏日的夜晚，我们促膝而谈，论述对象像阳光下的旷野
或夜色下的星空一样辽阔，其中有关文学的话题，是我们最热心讨
论的。 所以，同发的小说，我是时常关注的。 可以这样说，这里
所收的中短篇小说，基本呈现出他在文学创作上所走过的路程。 奚
同发的身份是新闻媒体的记者，他在主持所在报纸文艺副刊的同
时，还作为特约记者为《文艺报》和《文学报》供稿，熟悉的朋友
都知道，奚同发真正为之献身的是文学创作。

　　奚同发是个多面手，散文、评论、小说无不涉及。 就小说创作

而言，在他整个文学成就里是不可小觑的组成部分。集子里的《玫瑰杀手》，以第一人称的叙事手法写传说中的职业杀手与神枪吴一枪斗智的故事，小说在扣人心弦、剑悬马鬃的悬念里层层递进，写得一波三折，是名篇《刑警吴一枪》小说的延续。《天痛》写得寓意深刻、神采飞扬，在一篇不到两千字的小说里，奚同发把传统与现代、历史与现实、精忠与阴谋、真诚与谎言、生存与死亡、战争的残酷与女性的阴柔等众多的意象与主题密集地浑然糅为一体，是和《玫瑰杀手》这类具有同样风格小说中的上乘之作。

而《白纸黑字》是奚同发根植现实的用心之作：一个年少的乡村女孩在她小学四年级时，在别人捐赠的棉衣里得到了一张愿意帮她完成学业的纸条，这样一张留有姓名与地址的纸条成了女孩一家人的精神支柱，后来弟弟和父亲不幸相继离开人世，和母亲相依为命的女孩最终考上了大学。由于家庭贫困无法支付学费，女孩终于动用了那张保存了八年的纸条，而且几经辗转得到了资助。又过四年，女孩大学毕业后拿到第一个月的工资，决定去实现埋藏在她内心多年的诺言，去寻找她的恩人。女孩经过多方打听终得如愿，然而出乎意料的是，资助她的恩人竟然是在几年前已经下岗同时失去丈夫的中年妇女，她靠捡破烂同时支付儿子和这个女孩的学费。女孩在恩人居住的低矮破旧的帐篷前长跪不起，但那个资助她的恩人却始终没有出现。

　　奚同发能写出《白纸黑字》这样充满侠义精神的小说绝非偶然。 2013 年的某个春日，同发读到了周大新的新作《安魂》，这部关于中年丧子的泣血之作使同发泪湿衣襟。 在读完《安魂》之后，他便给远在武汉上学的儿子通了电话，告诉他必须去买一本《安魂》。 随后，同发给一些身在偏远农村的青年，或进城的民工，或医院的医生，或学校的教师等不同行业的不曾谋面的朋友，先后寄出了五十二本《安魂》。 这行为真的让人感动。 所以，同发能写出《白纸黑字》绝非无根之木，这和他的日常行为有着密切关系。 应该说，这部集子里大多数中篇和短篇，都根植于同发熟悉的现实生活。

　　《你敢说你没做》写的是一个名叫王胜利的记者莫明其妙地被抓进公安局接受审讯的故事。 小说中的"我"在灯光烘烤下的熬鹰过程中，在那个看不清面目的人发出的"你敢说你没做"的审讯声里，却不知道要交代什么，他只好在自言自语意识的流动里反省自己过往的行为。 在这个过程中，我们看到了他灵魂深处最黑暗的、无法示众的那一部分。 这部小说以国家机器使用权力来任意改变人的生存境域的事件来结构故事，可以说独具匠心，小说运用隐喻的叙事手法批判我们所处的社会现实的同时，也深刻地揭示了人性的复杂性。《给你一把水果刀》通过一个热线记者对一个女子跳楼的采访经历，揭示我们所处时代对人类痛苦的冷说完，他声音里就浸融了哭泣的声音。 在那个夏日闷热的夜晚，悲痛通过他的哭述再次潮水一样把我淹没，他兄弟般的情谊穿过寥廓的宇宙抵达我的内心深处。 事后许久，我才在他纪念大哥的一篇文章里得知他那天夜晚的经历：那天，他在报社写完《文艺界送别作家孙方友》的新闻稿回到家里，把菜上酒，先敬三杯给大哥，然后独自喝下半斤"白云边"。 就在那个让我终生难忘的夜晚，国内许多和同发熟悉的朋友大都接到了他的电话。 把自己灌醉的同发拿起手机，用哀伤的哭泣的声音，把方友去世的消息告知了国内许多朋友，一直到他的手机没电。

　　同发是个坦率的人。 由于职业关系，他接触过中国当代文坛太多的大家。 但在这些大家面前，他不卑不亢，从来不掩饰自己的好恶。 作为记者，他"无名有品"，是一个具有独立人格的贤士；作为作家，他"无位有尊"，是一个具有独立精神的儒生。在日常生活中，同发视身边人为亲友，面对荣辱温不增华、寒不改叶。 在这样的时代已经难得，值得每一个认识他的人引为推心置腹的朋友。

2018 年 7 月 15 日于信阳鸡公山

（作者系河南省作家协会副主席、省文学院副院长，著名作家）

目　录

那一夜，睡得香(中篇小说)　　1

玫瑰杀手(短篇小说)　　59

天痛(短篇小说)　　63

咖啡飘香(短篇小说)　　68

你敢说你没做(中篇小说)　　73

我拿什么来抵制诱惑(短篇小说)　　114

退下来了(短篇小说)　　118

守望(短篇小说)　　122

彼此(中篇小说)　　126

主刀(短篇小说)　　179

一个烧饼的阳谋(短篇小说)　　　　　　183

癖好(短篇小说)　　　　　　187

求离(中篇小说)　　　　　　191

搓背少年(短篇小说)　　　　　　218

变脸(短篇小说)　　　　　　222

西天红霞(中篇小说)　　　　　　227

吴一枪的两枪(短篇小说)　　　　　　246

金毛猴王(短篇小说)　　　　　　251

月姐(短篇小说)　　　　　　257

给你一把水果刀(中篇小说)　　　　　　271

打劫(短篇小说)　　　　　　298

白纸黑字(短篇小说)　　　　　　303

出卖(中篇小说)　　　　　　307

手机·梦魇及其他／郑积梅　　　　　　332

我们都没有活成自己的理想／李少咏　　　　　　343

后记：从泡茶说起　　　　　　354

那一夜,睡得香

　　"东山上那个点灯呀,西山上那个你……"童丽的《盼亲亲》通过手机唱响时,乔晓静正准备出洗手间。 裤子没系好的她加紧几步迅疾开门,然后准确地从入门柜上拿起手机,像接力跑看也不看凭感觉胳膊一扫,接力棒便已在手似的。 中学时代,乔晓静是名副其实的接力跑健将,那双细而饱满的长腿,怎么着也能把身材拉得窈窕惊人,她每每承担最后一棒的重任,不仅要追上前边选手落后的成绩,冲刺、撞线同样落在她的肩头。 在她所有接力跑的历史上,没有发生过一起因为接力棒脱手或没接到的事故。

　　听着《盼亲亲》正唱到"你在你家隔壁呀……",乔晓静有意放慢按键的速度,等下句"我在我家等"唱完,向右侧甩了一下长发,特意露出耳朵的全部轮廓,点下接听键,再把手机靠近耳孔，从容道："喂，你好。"这都习惯成自然，完全下意识状态了。

　　乔晓静知道是胡非打来的。 她存有他的号，甚至存有他的照片头像。 刚才她冲出洗手间时，一眼便瞥见那个戴着眼镜的头像在手机屏幕上跳动。 之所以没着急接听，是她知道他来电话要说什么。

　　不过是问稿子的事呗！

　　当然，还有另一个原因，她突然想起一件很可笑的事：一女子开车在路口等红灯，警察远远望见她在打电话，结果走到她的车门前敬礼时吓了一跳，怎么着啊，那女人的脸惨白得吓人，原来是贴着面膜。 这上班路上把人赶的……另一女子下高速时被交警拦住，因超速又遮挡车牌。 起初她不承认，最终架不住交警轮番轰炸，交代了自己上高速后用卫生巾挡住两个号码的奇葩办法。 交警们恍然大悟，难怪半天弄不明白影像里那遮挡物的原形……

　　是啊，乔晓静有这个习惯，有些事，总是一次次想起来，仍会发笑。

　　接胡非的电话时，她还是调整了一下自己的表情。

　　这个可以预知内容的电话起初没什么，但接下来的一句又一句，对乔晓静来说，均具有爆炸性，甚至是毁灭性的打击。 她的生活,一向平静如水的日子就那么没了章法,瞬间被折腾得乱七八糟、一塌糊涂、不知所措。 用那一年的流行语说,你摊上事了,摊上大事了。

当天上午,乔晓静与胡非参加了一个活动,并且一起在主办方安排下吃了顿耗时不短的午饭,结束已近三点。 吃着饭,她顺便问胡非当天发稿不? 胡说,发,今天有版,饭后回单位就写。

乔晓静冲胡非一笑说,是"胡"说还是真的? 如果真话,写好给我传一份。

胡非爽快道,真话,是一个姓胡的说的真话,是胡言却不乱语。 千真万确,发发发,发也要发,不发创造条件也要发。 再说了,姐的话,咱得听! 哈哈。 胡非收敛了笑,换作一副正经八百的表情说,今天我们有半个版广告,我下午处理稿子会早一些,写完就传给你。

这就是互联网时代的媒体人。 自从有了网络,记者之间相互串稿,包括新闻图片,早成为一种正常。 有时候,许多记者根本没有参加某活动,由参加的记者写了稿,再一一发向同行的电子信箱,接受者简单一处理,署上自己的本报记者名字发出来,也算凑个任务。 一般情况下,新闻单位都是采取绩效考核的办法确定每月的薪水,这也是引进市场经济后的产物,什么都绩效化了。 一边是扩大了宣传，一边是增加了任务量，得了绩效实惠，互惠互利，何乐而不为？

乔晓静尽量不这样，毕竟到现场，还有红包可拿，只是坐在电脑前等稿，也仅是转化成分值混个绩效，有时肯定比不得拿红包的分量。 何况，她既可拿到红包，也可以找别人要写好的电子稿，两不耽误。 混到乔晓静这份上，自然懒得往电脑里输文字，也不想想，她所在的晨报毕竟居于省会都市报老大位置，她在报社这些年头，虽然名片上不带主任或什么长，但首席记者的身份摆在那儿，她就是省会媒体的大姐大。 要知道，平时在各种场合，她总被一帮采访对象捧着、宠着，围着、转着，像电影电视镜头要用 360 度。 以至外行或新入道的记者常常误以为她是受访对象。 有一次，一家电视台的寸发女主持从拥挤的空隙中挤进来，大有冲破重围的气势，把话筒举到她面前，刚说了句"请问……"心知肚明的一圈人顿时哗然。 显然，这样的故事并非初次。

她明白，这些人其实不是真的冲了她，而是她身后那份报纸。 许多记者召集同伙出席某活动，她肯定是首要。 向谁要个电子稿，还不是给你面子？ 有些小屁孩写的稿，给她还不要呢，看不上！

胡非是日报的记者，与乔晓静跑同一条新闻线有三四年了。

在某些新闻上,虽然日报、晨报分工有所差异,但对于他俩来说,差异的不算多,都是对接的教育系统,即省教育厅、省会教育局。 除此外,还有不少与教育相关的机构也发教育类新闻,比如民企或是个人办的教育培训班、各高校自主招生之类。 所以,两人经常在不同的场合相遇。 有时一天能遇几次,甚至干脆一起从这个场子转战另一个场子。

他俩之间是男女同业,没有特别的男女关系。 同行之间似乎不太容易发生故事,是不是应了那句什么话来着:"兔子不吃窝边草。"呵呵。 不过一起吃饭,或参加同一活动,大家自然常常会开一些男女之间的玩笑,彼此闲暇时还会分享一些半色不黄的段子。 段子是手机时代的产物,也是这个时代人们生存的特征之一。

作为老交情,两人又常同出同进一些活动现场,虽然乔晓静年长,但也不免有人开他俩的玩笑。 毕竟出双入对的,他俩的机会要比别人多得多。 有时为了解除尴尬,两人干脆主动"打情骂俏",多是胡非占点嘴皮子便宜,或夸张地装腔作势动手动脚,乔晓静随和地接几句。 但两人没电,谁对谁都没真的来电。

接通电话后,胡非急急地问,姐,稿子收到没? 饿得我肠子都成线线了,是毛线,织毛衣的那种毛线。 盼星星求月亮十万火急地求回应求回家！ 老婆已做了粉浆面条，电话催了多次，只差下十三道金牌啦！ 馋得我呀，口水接了一大茶杯，眼看要溢出来！ 聚不下啦！ 快点呀……

乔晓静笑哈哈地听他连珠炮后不紧不慢说，刚回家，还没开电脑，马上看。 晚上又应酬了，对付了一圈先闪了人。

胡非道，下午打你电话 N 加 N 遍，还发了短信、微信，都不见你有动静，吓得我不轻，以为你出了啥事。 只差打 110 找警察叔叔！

臭嘴巴，能不能积点德？ 咒我出事呀，你这是？ 乔晓静佯怒回敬。

没有，没有。 胡非忙解释。 这是关怀，是关心、呵护，从内到外的操心。 谁敢咒咱姐，我弄死他，连骨头末子都不留。 胡非胡非，对咱姐既不胡作非为，也不胡说八道。

乔晓静"哧"一声乐了，好吧，姐就信你。

胡非又说，还好，你老公接了电话，才知道你手机落在家里。 要不然还真以为你出了啥事。 不骗你。 你一直不回信儿，我心里直打鼓。 你多长时间不回信儿，我心里就打多长时间的鼓。 弄不好咱姐被谁劫了色……

什么？ 你说什么？ 乔晓静抬高声音阻断了他继续贫嘴，我老公？ 你刚说是我老公接了电话？

是啊。胡非随口道,你老公接了电话。因为我一遍又一遍地打电话,估计他看着电话在家里不停地响,响个没完,又看手机上是我的号码,可能就接了吧?

这句话胡非还在叙述或是描述状态,语气也没收尾,乔晓静烈焰直冲重霄九:不可能,不可能,开什么玩笑。手机一直在我包里,一直没响啊。我中午饭后根本没回家,直接去按摩店了。手机一直在包里,这不刚进家门吗,哪可能啊?

胡非嘿嘿笑,故意给通话留出些间隙,好让彼此放慢语气的节奏,气氛有些太紧,稍停顿说,你查一下自己手机瞧瞧,我打了几遍?确是你老公接的。我两还瞎聊了几句。

开什么玩笑。你是不是拨错电话了?要么……你打我家电话啦?

我的神仙姐啊,我哪知道你家的电话。你老公哎,我们认识,哪能错。他还说,你去按摩了。按摩后不知去哪儿了。

啊呀,他还知道我去按摩了?不可能啊,怎么可能?乔晓静头"嗡"一下。难道,难道,我的手机被监控了?不是,是监听了?这,这,这也太可怕了吧!

胡非此时觉得自己这个电话说得有点多了。或者说,提她老公提出了问题。大嘴巴!那时他的大脑超过电脑高速运转,以寻求什么补救措施,然后急急地提醒,你家的电话是否跟你的手机绑定了？ 或是办了呼叫转移什么的。 打你的手机，你不接，自动转到你家的电话了？？

不可能啊，根本没有。 这太可怕了。 一定是我的手机被监听了。 乔晓静充分感觉到问题的严重性。

胡非哑口无言，不知如何是好，哦哦哦了一连串，实在没辙，赶忙转换话题。 你先看看你的信箱收到稿子没？ 我还没吃饭呢，馋虫们早已大举进犯，胃肠很快将全军覆没，纷纷沦陷，五脏六腑被蚕食得所剩无几，我的大姐大哎。 本来想着发给你稿子后我闪人，担心你没收到，一直没敢走。

他说这话是有前提的。 曾经有一次，他给她发的稿子，发了十多遍，她的电脑硬是一次也没收到。 当晚，胡非喝高了，回家关机就睡。 搞得她不得不半夜又找主办单位要材料，另写稿子。

晨报截稿时间是深夜两点，在省会众多都市报中，晨报的竞争手段或者说优势之一，便是零点新闻，那是专门的版面，要做每天半夜、次日零点以后发生的新闻，这意味着市民每天拿到的晨报，一定是时间距离他们最短、内容最为新鲜的新闻。 所以，乔晓静每次去单位或从家里往单位发稿的时间自然也晚。

那天半夜，她是一边自己写稿，一边还在骂胡非，害死姑奶奶了，大半夜，还要一个字一个字敲。

放下电话，乔晓静有些不知所措……

傍晚，从按摩店出来快六点了，她便去赴了一个饭局，不过是去点个卯，算作出席。人家约得早了，和大家见个面，端杯水碰碰杯也算。这种象征性的应酬有时无法避免，谁让在这个圈子里混呢？等人到齐，她以晚上要写稿为由，弄了一杯茶跟大家分头碰了一圈，然后先行撤了。

老公竟然知道她的行踪。那平时她的行踪，他也了如指掌？看来，他是监控她。为什么？不放心？结婚快九年了，孩子都半柜子高了（老公每年总在女儿生日，让她倚着柜子量身高）。他奶奶的，这点信任也没？干新闻行业有啥办法，不就是要跟一帮乱七八糟的人在一起混搭吗？

就算不放心，也不能监控啊。这他姐姐的，什么事呀。乔晓静平时不骂人，这个事让她恼火至极。兔子急了还咬人，她急了嘴里自然而然狠狠地要连带奶奶妈妈七大姨八大姑。

平时出入各种场合，毕竟男男女女在一起，可能开一些风花雪月、不荤不素的玩笑。她不会生气，玩笑玩笑吧，一笑了之。可一旦这些被老公知道，他肯定不舒服，明知道是些玩笑，仍然会不舒服。是否动了刀枪，都很难说。谁让一伙人大都是荷尔蒙过剩的雄性动物？

监听？监听？

　　乔晓静立刻在脑海里闪回自己曾接过类似的短信，复制一张电话卡，你想知道别人通话的内容，一听了然。她当时还跟同事开玩笑，真是猖獗嚣张啊，这样的短信都能发到我这儿来。难道我被他们监听了？要么，咱们办一张卡试试？不过办了卡监听谁啊？

　　怎么也没想到自己可能被老公监听。他怎么能呢？是担心自己与别的采访对象之间有什么？还是有了前车之鉴？

　　这些年来，她在家里接别人电话，肯定是十分注意的。根本是有一说一，既不开玩笑，也不聊其他，比如家事，或购物，或旅游，包括单位的事也不说。电话里多是，明天几点在某处有什么活动，好的，到时候见；或是，哦，去不了，明天已安排别的事；要不然就是，某个稿子发了没发之类。婚后，她几乎不再多想什么。反正横竖一辈子，怎么着不是呢？老公当初不也曾是她的采访对象？谁知道他整个怀藏狼子野心，一个百分之百的流氓，强奸犯！

　　虽然过去了九年，乔晓静根本不愿意回首那段往事。孙子，就是一个孙子……

　　刚参加工作那几年，一直忙得没时间恋爱，似乎也没想着恋爱。 一晃竟然二十九了。 天哪,那一年,她真有点慌慌,怎么就二十九了呢? 怎么可能啊? 有个短信怎么说来着,年龄总是如期而至,忧愁总是不请自来,不幸总是突如其来。 而你,为何总是不来?

乔晓静至今都记得过二十八岁生日那天,她关掉手机,独自喝了一瓶白酒,险些没把自己喝死,多亏有报社的姐妹来访,不仅打了110报警,砸开了门,还动用120,去医院洗胃。 怎么搞的? 一工作就把自己当成了机器? 大学毕业都六年了? 可不是嘛。 换过两家报社才到这家晨报,本来想开始一场恋爱,怎么竟然过了二十八岁的生日? 过了当然就过了,自怜吧。 过了二十八岁生日,想不说二十九都不行了。 挡不住啊! 二十九什么意思,离三十还远吗? 这可怕可恨的时光。 有那么一天,再看镜子里,眼角的皱纹竟雄赳赳气昂昂地赶来了。 什么玩意啊!

在那个生日后不久,柳斐然出现了。

那时候,乔晓静还是做经济线的记者,柳斐然做投资公司。本来只不过是一次采访,结束时柳斐然约她吃饭,她本来已拒绝了,说晚上还要赶稿子。 没想到,恰在此时,部门编辑打来电话,因为没有广告,经济版只出两个版,安排了房地产版,金融投资版不出了。 这就是都市报,什么内容不内容的,版面要么是整版广告,要么至少有下半个版广告。 业内开玩笑说,下半身养上半身。

她的电话刚挂断，柳斐然笑道：天赐良机，这下子好了吧，版不出了，稿不用写了不是？ 本来嘛，急啥呀，今天发稿和明天发，也没啥大的差异。 那就赏光一起吃个饭吧，反正到了吃饭时间不是。 我自己一个人吃也没意思，你说是不是？

乔晓静就不好拒绝了，当然也就那时候，资历浅，对付别人经验少，要搁现在，谁的事，她也有办法推掉，只看自己想推不想推。

吃饭是在附近一家酒店，外面看着简单一般，长方形的五层楼，像仓库或工厂的厂房。 但里面却富丽堂皇，宛若进了欧洲的博物馆。 大厅里，活水流动，潺潺悦耳，如飞虹卧波横接曲径间的小桥，饰以汉白玉石的栏杆上，清一色是可爱小天使跃然欲飞，大卫的雄健与阳刚耸立于一根罗马柱前，沉思者、维纳斯，甚至执盾披坚的十字军武士之类雕塑，让这里充满艺术的浪漫味道。 包间则是以世界各地的名城或地区命名，比如他们那间是托斯卡纳。

看来，柳斐然是熟客。 刚到门前，迎宾小姐早鞠躬，齐声问候柳总好，欢迎光临。 其中一位个头本来瘦高，又穿了高跟鞋的美女看了一下手里的订单说，柳总，您这边请。 迎宾美女也不忘给乔晓静一个微笑。

吃饭这事，乔晓静是见过世面的，自从进了新闻单位，去什么餐厅，她也不会吃惊。

进了包间，一侧是凹字形半包围的沙发，超薄电视挂在墙上，桌台上摆着麦克，一看便知可以自己娱乐 K 歌；另一侧隔着屏风，上饰一些欧洲油画。真是中国古代与西洋的结合，屏风本来应该配饰山水花鸟或仕女类中国古典画才合适……屏风之后是一张可供十人用餐的大圆台。以为柳斐然还约了其他人，比如说公司的属下，或是其他同行。当柳斐然明白地让她往里面坐，乔晓静才知道仅他们两人，立刻建议换到大厅随便吃点算了，没必要在这儿弄得如此排场破费。

柳斐然一脸正板，挣钱干吗呀，不就为了花吗？坐在这儿吃，是图个环境，也不一定非浪费嘛！吃自己想吃的即可。

话音刚落，服务员已上来一瓶红酒，说是柳总之前存在这儿的。

两人坐定，柳斐然让乔晓静点菜，点自己喜欢的，别给他省钱。

服务员征得柳斐然的同意，开了红酒，朝一个曲形的玻璃器皿里倒了半瓶开始醒酒。

她略作思考道，凉拌茶干儿，小青菜炒豆筋，有这两道就成。

柳斐然接过那一尺半长、近半尺宽的绒布封皮菜单说，那怎么可能，总要对得起人家的包间吧？

乔晓静心说，有钱人就爱装，不摆阔，谁不知道你有钱？ 做金融的大概都是这种暴发户、土财主，手里流水钱太多，花钱挣钱都没啥感觉。

不过，说是说，柳斐然还真没点太多菜。 除了她点的两个外，柳斐然又加了一荤一素恰是一热一凉两道菜，要的是例份，量都不大，然后又换了桌上的另一个菜单，为两人各点一盅酸辣乌鱼蛋汤、素佛跳墙、清汤纸片鱼，外带一份点心千蟾酥。

乔晓静知道全餐中最有分量的是那三盅，其中酸辣乌鱼蛋汤是已故国宝级烹饪大师、曾任钓鱼台国宾馆首任总厨师长侯瑞轩老先生的拿手菜，素佛跳墙则是侯先生的弟子、中国烹饪大师李志顺的看家菜。 她曾在李先生办的酒店里吃过，没想到这儿也有。

待凉菜上齐，两名服务员分别给他们面前的高脚杯斟酒。

那暗红的酒色，隐隐地溢出蛇龙珠的沉香，柳斐然禁不住端了杯子在面前摇来晃去欣赏漂亮的液体挂杯的质感，再用鼻尖凑近杯口闭了双眼微微嗅闻，一副小陶醉的模样，甚至有一个瞬间双肩颤抖的动作，很是享受。

起初，乔晓静推三拒四的不喝酒，先是不让服务小姐往杯里倒。那小姐轻巧而殷勤地说,不喝可以放在面前欣赏呀。她只好接受了。

柳斐然把杯子举到她面前说个干,自己轻酌一小口,咂咂舌,并劝她可以浅尝那么一小点点的。柳斐然说"干",发音不是一声,而是三声,说了一上午的普通话,却因这个字一不留神或者说再小心也还是露出乡音土语。人,在许多时候,背景是藏不住的,总有那么一个无形中与血骨相连的东西,突然间,不经意让你的来路暴露无遗。

以后她才发现,柳斐然凡涉及这个"干"字,无论是几声,他的发音都一个声调,即三声,而且还拖音,似患有鼻炎。

乔晓静端起杯子慢慢喝,起初仅舔了舔,略过一下舌尖,或形式一下,杯子送到唇边,红色的液体并不入口,算迎和一下对方。

不知道怎么回事,接下来她由起初不喝竟喝多了。或许是两人的话题越说越稠,找到了某种情绪。这种情绪上来时,酒跟面前茶杯里的水一样了,一边说话一边不用谁劝而不自主地随性端起来抿一口。

最后乔晓静把自己喝得失忆了。人生头一遭。因为喝酒把昨天喝到一半以后的情景全忘光了。

恢复知觉的时候,乔晓静在柳斐然的办公室里,前一天她曾采访他的地方。　是个周六，没有别的人。　她正睡在他办公室的长沙发上，盖着一件碎花毛毯。　但她明显地感到身体不适，衣服虽然穿着，但别别扭扭，松松垮垮。　最为异样的是，她感到自己下身隐隐地疼。　乔晓静一想，完蛋了，肯定他奶奶的出事了。

乔晓静从那一刻开始骂人。　所有的教养，十多年的学校和家庭教育，霎时崩溃。　她不仅带脏字，甚至想用嘴咬人。　骂，正是克制嘴这一器官不能咬人而找到的一个发泄口。

柳斐然进来了，跟没事似的一句，你醒了，睡得真香啊……

哪等他说完，她早抢断话头，我这是怎么了？　你把我怎么了？

问话时，乔晓静很不争气地拖了哭腔。

柳斐然淡定得像说着跟自己无关、也跟她无关的事，我把你干了（这个"干"字，与他喝酒时说得一模一样，不是四声是三声，重音，拖音）。　我今天就离婚，然后娶你，马上娶你，立刻，马上，今天。　你嫁给我吧！

说完，柳斐然做出一个张开双臂，让她投入怀抱的动作，一副胸有成竹、对方不用其他选择的状态。

你他妈的，畜牲，混蛋，流氓……

把想骂的话一股脑开闸泄洪，身体像箭离了弦，直撞向他。先是头顶过去，柳斐然双手下意识护在胸口，误以为她握了刀具什么利器，即使发卡之类，也够他受，很危险。 如果说这个类似牛犄角的顶撞还有些杀伤力的话，接下来她用毯子又扭又打，在他看来，只不过像撒娇罢了。 既打不痛，也打不出什么效果，毯子自身很快扭出了麻花。 因为这一冲、一顶，加上扭麻花地去摔打毛毯，乔晓静猛然意识到自己身上刚才还松松垮垮的衣物早纷纷脱落，整个赤裸裸面对柳斐然了。 原来刚才衣服只是盖在她的身上而已。 乔晓静赶忙用扭成麻花的毯子护自己的身体时，柳斐然又上来了，把她和毯子紧紧地抱在一起。 虽然她拼了所有的力气，却又一次完蛋了……

昨天失忆，她根本不知道自己的第一次是怎么被别人毁掉的。 可第二次，她是明明白白被对方攻营拔寨，虽几经抵抗终无济于事，而后的一切似乎成了形式性的抗衡，她只是嘟嘟囔囔含含糊糊骂着，畜牲，混蛋，不得好死……周身早一摊泥似的由着对方以胜利者的姿态骄横恣意、横冲直撞……柳斐然兴起时呼啸着、号叫着，像匹马儿奔驰到一片水草丰茂的原野嚣张地撒欢儿，其声音早淹没了她那自语式的咒骂。

是的。 怎么着都是一辈子。

能怎么样?

她没有告他，告了又能咋样? 就算把他拘了，整到牢里去，可她呢，还不是完蛋了？她就那么失魂落魄，几乎毫无感知地瘫在沙发上，一条腿斜搭至地面，另一条腿伸向沙发靠背，像西班牙人萨尔瓦多·达利的画作《记忆的永恒》里变了形的钟表。如洪水肆虐过的泪痕，五麻六道地在红胀的脸上纵横交错，嘴里有气无力喃喃而语要报警……

柳斐然说到做到，闪电般离了婚，把离婚证拿给她看，再撂给她一句，你看着办吧！

能咋办？说不上爱，说不上不爱。你说土豆和西红柿是同一世界吗？一个迎着阳光，花枝招展，在专享的架子上，骄傲高贵地由绿叶儿衬着发育出艳艳的红，另一个灰头土脸来自泥坑坑里滚蛋蛋似的见到世面，却无法脱尽浑身的土渣泥巴，两个物件的美与丑，几乎是各自一方，天堂与地下，但它们不是照样突然握手言欢走到一起？土豆以薯条的姿态重现，西红柿化身番茄酱，由不搭成混搭。谁还能说它们没有交集和共同点？由此来看，天下没有生来便合适的两个人……

就是这样，乔晓静有了自己的家，在二十九岁把自己嫁掉了。

柳斐然虽然比她大十五岁，但他毕竟让她成了一个有家的人，一个二十九岁在自己可能变成大龄剩女时却瞬间嫁出去的人。至少在外人看来，他的各方面条件都不错，而且为她离了婚。 对于她来说，她的个人问题，再不会被同事或亲朋提起，再不用被催婚，再不用担心过年回家，再不用担心大学同学、高中同学，甚至小学同学某一天忽然空降，聚在一起问起她的老公是干什么的，她尴尬一句，还单着。 对方旋即要为这问话道歉，但目光和表情都有些吃惊的、混沌的、异样的，说不上的感觉。

是的，不就那回子事吗？ 在被柳斐然这个畜牲施暴后的一个多月里，她一直沉默地思考着接下来怎么办，到底应该怎么办？但有一天在医院检查后知道自己怀孕了，且大夫一再告之，她这样的年龄，她的子宫的条件，似乎这次怀孕弥足珍贵，如果有意外，或许未来怀孕的概率不高。

不可能吧——那是做完各项检查，听完大夫的话，一直沉默的乔晓静，几近失控咆哮般吐出的四个字，把大夫惊得上半身后斜了半截儿，屁股险些离开椅子。

没了退路，嫁掉自己吧！ 稀里哗啦忽略所有过程，成为她的抉择。 她最后一次问自己，又能怎样？

而后，有了女儿。 就是办公室那次吧！ 她一直坚持认为，是第二次时怀的孕。 如果是第一次生的肯定是个傻子，她喝了那么多酒，且一点都不知情。 她多年来从不问起他当时，他也根本不提起。 每每想起，她都有些难以自禁，恨这个人恨不能咬死他。 可恨解决不了问题。

　　生下女儿的乔晓静，心如止水。 女人之所以是女人，是因为她生了孩子，一个没有生过孩子的女人不能算真的女人，只能说是一个女的。 无论过去如何，无论对他当初施暴多么仇恨，但女儿的出生改变了她的生活主体和生活内容，也改变了她的生活节奏。 在尽可能的繁忙中，他对女儿的那份疼爱，慢慢地也感动了她。 洗尿布，穿衣换裤，半夜起来冲奶粉……柳斐然几乎比妈妈还妈妈。 女儿不睡觉，他便急急地用手背靠近孩子前额试体温。女儿稍有哭声，他立刻抱在怀里，双臂宛如摇篮，一边摇晃一边哼唱催眠曲。 从婴孩时代起，女儿便明白了自己的哭声早成为一种发号施令和对爸爸最好的威胁。

　　女儿一岁前，每天柳斐然都那么仔细地观察她的大便。 乔晓静心里都有些想暗笑。 可他很认真，还专门用本子做记录，从时间、颜色到形状，再到量和次数多少，事无巨细，说这些数据有利于了解孩子身体状况，以免忽略了什么。 另外，他还记了一本日记来留存女儿的成长日月。 比如第一次笑，第一次会翻身，吐奶水了，发烧了，目光会专注地与妈妈对视……那份耐心，连她都很难做到。 总之，他是决不能让女儿受半点委屈的。 女儿出生后，几乎成了他的生命，他把工作基本上交给了总经理，自己做董事长，有点甩手掌柜的意思。 当然，这种体贴入微的照顾，也包括对她，从饮食的荤素搭配，菜的色彩、营养，至整夜地煲汤熬粥,如此等等。 仅仅坐月子的日子,柳斐然已让她看到另一个男人。

不是吗? 想想,换一个男人又能怎样?

日子不淡不咸地在着急慌忙中过来过去。

女儿,也是她的亲生女儿呀。 她先是盼着女儿能由吃奶粉到会吃饭,然后会叫妈,然后会走路,然后认出亲人,姥爷、姥姥,没有谁关注她当初怎么嫁给了这么个人,似乎一嫁便都认可了他就是她的老公,她的老公应该就是这个男人。 见了面先夸女儿,一夸女儿,做父母的便高兴。 如此在自夸和他夸中把女儿养到七八岁,养到今天。

是啊,如今女儿上了小学,知道吗? 是学生了。

她怎么也想不到自己的生活会被他监控。 监控是从什么时候开始的? 通过什么方式呢? 监控的目的又是什么?

柳斐然回来时,一边用手机跟别人说着什么,一边用目光问候了一下她,然后进了书房……

乔晓静本可以在家发稿子,直接把稿子用电脑处理好,通过QQ 传给编辑即可。 但她担心自己忍不住会质问柳斐然,或是因为找这方面的什么茬子发火,令这件事在她尚无很好的对策时大白于天下。 既然对方做得如此隐秘,他怎么也想不到忽然露了馅，她揭开这个盖子又有什么意思？ 他如果不主动说出来，你问，他肯定会找到一个合适的对付你的理由。 她懒得问，但她不敢保证自己因为内心的愤怒而能一直压着火。 或许他的一个什么本来正常的举动，她都可能炸了，立马火烧赤壁、大闹火焰山，再加火烧新野、火烧博望坡，孙猴子加三国诸葛，估计能有多乱是多乱。

所以，乔晓静决定去单位，她不想进书房去跟他面对面说，她真担心自己失控，在桌上留下便笺，说有个稿子需处理便走了。 这在她算家常，不足为奇。 媒体工作有时跟 119 或 110 差不多，没有什么时间概念，除了截稿时间或印刷时间，当然如果真有了特别新闻，这些也可以推后。 比如世界杯时，报社曾在早上五点才签了体育版的付印，等一沓印出来，飞速夹入那些等待着投递员投递的报纸里……

来到办公室，身处忙碌的、根本无暇顾及别人的同事之间，她犹如一棵树藏身于茂密的森林，安全、放心、自由、轻松。 没有谁会注意到她是否有异常，连给她打个招呼的人也没有。 大家都在各自忙碌。 几年前，单位那个年轻记者，因连续三个月写稿量排名最后，将面临末位淘汰。 他最终从这栋他满怀新闻理想的大厦上破窗而出，张开双臂如鸟般腾空，再自由坠落……事后，公安来调查，单位领导来询问，启发大家回忆，几乎没有谁发现他有什么异常。 如此想来,乔晓静才明白,当时并非他不异常,而是大家没有"发现",跟她今天一样。 她的异常,那些陷入个人眼前忙碌和关注一个接一个具体事务的同事,谁能感觉到,谁能"发现"? 关键是谁愿意去发现,谁愿意放下或放慢一下手头的都认为不得不做、必须尽快做的事儿,去关心一下或者仅仅那么多看几眼别人?

有胡非的稿子垫底,也就几分钟改头换面,便搞定稿件,QQ呼叫值版编辑,复制、发送……虽然他们相隔也就四五米,在几个隔断前后彼此办公桌上的电脑旁办公,但说话的方式不是直接对话,而是通过网络完成。 有时候,她会突然发现,某位编辑长得啥样子都记不起了,虽然天天在同一室办公。

现代社会,怎么让人们如此冷漠?? 是因为科技让人们的交往成为一种虚拟吗? 还是其他?

独自躺在报社夜班休息宿舍,眼睛瞪着相距不足一米的屋顶,大大地瞪着,毫无睡意。

大脑空白,人整个抽空了似的仅剩一副皮囊。

如果当初斯诺登公布了那么多监控,让全世界陷入别人盯梢的目光下,那么她,她乔晓静还是觉得那些根本与她无关,她仅是一个看笑话的旁人,站着说话不腰疼的那种完完全全的袖手旁观者，天天刷新闻网页查看那个帅帅的美国男孩到了哪里，又爆出什么猛料。如今，她陷入的"斯诺登门"，显然是有切肤之痛的。

是揭穿，还是如此藏着掖着，一直隐忍？问题是，接下来，电话怎么办？接，被盯梢，倒不是有什么不可告人的秘密，她当然不存在什么男女之间实质性的问题，最多是有些笑话带色不色的。如今这世道，这些玩意在谁的手机里没有几条、几十条，就算几百条都见怪不怪。大家或是吃饭时彼此念几条——没少遇到某场合让某某讲笑话，讲不了或不善于讲时，便要求给大家读一下手机里的段子；或是收到某个段子彼此互发分享一乐；或转到微信朋友圈，谁看了有兴趣自转了去。

全民娱乐至死的时代，连多少我们以往的英雄和历史人物都被重新拿来娱乐。比如，谁的手机里能没有几条段子，玩笑一下政治、历史、英雄甚至领导人，继而玩笑一把身体或性呢？

以此来看，手机里的内容再怎么着，大家也不会大惊小怪，莫名惊诧。她乔晓静自然不会心虚出汗。当然，有些短信，虽然可以在彼此手机里传播，总还是不能明白地摆上台面，至少有些是少儿不宜的。除此之外，她的手机短信几乎没有什么不能公之于众，但可以公之于众并非就要公之于众。

　　她的手机里没有什么不可告人的东西，她本来也不担心别人看了会怎么着。可是一旦被盯梢，则有一种光天化日下被剥得赤裸裸的感觉。有一双眼睛盯着你，无论做什么，在什么地方，在什么时间；有一双耳朵听着，无论你在白天，还是夜晚，是公事，还是私事，甚至跟同学、父母、亲朋……任何人之间都不能再无所谓地放任自己想说什么就说什么，仅仅电话连着两头，说者说，听者听。现在凭空多出一个第三者，对方电话里虽然还是原样的想说什么说什么，你却不可能置若罔闻，说话时必须要考虑第三方听到也不受任何影响。

　　那一夜，乔晓静失眠了，彻底失眠……

　　能听到有同事进屋来倒头入睡游走梦乡，香甜得令人艳羡。她们进来时担心影响先前入睡的同事，纷纷做出蹑手蹑脚的样子。实际上，除了她，还有谁会累到半夜这样折腾来去睡不着？此时此刻，谁不最渴望有个枕头？有同事已发出轻微的鼾声，有时很有节奏或乐感，或是丝丝连绵，有时则恍无声息，这个人似乎根本不存在。

　　乔晓静住的宿舍是九个多平方米的小单间，两个相对的架子床可以住四个人，床的一头依墙，另一头基本快顶到门口。反正是临时宿舍，虽然如此拥挤，也没谁有意见。因为要做版或零点新闻，工作到两三点是正常，三四点也不算例外。 所以，许多人收工后也不回家了，一是路上不安全，黑灯瞎火；二是，工作已做完，绷得直挺的那根弦瞬间松弛，常常眼皮打架，只想立刻卧倒。 曾有同事坐上出租车便睡着了，司机问去哪儿，半天不见有人回话。 而半夜开车回家的同事更麻烦，已有五位本单位的编辑出了车祸，或是撞到隔离墩上，或是在高架车道撞上水泥护栏直接翻车，还有一位开到对面的车道上，正撞上一辆垃圾清运大卡车；另一位更惨，拐弯时插进一楼的店面，车头撞开了卷帘门……

　　另有一个原因，这时如果回去，肯定影响家人休息。 也不想想，天天这样的话，家人已睡至深眠被惊醒，可能再也睡不着，尤其是家有老人的话。 而另一些家人则干脆习惯地等你，你不回来，他们哪能上床。 长此以往，怎么能行？ 肯定不能因为自己一人的工作，搭上全家人的健康吧！

　　躺在床上，乔晓静一会儿觉得时间漫长，一会儿又感到过得好快啊！ 她昨晚最早回屋，随着三位同事陆续回来，尤其马琪也上了床，乔晓静估计应该三四点钟，因为马琪做的版恰是社会新闻，需等记者采写的零点或零点后发生的新闻，一般签完版最早也要这个点儿。

　　此时的乔晓静仍一丝睡意也没有。 搁在往常，即使别人张了大嘴打一个呵欠，她也要跟着受传染犯困。

　　有那么一会儿，她觉得自己应该处于半睡眠状态，意识中也安慰自己：管他呢，反正明天太阳照常升起，先睡一觉再说。 但这种让自己放下的想法并没有真的让她放下，她还是不能入睡。即使半睡半醒，醒的成分仍大于睡的成分。 她明显地感到背痛，腰也不舒服。 大概是连续几小时没睡着，又担心影响别人，身体紧张、睡姿不变造成的。 想一百八十度大转身，干脆趴着睡。但没有动，只坚持着，因为翻个身足以使床铺咯吱咯吱叫，或许惊醒了同事。

　　怎么办？ 关键是接下来怎么办？ 当初被他欺负后，她能忍受是因为以此换来了家庭。 至少在外人看来，她步入了家庭。如今这种被监控，堪比更恶劣的强奸，完全是强奸她的个体生存空间。

　　是的，关键是接下来怎么办？ 监听也要忍受的话，还有自己的生活可言吗？

　　他妈的，他奶奶的，他姥姥的。 彼一刻，她方意识到，接连爆的粗口内容竟全是针对女性的。 什么个事呀，这倒是！

　　当然不是换个电话那么简单。 乔晓静的大脑在空白中混沌，在混沌中空白。 无论是混沌，还是空白，她感到自己的世界四处黑压压的，不仅黢黑，而且压抑，憋闷！ 有些透不过气来。

这个不眠之夜，乔晓静找不到方向，包括女儿都在那么一个时间被她忘记。 是啊，上次事件后，她明白地听到他要她嫁给他，那是结果，虽然身心受到伤害，但那个结果是明白的。 她在二十九岁的人生门槛儿完成了一次在外人看来最后的转身，成全了亲人、家人的期盼。 而今天的事件，方向在哪儿？ 这张纸一旦捅破，她与他多年来表面的和谐也将不复存在。 女儿怎么办？

是啊，她怎么办？ 女儿怎么办？

怎么办？

乔晓静终于忍无可忍地翻了个身，引起床铺的一阵吱吱响。从同事们的睡眠声音判断，这个翻身并未真的影响到别人。 当然，还有一个担心，怕同事被惊醒觉察到她半夜仍在翻烧饼，说不定什么话就传出去了……

乔晓静开始用被子蒙着头翻看自己的手机短信，同事、同行之间沟通具体事务的短信，或是一些好玩的段子。 比如三十年前后之对比，之前人们盼望怎样才能白胖，现在考虑减肥；当初背心和裤头贴身穿，如今不少美女却穿在最外面；三十年前，许多人家称儿子"狗剩""狗蛋"，现在却把自家宠物狗猫叫"儿子""孙子"……再比如，某医院发生医疗事故，误把一农民工的一只睾丸切除,法院判医院赔偿 60 万,农民工手拿判决书面对记者激动得泪流满面:万万没有想到,我的裤裆里天天夹着 120 万的固定资产啊!

另外一些带点颜色的段子,一看便是大家转来转去的。 其中一个段子《下面》,女对男说,来我家吧,我下面给你吃。 还有一个《选举》,村里选村主任,一少妇愤然:谁干我都同意,我就是不让我老公干。 另外还有人归纳的"口头禅":女导演"停!再来一次";女售票员"再进去一点,里面很空";网吧女老板"上不上,后面还有人等着呢";女护士"快上床,脱裤子";女兵"首长,我也行,给我打一炮"。

除了跟别人相互问候说事、朋友间礼节性联系外,跟柳斐然之间的短信较多,主要是说自己出差或单位有什么事,或参加什么活动,午饭或晚饭回去吃不,其中更多是关于女儿的什么事。

再有一些什么需要提醒的短信,比如自己的银行账号、父母的生日、哪一个地址等,她也以短信方式存入手机。

终于查阅至最初一条短信"你好吗? 差不多了"——这是她买手机时试机发出的一条收到的短信,她一直没有删掉,其他那些卖房、卖车、卖票、装修、洗浴、家政、家具、培训班、出国留学中介、有缘男女等广告,或办发票、证件的造假类信息,她毫不留情,随手点击删除。

　　手机短信筛查了一遍，盯着这最初一条短信许久，翻来覆去一个字一个字逐个心里默念，实际上视若无睹，眼前什么都消失了。　最终是手机屏幕的强光刺激得眼睛发涩，浸出了泪水，乔晓静才感到自身的存在。

　　她忽然意识到，自己原来是在找那个办卡的短信，可以办理复制电话卡——用以监听别人的电话内容的短信。　她的短信收件信箱一栏从头至尾也没有查到，肯定删除了，她确信自己曾收到过，短信内容的大意至今清晰记得。　她今天多么盼望那条信息删除时被意外地遗留下来。

　　正是那个潜意识办卡号码的存在，让乔晓静再也无法躺住。坐起身，似乎所有的断电一刹那接通了，所有可能的电器均启动工作，尤其是照明设备。　这让她的想法变得白昼一般清晰。

　　已是黎明时分，如果仔细倾听，或许早有了谁的汽车发动机的声音。　这是城市生活的标记，像乡村的鸡鸣狗吠。　乔晓静的心早飞向电脑，虽然她的枕侧便是手机，可以轻松上网，但她不能用。　她不敢确定自己的手机使用是否全被监控。　以往，她想到什么，可以毫不迟疑拿起手机上线，百度一下，或收发微信、QQ 聊天，甚至处理电子邮件，查阅相关新闻资讯。　在这个网络无处不在的时代，手机在握，一切尽在掌心。　实际上，又觉得心虚，似乎没有手机，没了网络，什么都无法支撑和依靠。 有一次出门忘带手机，一天都心神不宁，总担心错过什么重要电话或信息。 回到家看到二十六个未接电话，满头着火……因为手机被监听，她不可能用它上网查询复制电话卡的信息。 她必须去办公室，用电脑上网，他是否会对她的网络或电脑进行监控？ 这可能性太小了吧？ 虽然小，尚存可能!

柳斐然曾到过她之前的办公室，借口说想看看老婆工作的地方，记者工作的地方是什么样子，报纸是在什么样子的地方制造出来的。 难道那时候，他便动了"监控"的念头？ 或是悄然实施？ 如今这办公室，他肯定没来过。 是否在她不知情，她恰好不在办公室时来过呢？ 应该不会吧，记忆中，从来没有同事提起，肯定不会吧……她想了一遍又一遍。

乔晓静还疑虑，他是否可能通过电子邮件来监控她的电脑？这个难度似乎太大。 电邮不过是一个虚拟空间，她随时可能更换电脑，更换 IP 登录，如果这样也能被监控，需要多么强大的系统，或许国家力量、军事力量，像斯诺登爆料的那样……

大脑简单又复杂地流水线作业推理一番，排除了电脑被监控的可能。 她轻手轻脚下床去办公室。 此时的乔晓静似乎觉着手机可能是一个探头，肯定不能把探头带到身边。 手机仍在枕头一侧，临行前，她再次检查手机铃声确认为静音。

办公室里静阒一片。 媒体工作都这样，前半夜灯火辉煌如同白昼，后半夜的前半时段延续着辉煌，至两三点，有编采人员陆续撤离，熙熙攘攘、人来人往的办公室随着局部灯关掉，直至整个大厅的灯全部熄灭……

办公室是有隔断的大厅，放了几十张桌子，中间两排走廊。如果是平时，她只要站在门前，钥匙在锁孔里一转动，推开那棕红色的对开门之一，便可轻松地触摸到门内右手墙体上的开关，大厅内的一连串的灯瞬间点亮。 当然，这一连串的灯并非屋内所有的灯，仅是她的办公桌所在区域的顶灯。 像这样的灯，在办公大厅内有五排。

熟悉而成习惯的环境，即使摸黑也很容易找到自己的办公桌。 现在不能打开顶灯，如果办公室这么早灯火通明，来上行政班的同事或领导会误以为昨晚谁下班时忘了关灯，说不准突然闯了进来……

在自己桌前，摸到电脑主机，轻按开关，随着"嘀"一声，主机上一颗蓝灯闪烁，显示器一通数字、字母扫描，进入不同界面，最后是女儿的照片作为屏显。 那可爱的小样儿，除了嘴唇嫩薄红弱像她，脸型、眼睛、鼻子、耳朵都像他。

打开网页，在搜索引擎空白栏输入关键词"复制电话卡"，没想到出现了上百万条相关链接目录。 上帝，业务竟如此火爆，看来市场需求量非同小可。

从首页上粗略翻看，夫妻之间的监控、商业伙伴或对手的监控，是使用最多的两项。 另外还有部下对上级的监控，多是别有用心、妄图僭越上级位置的部下，也有用作上级对下级的监控。人们已经不能或者说缺乏自我辨别的能力，只好借助这些手段。这也充分说明，人类不仅信任他人的能力下降，自信也极度缺失。

打开一家公司的网址，首页显示着客服热线手机号码，客服专员的姓名，服务时间是每天 24 小时。 那些跳动的页面是一个个成功的案例。 乔晓静随手点击其中一行，立刻出现了相关的文章。

一例是，手机监听卡让我看到了妻子的庐山真面目。 北海某公司经理李先生，平日出差多，好心的邻居告诉他，常有陌生男子出入他家。 为了证实，经朋友介绍，他购买了一张该公司手机监听卡，对家里的电话及妻子的手机进行了监听。 当李先生把所有的证据放在妻子面前时，妻子泪流满面跪地求饶，磕头如鸡啄米……

另一例是，手机监听卡让我脱离婚姻的苦海。 铁岭市一对夫妻婚后十多年，经商的老公有了钱，慢慢地对她失去兴趣，常夜不归宿。妻子忍无可忍，提出离婚。老公却说，离婚可以，财产一分也不给她。妻子无奈中使用该公司的产品监听，掌握了老公养小三的证据。最终，老公不得不乖乖地分给她一半家产。

再查看监听产品页面，监听卡分为市内版、省内版、全国版，以及港澳版、全球版。产品介绍中说，该公司的产品采用国际领先技术，专业 SIPF 卫星导航芯片，卫星追踪、定位、搜索监听、信号拦截，速度和准确率首屈一指。购买、使用简单方便，安全可靠。只要客户提供一个手机号码，该公司即可复制一张同号的手机卡，然后在使用卡的手机上安装一个特殊软件，便可监听对方的通话内容，兼能查阅对方发送和接收的短信内容，且不产生任何费用。

又搜索了几家办卡公司，或是办理方完全由个人操作，据页面介绍，个人办理，更加保密安全，除了办理人，只有客户知晓，全部流程仅两人知晓。不过，具体到办卡的程序和卡的功能，无论是个人制卡或公司制卡，其内容大差不差。

望着那个电话号码，乔晓静不知所措。怎么办？办，还是不办？她现在急需了解自己的电话被监听了多久，监听的目的是什么？离婚？没迹象啊，也没必要啊。难道是自己天天忙碌太迟钝，以至于没有发现蛛丝马迹？要真想离婚，就离呗，用不着出此阴招，太下作。

当初结婚时那样稀里糊涂，离婚仍可稀里糊涂的，没什么，谁离了谁不能过？ 早已不是男主外女主内的时代，女人被休了要死觅活的，由着男人三妻四妾娶着。 现代社会早把女人当男人用，各行各业哪还有女性的禁区？ 刘洋都成了飞天嫦娥！

再说，离婚时男人休女人，还是女人炒男人，那不一定。 至于财产，这一切对她来说太不重要。 她完全可以把房子、车、家产都留给他。 有啥呀？ 东西不就是个东西嘛。 靠她的工作，最基本的生活，根本不是问题。

难道他在外面真有人了？ 她实在想不起来他有什么异常。比如说，隔三岔五以什么理由夜不归宿。 没有啊。

有了女儿后，他对女儿那份爱，超过了任何人，包括他自己。 女儿的吃喝拉撒，上幼儿园，上学放学接送，回家做饭、洗衣服之类，他尽皆包揽。 她在新闻单位工作，时间没法保证，曾提出找个保姆，他不同意，说自己时间固定，可以做这些。

那为什么？

到底为什么？ 是啊，做事总有些原因吧，不可能无厘头监听她呀……好玩啊，闹着玩吗？ 有这么个玩法吗，这是？

或许她做的什么事、哪件事引起了信任危机。 唉，这个年代，因为谎言泛滥成灾、欺骗大行其道，人的诚信底线失却才导致信任危机。 明明人在办公室，却说自己在三亚、在哈尔滨、在哈密，不皱眉，不过脑子，说话表情真像身处异地，只要不想让对方知道自己所在，扯起谎来，比喝手边杯里的茶水还自然。

据说，有一记者要采访著名的贾作家，费尽周折找到贾的某个手机号码——肯定对方能在第一时间看到发来的短信或打进的电话。再就是找了内线准确地知道贾主席其时正在他书房里。来到那栋高层上的贾宅门前，身在门外，明白里面是复式。望着门上贴的凤翔木版门神年画秦琼、敬德各执铜鞭左右侍立，隐约能听到屋内有人走动。长松一口气的记者，很庆幸情报没有落空。他果断发了一条短信，告之多么殷殷地需要采访贾先生，并表示，报社安排这个任务已有时日，但多次联系未果，若再不能完成专访，可能面临待岗云云。短信发出后，把耳朵重新贴近门神倾听屋内动静，很静，静得什么声音都消失殆尽。

突响的手机铃声把记者惊得全身一抖，原来是自己的手机短信铃声。妈呀，心急迫得要跃出嗓子眼。信息目录显示是"贾主席"三字，他很激动，心说，有门。待阅读信息"我在老家写长篇，免了吧"，门外人心凉至脚。

此时彼刻，已没法挑理或埋怨都这么大一个腕、都名作家了、都人类灵魂工程师了，日常文章劝别人行善、厚道、诚实，自个扯起谎不比写小说、写美文差，赶紧再发更加恳切的求见短信，但石沉大海。

　　等吧，反正知道他在屋里，只要在屋里，总要出来吃喝吧，总要出来活动吧，总要出来……总之总要出门吧！据说，贾先生仅书房，市区就有多处。他总不可能只待在这一处，只要他出来换窝便能见一面！

　　这样想着，记者把原计划送给贾先生的报纸铺在屁股下面席地而坐。正对大门，紧握手机，眼光不停扫过手机屏幕，有些对铃声也信不过，耳边竟不断幻听。他在期待手机屏幕上贾主席三个字的出现，其他的电话一概不接，短信全都不回。无奈中跟自己也较上劲了，死等！

　　没想到，时间不长贾先生真要出来。听到门响，记者急急起身一副迎上去的备战状态。

　　果真是曾在照片或电视上见过的贾先生那熟悉的面孔，只是个头显矮，没有想象中的高大。哪敢怠慢，有些语无伦次的记者总算乱七八糟说明白自己是谁，想干吗，孰料起先被记者吓了一跳的贾先生，根本不为自己刚才手机短信的谎言有一丝羞愧或半点不好意思，待弄明白一二三，由惊吓恢复如伟人的贾先生，早走进电梯，并在关电梯门的刹那间用方言道，摸（没）时间，忙去咧！记者还处于愣神状，电梯门已闭合，把他自个剩在贾府与电梯大门之间。

　　待记者灵醒过来拍电梯门时，电梯的数字早从十三起，至八七六五四三二一……

　　记者面对的采访对象，手机撒谎的人太多。要么像贾先生那样黑着脸，要么还有别人白着脸，就是没有谁还会红脸，或是一阵红一阵其他色儿。哪怕是有那么一丝丝的发红，就他自己知道。是啊，人怎么到了今天都不会脸红了呢?

　　你说，谁还信任谁呀?

　　自从有了手机，人们撒谎的成本降低了许多。当初一个地址对应一个人、一家人的时代，一敲门，你在家不，一目了然。彼此面对，撒谎还考验着一个人的心理状态，并非谁都能撒好的。现在，你站在人家门前打电话，对方可能一墙之隔说在天南地北呢!你有啥辙?所以，你也这样，对方再找你时，你也可以这样。不是吗?

　　本来还觉得这一切都是别人的事，这怎么着，也因手机危及她个人身上。

　　望着电脑上那个24小时客服电话，她还在犹豫……

　　楼道里已有别人走动的声音，乔晓静斜一眼电脑右下角，竟然八点多了。可不嘛，行政班的同事已开始上班。唉，这个互联网，一旦坐在电脑前，海量的信息瞬间毫不迟疑地把你吞没。你的目光和鼠标、手被一个个信息的目录牵引，重复、交叉、文不对题、改头换面、相互转载……一切的一切裹挟着你，时间过得那么快，那样快。 我们常常在大厦的灯火通明中关掉电脑，才感到腰疼、背酸、脖颈硬。 走出工作的大厦，外面的世界已是夜幕下的灯光璀璨，火树银花。 禁不住一叹，又一天没了，又一天没了，然后又一周没了，又一个月没了。 还用问时间都到哪儿去了吗？ 我们难道不是常常因此，站在熟悉的街头，瞬间觉得有些陌生，恍如隔世。 网络、电脑，如此改变了我们的生存。

有时候，你看到人们手握手机坐在车站的长条椅上，或一家人吃饭时各自都在玩手机，或夫妻两躺在床上分别拨弄手机，眼前真的会想起网络上合成的那张照片——左侧是大清王朝的长辫子们躺在榻上，手握烟枪，吸着烟泡，云雾缭绕；右侧是当下人们拿着手机半卧的姿态，无论是倚着床铺或沙发，他们的神态和表情，虽然相隔了百年却出奇地相像。

丁零零……办公室电话铃突响。 偌大的屋里，这个电话铃声响得惊心动魄，而且坚持不停。 大概有那么一会儿停顿间隔，仅仅几秒钟，又开始清脆响起，乔晓静禁不住心惊肉跳。

她当然不会去接，在电话第四轮响起时，她快速收拾背包，检查钥匙、钱包，关机，离开办公室。

关机前，她记了那个电话号码。

　　上午九点多，乔晓静在单位附近找到一家手机出售点，新购了一款手机，并办了一个新号码。在她的感觉中，即使监听，这个新号、新手机，对方也是没有办法的。只要原来的号码不用，手机不用，估计所有的监控监听应该全废。

　　乔晓静走到附近的一个街道交叉口旁边的小公园，人不多，一些老年人在聊天，坐着马扎，闲适地抱着一尺高的大水杯喝几口茶，争几句什么，再笑几下。几只鸟儿落在树枝上，时不时叽叽喳喳几声，以示它们的存在。

　　乔晓静在犹豫不决中拨打了那个号码，听到接通的第一声，突然心神不宁，立即挂断了电话。本想再好好考虑一下，但那个电话打了回来。她迟疑中未接。铃声中断后，并未做什么停歇，再次响起，或许引起附近一些人的目光。她右手大拇指按着声音控制键，直到变成静音。手机屏幕上来电号码不断闪烁，有个电话机的图形在左右摇摆。

　　心里默数，如果到八，还在闪，就接，否则到此为止。她的目光盯着屏幕，即使她数的频率起先快，后来有些慢，但到八时，电话还没有断。她按下接听键，轻声：喂……

　　对方自报是公司的客服人员余丽文，感谢她的来电，请问有什么可以帮忙的吗？

　　乔晓静说，想咨询办电话卡的事。

余女士完全一副煲电话粥朋友聊天的口气开始介绍，我们公司是专做此业务的，现在产品开发至第三代，我们复制的 SIM 卡，不仅可以监听手机通话内容、短信接收详情，还能随时随地确定对方的具体所在，包括哪座城市哪个街道，乃至某栋楼、几层、哪个房间，所谓"远在全球万里，近在咫尺隔壁"。即使对方关机，只要没有拔掉电池和手机卡，仍可进行准确定位。如果对方更换新的 SIM 卡，一旦开机，该手机会立刻以短信形式隐秘地发送新号码至你的控制端手机。可谓是"一朝拥有，终生守候"。

怎么样？余丽文殷勤道，如果有兴趣，可先提供一个号码，公司很快会复制一张卡，并用新卡打给你，你确信后再办理付费交接。

柳斐然的手机号码，乔晓静脱口而出。这个号码远比她自己的更让她熟悉，更顺嘴。有时别人问她的号，她可能半天反应不过来，或许说着前头忘记后几位。对方记录后重复了一遍号码，让她确认，她再次熟练地报了一遍那十一位数字，确定没错。

到这时，她才想起咨询费用。对方说一千五。乔晓静没过脑子似的接过话头，太贵了吧？

余丽文短暂的犹疑后说，这样吧，你所在的城市这个区，目前还没有我们的业务，算新开张吧，优惠你，一千二，怎么样？

最低了，不能再少。

一切谈妥，回到单位乔晓静给家里打了个电话，说有事外出，明天才能回来。 这样做，是防备因自己手机半天没动静而引起柳斐然的警惕和猜疑。 为了进一步假戏真做，她还用办公室电话联系了一位朋友，并且商量好，让对方扮演某市委宣传部人员，然后她用原手机拨过去。 这个号码既然被监听，打这个电话等于是与刚才她打给柳斐然的电话相互印证。 接了电话的朋友煞有介事地表示要派车来接，车几点出发，几点到哪儿等。

完毕，乔晓静只能静等，虽然她的心里油煎般的急、熬……

下午有陌生电话打来，没有来电号码显示。 通常这种电话，她是不接的，但今天，她还是试探性地接了。 原来是余丽文，告诉她电话卡已复制好，让她去银行汇钱，他们不接受现金。

乔晓静说，那怎么可能啊？ 必须先拿到卡，再转账，或至少一手交钱一手交卡。 她没法确定对方提供的电话卡是否可用。如果不能用，到哪儿找人去？

余丽文说，你说得也对，稍等。

随后又有电话拨来，来电显示柳斐然的号码。

按键接听，结果是女声：喂，你好，是我，听出来了吧？

果真是余丽文的声音在问，怎么样，没有问题吧？

即使如此，她还是坚持要在收到卡后再付费，谁能确定付过了费，对方能把卡给她？

余丽文则说，我们已给你做好了卡，刚才也试了，这个卡对我们来说自然是没用的。何况，我们已投入了成本做卡，这是我们的生意啊。如果我们这次生意没诚信，以后还哪有可能来生意？你说呢？所以，请你放心，放一百个一万个心，你打款的同时，我们一定会把卡交到你手里。只有你打了款，我们才能相信你买卡是真的需要，现在意外的事情很多。我们公司也不得不防着点。相信你也能理解这一点。你说呢？再说了，你办这种卡，难道愿意跟更多人接触，让更多人知道吗？我觉着吧，还是知道的人越少越好。

乔晓静则一口咬定，说别的都没用。她不可能相信对方在她付费后可以给她卡。

余丽文说，那好吧！

不到五分钟，乔晓静的电话再次响起。

自称公司业务员的王亮，约她在解放路附 103 号的交通银行门前见面。

啊？？？听说真要见面，乔晓静一阵恐慌，有种要陷入圈套的预感。如果被对方拉着硬塞车里咋办？这种情形电影里可不少。 如果被对方打劫呢？ 如果对方知道她办了这样的卡，不就等于对方也掌握了她的秘密，反过来说，她的把柄是否也就攥在了对方手掌？ 如果对方以此讹诈怎么办？

不仅额头出汗，手心也泛潮，她突然决定还是放弃为上策。犹豫间，又一个陌生电话打进来，王亮说自己已坐在那家银行门前的一辆奥迪车上，黑色的。 问她在哪儿。

乔晓静顺嘴道，已在银行。

王亮表示，马上给她发来一个银行卡号及收款人姓名，然后强调，干我们这一行的，不方便同时出现在银行，相信她可以理解。 只要她在银行转了账，凭银行回执单，即可出来到车窗口拿到手机卡。 大家互不见面，这样彼此都安全。 等她把卡装到手机上，他会给她发一个手机指令，等于把控制软件发过去。 她根据手机自动提示，完成软件安装，监听功能即时自动生效。

乔晓静绝对质疑对方的诚意，很可能只是欺骗她设了个局而已。 何况刚才的一系列推断和猜测，已让她感到危机四伏。 她坚持说，那不成，不见卡不可能先付款。 她明白对方就算真要做这种生意，肯定非要她先付钱。 一旦被买家坑了，他们也没法公诸天下。 所以，推掉买卡，只能用此一招。

王亮在电话里希望她快点付款，他还急着赶去给另一个客户交付手机卡。 两相僵持，对方苦口婆心说明见面的利害关系，一再强调对她更加不利，希望她能做出让步。 同时，还声明，公司有规定，没法先给她卡。 希望她能理解。

那算啦，我不要了。 说完，乔晓静乘机挂断电话，根本没给对方再说什么的时间。

显然王亮没料到会出现这种情况，而后接二连三打来电话，见乔晓静一直不接，则发短信说，自己也是打工的，如果她不要了，他就要垫上这笔钱，他一个月的工资也不够。 他家生活很困难，妈妈瘫痪多年，两个妹妹要上学，全凭他在外打工维持……

乔晓静一咧嘴，想笑不笑地对着手机短信说了句，继续，继续，再编，再编惨点儿。 对方当然听不到。

而后，对方接连来电，见她执意不接，改成短信威胁：你不接电话，是吗？ 别以为你不接电话就找不到你，我们可以定你的位，到时候抓住你，再付款已不可能，即使跪求，也不可能。 到时你要付出十倍百倍，甚至更大的代价。 明着告诉你，我们老板都是黑社会。 你可记好了。

乔晓静没理睬，也没关机，她倒想看对方还有什么幺蛾子要出。

又是接连七八个电话，随后另一条短信：提醒你，别出门，别回家，别和任何人联系。 也别打电话，小孩子藏起来，别去上学。 房子快卖掉，家人都断了联系。

真有点担心对方实施报复，那样的话，这一千多块就不算什么了。报警，报警！干脆报警。此时乔晓静不再多想，立刻以"暗访为由"报了警，并希望听听警方的看法。接线女警让她留下电话，她说，就这个手机号，自己总记不住号码——今天才办的，她当然记不得。

过了一会儿，有电话打来，来电显示是市话号码。她有些狐疑，会不会是王亮变换了方式？接还是不接？乔晓静咬咬嘴唇还是决定接听，大不了，以最快的速度掐断。

原来是警察。

电话那头儿说，最近这类案子很多，对方根本不可能知道她是谁，不过是用了一个名叫"号码任意选"的软件，行使诈骗。这种可以任意更改号码的软件，如果使用也属违法，但很容易蒙蔽别人。

即使如此，乔晓静仍心有余悸。

警方表示，面对稍有智商的人，这类骗子一般都骗不到钱，都是些小伎俩。如果去抓，根本抓不到人。他们哪可能真的在解放路交通银行前的车里。只是骗那些会把钱打他们卡上的人。他们现在根本不可能在我们这座城市！

虽然还心存芥蒂，终是一块石头落了地，乔晓静攒足一上午的劲儿顿时泄了，白忙活了半天，折腾得身心俱疲，加上昨夜无眠，早已双眼血丝如网，时不时一些黑影变形后在眼前闪过，难道飞蚊了？　大脑发胀，有些白痴的感觉。　四肢困乏得不怎么听使唤，腿颤巍巍，站着站着支不起身子似的。　额头的汗风干了，硬硬地贴在脸颊，头发再也不是溜顺光滑，僵僵的倔倔的。　真想就地卧倒，四仰八叉睡他几天几夜，但她知道无论回单位或回家肯定都睡不着，更何况现在去这两处睡觉也不合适。

　　手机时间显示已下午三点五十二分。　她决定去按摩店，以前也有过这种严重失眠的情况。　因为颈椎问题，她常去那家按摩店按摩，有时效果很明显。　有一次，她在按摩店正按着就睡着了，醒来已是次日上午。　那一夜，睡得香，睡得沉，简直像吃了安眠药。　她希望今天也能如此，能睡个安稳觉，否则从昨晚到今天下午，过度透支了精力和体力，很可能让她大病一场。　虽然她知道今天的失眠不同以往，但愿自己能睡得香，哪怕几个小时，一个小时或半个钟头，再不行只要能入睡都成……

　　如果昨天不是去了按摩店，如果不是胡非恰在那时打电话，如果不是胡非之前打了多次电话柳斐然接了电话（记忆中，他还不曾自作主张、越俎代庖、接听别人打给她的电话，哪怕知道是谁的来电，包括家人、亲戚、朋友），她几乎都蒙在鼓里。　自己竟然被监听，而且至今不知被监听了多久。　她无法想象这个事件，更无法想象接下来会怎么办。　但她觉得很累，浑身疲惫酸痛，从昨天接到胡非的电话至今，虽然仅仅过去一夜，却似好久好久。

来到按摩店，当值的大堂经理还是那个安徽小姑娘，一看就有南方女孩子的水灵加机灵，不仅嘴甜，人长得也甜。即使同性看过来，也养眼，熨帖。

大堂经理亲热地迎上来，乔姐，来喽！

她"嗯"了一声说，昨晚没睡好，叫小米再给处理一下。

在这里，一般不说按一下，说处理，好像真是大夫似的。

小姑娘甜甜地连说好的好的，乔姐您请。一只手优雅地划出一段小弧，做了个指向的表示，另一只手拿起胸前的对讲机呼叫，小米小米，请速到206，有客人。

乔晓静已听到对讲机里回传的声音：收到，马上过来。

来到206室，大堂经理微笑着相陪，服务员安排乔晓静坐在厚厚的棉沙发里，轻声问，还是来杯纯净水？口气既是征询，也是表述。乔晓静微微颔首算作答应。

大堂经理说了句，乔姐您稍候，有什么事，随时招呼，我去外面照应一下。

乔晓静瞅她一眼说，忙你的。

按摩房里光线柔和，准确地说有些昏暗。橘黄的光晕，映得一切都恍恍惚惚，往常在这里躺一会儿便昏昏欲睡。但乔晓静现在却清醒得无以复加，很精神，体内几乎所有的细胞都活跃着，似乎争抢着亢奋地工作。虽然浑身发软泛酸没气力，却无一丝睡意，还伴着头疼，是那种太阳穴的阵阵隐痛。

她是这里的常客，因为离家近，服务不错，按摩手法也合适，拿捏得很到位，她零敲碎打来过几次，便办了年卡。有时不仅她自己来，还带些朋友，包括柳斐然隔十天半月也来消费她的卡。后来，卡上的费用快刷完时，柳斐然主动往上续存，现在用的也是他续交的。

你说，这样的人，他怎么突然监听她呢？

小米进来后，问声乔姐好，带着一个鼓鼓的小包，里面装着按摩用的各种药膏或水、液、油、纸巾之类。

这里的按摩室跟宾馆差不多，依墙摆着一张床直伸到屋子中央，床头两侧各置一小柜。其他配有沙发、脚踏条凳（专用于按摩脚部）、矮凳、方桌、几案。台灯、落地灯、床头灯、吊顶灯应有尽有，平时只开着床头柜底灯，类似夜用灯，任何时候都不可能感到有光线刺眼，总是暖暖的，柔柔的，甚至有些暧昧。

问了情况，小米轻声应承，放心，乔姐，一定让您好好睡一觉，把昨天丢了的觉补回来。然后，她轻声笑，虽能听到笑声，脆脆的，但不尖锐——小女孩子的笑，自然，有些天真，却不失分寸。

　　由小米扶着她匍匐到按摩床上，乔晓静再向前把身体移到位，双臂扒着床头，脸对床头那个椭圆形孔，以下巴试了试。 孔的周边是稍有硬度的棉垫，很舒服。 下巴既不觉得硌硬，也不觉着软得下陷——刚好起到支撑作用。 尤其按摩时，她可以利用这些支撑充满弹性地时起时落。

　　小米已拿出一条一米多长、半米宽的白色布巾，凭空里一抖，全面张开。 那是用来盖在乔晓静背上的。 小米的按摩是隔着那布巾的，并不直接触及她的皮肤。

　　就在小米准备给乔晓静盖上布巾时，乔晓静床头包里响起手机铃声。

　　小米边说乔姐电话响了，边拎了小包递给她。

　　道个谢，乔晓静顺势趴在床上，把脸前的包摆正，拉开拉链，取出手机。 此时，她才想起，没有别人知道这个号码，肯定还是那个复制电话卡的人打来的。

　　乔晓静掐断电话，并关了机，便往包里放手机。

　　小米故作惊讶状道，乔姐，换手机了？ 这款手机好漂亮嗳!

　　知道对方是说好听话而已。 上午匆促买的手机，本来一次性使用，哪顾得那么多，依款式看，绝对最普通，怎么可能漂亮呢？ 她微笑道，都老太婆了，手机能用就行，啥漂亮不漂亮。

小米稍提高声音强调,瞧乔姐说的,还让我们活不? 您跟"老"字之间,那隔的,至少是孙猴子翻的筋斗云,十万八千里呢。

乔晓静"哧"地笑了,小米呀小米,你这小丫头,真会讲话啊!

毛主席他老人家说了,要实事求是! 小米换做严肃状,说完,忽然一副恍然大悟或刚想起什么的样子道,哦,对了,乔姐,昨天您按摩走后,手机掉这儿了。 您先生后来拿走了……

乔晓静刚趴下,上半身腾地起来一百三十五度扭向小米,两手前撑着像只豹子,紧紧地追问,你说什么,什么? 你说什么,刚才?

小米吃了一惊,没见过一向文雅而平静的乔晓静会有如此剧烈的举动。 不过,大概是什么样的客人都见过,小米从容地重复了刚才的意思。 乔晓静昨天走时手机落在这儿,小米打电话到她家,她先生接了电话过来拿走了手机。 店里之前办卡时留有她家的电话。

说完,小米疑惑地问:乔姐,手机您没拿到?

乔晓静"呵呵"笑了,然后哈哈哈笑出了节奏。 小米一头雾水。 像乔晓静这样的女人,哪里有过这样放纵的笑啊,而且有些笑得收不住,胸口两只兔子跳来蹦去,人在床上,整个呈花枝乱颤的样儿了。

小米只好附和着笑，终有些莫明其妙。

半天才停住，不笑了，乔晓静略带小喘对小米说，你刚才说这一款手机挺漂亮？

小米认真地点点头，并轻声"嗯"了一下，表示确定无疑。

乔晓静取出 SIM 卡，把手机递过去说，给，送你吧!

小米双手摇摆推辞，不行，不行，我不能要……

你放心，我一会儿给大堂经理说，奖励你的，我不需要了……乔晓静边说边起身，小米怔怔地手忙脚乱得不知如何应对，心说，这是怎么了？

乔晓静道，突然有点事，改时再来。

回到家，老公像往常一样在看电视。

瞥了她一眼，柳斐然说了句，回来啦，不是去外地了吗？　这样快？

有别的事不去了，话没说完，她看到柳斐然已把头转回电视。　他不是看电视剧，在看军事频道的枪械专题，另外喜欢体育频道。　晚上因为要陪孩子做功课，看电视时间自然不多。

乔晓静问，昨天我的手机忘在按摩店了？　是你去拿回来的？

老公有点怪怪地望她一眼说，手机你昨天不是从家里拿走了

吗？ 那是我放在入门框上的！ 我不去拿，它能自个飞回来？ 你
按摩完一拍屁股走人，人家电话追来，我当然要去取啊！

乔晓静哦了两声。

老公又说，还有，胡非昨天好像很着急，不断打你的电话，
好几遍，我就接了，告诉他你手机没在身上……最后联系上你
没？

乔晓静一笑，联系上了，稿子的事。

一边说着，乔晓静掏出手机习惯性放到入门侧的柜台上，便
进了洗手间。 这是她多年如一日的习惯。 回家后担心手机在包
里响了听不见，另外担心出门时急匆匆忘到家里。 放在这儿的好
处是，走时总会因为瞄一眼便提醒自己带着它……

净了手出来，她对老公说，太累了，不吃饭了，需要补觉，
晚饭不用喊我。

老公有一搭没一搭地"嗯"了声，继续看电视。 这也不是第
一次，当然也不是最后一次。

那一夜，睡得香。 乔晓静进了客房，倒在床上，连衣服都没
脱，像醉死过去似的。 她太累了，不仅身体的，而且前所未有的
精神之累，让她透支得简直要虚脱了。

第二天醒来九点多了，乔晓静下床后，一个屋接一个屋走走

看看，没有别人，老公和女儿均不在家。 该上班的上班，该上学的上学，只有她常常这样在时间和空间的无序状态中工作。

卧室里，柳斐然把被子叠成了长条形，横在床的一头。 她很不喜欢这样，但也不多争执。 做家务，她一向的原则是，你不干，人家干了，就别多说人家干得不好。 家里的卧室有三间，一间他俩住，另一间是女儿住，再一间是她昨夜睡的客房，一般多是双方父母来时居住。 哪次，他或她太累或其他原因，偶然独居客房，互不相扰，彼此皆可理解。

穿着睡觉时压出横七竖八褶子的衣服，在卧室、客厅、厨房，甚至洗手间之间没有目的地晃来荡去，时不时故意走到镜子前瞧几眼凌乱的头发和松松垮垮的衣着。 这一夜睡得真好，整个精气神都补了回来。 她相信，待会儿换身衣服，梳妆理鬓，昨天以前的乔晓静又回来了。 这一天，算把人打击到谷底。 什么事啊！

右手刚搭在衣橱门柄上，突然一个念头流淌过来：如果，如果老公发现她发现了自己的手机卡被复制，然后串通了小米呢？那样的话，那样的话。 上帝啊！ 奶奶的，有可能，一切皆有可能！ 小米这样的打工妹，给点好处，让她演双簧还不小菜一碟。他们很可能还自以为此番表演天衣无缝呢！

大脑一炸，像电影里碉堡被掀了盖子似的腾起一股白烟儿，乔晓静整个轻飘飘的, 随了那白烟荡在半空, 双脚怎么也踩不着什么, 哪怕一片残枝碎叶, 眼前黑蒙蒙的。

不知过了多久, 眼前再次出现了衣橱——那仿铜的树叶儿形手柄仍紧紧地被她攥在手里, 她发现自己只是上半身还依着衣柜, 其他则呈摔倒状。 摇摇头, 深深吸一口气, 直到不能再吸入才呼出来, 似乎这次吐故纳新, 把内里的混乱来了一次彻底的更新, 大脑重新开始运行。

我, 还活着!

活着啊! 一切, 一切的一切, 还将继续。

这就是休克? 休克不正是短暂的死亡? 死亡难道不是永久的休克? 她根本不知道刚才都发生了什么, 她什么感觉都没了。

如果刚才失却知觉后没有醒来, 是啊, 这个世界从那一刻还与我有什么联系? 我不存在了, 世界自然也不复存在……

用膝盖半跪着起身, 还能站得稳。 碎步蹒跚至阳台, 手把窗栏, 俯瞰楼下熙熙攘攘的人流, 虽然城市灰蒙蒙的雾霾不轻, 还是基本能看清行人的所作所为, 距离近者甚至可以清楚分辨其脸孔五官或表情。 十有八九的人都是手机不离手。

有人在打电话, 很严厉地说着什么, 态度愤愤然。 有人在发短信或微信, 或刷微博。 手指在手机屏幕上画来写去。 瞧那个女孩子面对手机屏幕, 笑得停下脚步, 一手按着小腹, 眼睛紧闭，脸上的表情喜忧参半。

哦，还有人用手机拍照，或录像。三百六十度转着圈，一圈又一圈，再一圈，动作有点像打太极。那棵树下，一个两三岁的小宝宝在妈妈怀里伸出细小的食指可爱地点按着，大概在玩游戏，或听儿歌？

突然进入视野的还有骑着三轮收废品的中年男子，一边蹬车一边看手机，也不怕跟谁撞了车或碰了前方的行人，皱着眉头，有什么烦心事或不明白的事。

"嘎"一声，一辆 SUV 停在乔晓静家楼下，穿着灰色西装的男人打开车门，大声在喊着什么，手机斜举在胸前——原来耳朵上卡着耳机，用的蓝牙……男人附近一个身穿"环卫"马甲的大妈，左腋下夹了把带柄的扫帚，右腿靠着一个长柄撮箕，手机贴着半边脸，频频点头……

环卫大妈的动作让她想起有天半夜，在路边昏暗的树下，一个女孩面对手机，巴掌大的惨白光亮映得她面目皆非，黑白突出，瘆人不堪。乔晓静第一次明白了摄影中仰光打出来的人脸多么恐怖。女孩子用手梳了一下刘海儿，才让她意识到那是人，不是鬼魅。

那个梳刘海儿的动作，让她又想到一个开车打手机的女子，借用等红灯的时段，一边拿小刷子刷自己的额头，大概刚涂过粉，歪着头用右侧脸与肩部夹个平板手机，说着什么。 其间还放下小刷子，换了口红画自己的唇，然后上下唇咬合、张开，再咬合，再张开，重复几次，似乎能听到双唇启合间发出的"叭叭"声……在她手忙脚乱启动车后，那个骑着电动车的男孩，由后座上的女孩把手机举在他耳边，一边通话，一边飞快地穿梭在快车道的车流之间，引来一连串汽车鸣笛、刹车，引来路人纷纷驻足观看，难免惊得谁一身冷汗。 这世界上，总有一些人替别人着急的。 在这些观望的路人甲乙丙丁中，一个白领模样的女子左右开弓，一手一部手机，同时两个耳朵在接听，还不时地嘴朝着左侧手机说两句，把右侧手机稍微移开脸部，或者反之操作，冲着右手手机快速地来几句……

　　"东山上那个点灯呀，西山上那个你，四十里那个平川呀，瞭呀瞭不见人。 你在你家隔壁呀，我在我家等，纯生的那个梨儿呀送也送不上门。"童丽的《盼亲亲》甜美而欢快地唱起来。 顺着那歌声，乔晓静望着自己的手机在不远处的入门柜上有力地颤动着，那是她给手机设置的铃声加振动，为了提醒自己能及时接到电话。 有那么一段时间，她隔一会儿就要看一下手机，耳边似乎总能听到手机铃声在响。 后来，她才明白，自己已属于手机强迫症患者。 在手机铃声之外加上振动，只不过是一个手段，即使如此，她还是不得不承认，手机实际上已绑架了她，而不是其他。

　　乔晓静此时突然意识到，虽然昨天那一夜睡得香，可今晚呢？今晚或将无眠。脑海里神奇地出现了《图兰朵》中《今夜无眠》那一幕。当公主下令当夜京城所有人不得睡觉，必须查出无名异邦青年的姓名时，王子卡拉夫借世界男高音帕瓦罗蒂之口演唱起著名的咏叹调：

　　　　谁也不睡觉，人人都清醒！公主，你可也清醒，在那寒冷的寝宫仰望星星，它正为爱情颤动，为希望颤动。那秘密藏在我心中，没有人知道我姓名！不！不！等它出自你口中，当明晨旭日东升！那时让我的亲吻打破寂静，你到我怀中！

后台女声合唱：

　　谁知道他的名和姓？害我们都要受苦刑。
　　消散吧，黑夜！
　　落下去吧，星星！
　　胜利就在天明！在天明，在天明……

原载《时代文学》2015 年第 12 期

玫瑰杀手

　　窗前又一次出现了火红的玫瑰，没想到我的最后一单生意买的是个警察。

　　多年的职业杀手生涯，足迹遍布各地，做了多少活儿，连我自己都说不清。 我的窗口一次次出现火红的玫瑰，却没有一束与爱情相关，我就是传说中的"玫瑰杀手"。 不过，相信下一个情人节，我会把一束玫瑰送给那个爱上了我的法国姑娘！

　　算上吴一枪，我一共接过四单警察买卖。 干我们这一行的，一般不跟警察过不去。 调阅吴一枪的资料，令我吃惊的是，根本没想过会遇到这么一个目标，以至我惯常握枪的右手出奇地抖了一下。 吴一枪激起了我前所未有的兴趣，但并不影响我现在平静地喝着刚煮好的蓝山咖啡。

　　一切并不顺利。 因为吴一枪要参加一个全国活动，一直不露面。 线人通知我，必须把他逼出来。 所以，我在刑警队附近一直等待，吴一枪最好的助手驾车出来，我的车紧紧地跟上。 在一个十字路口等红灯时，我手拿一沓广告传单，去敲他的车窗。 他一边开窗一边想说什么，似乎突然就发现了传单下面的枪，霎时间，两发子弹已射穿他的头颅。 应该说，这是个很不幸的青年，五天后，他就要结婚了。

警察肯定看到了我留的字条和那枝玫瑰，至少那个未婚妻会知道这一切。 所以，我不担心吴一枪不清楚发生了什么。 接下来的几天仍然没有吴一枪的丝毫消息，看来，玩起了老套的猫与耗子的游戏，彼此都在销蚀对方的耐心。

果不其然，静静地等待了六天，吴一枪的助手原订结婚日过后的第一天，我接到通知，目标出现在人民广场……

太不可思议，难道他不知道我在找他？ 或是他还不知道我已杀了他最得力的助手？ 难道他的同伙一直对他封锁消息，他是自己随意出来的？ 不可能啊！

那样的广场，对他来说实在是一个错误的选择，我知道警察是不能随便开枪的。 而我则不同，只要便于做活儿，又有利于安全撤离，当然是人越多越乱越好。

其实，一进入广场，我就嗅到目标游走的气息。 蹲在几只贪食的鸽子前，一边与鸽子戏逗着，我以深呼吸陶醉地闻着周围的桂花香气。 阳光如此温暖, 舒服地照在深秋的城市。 消闲的市民在广场与鸽子嬉戏, 貌似与自然十分和谐。 哈哈, 我从心底暗笑人类有时这么做作。 我的目光在帽檐下向四处远远地寻找。

突然, 有一个人影快速地从我身前经过, 他的行走停顿挡住了我的视线。 一个惊乍, 我抬头与那人瞬间对视, 他似乎很随意地盯了我一眼, 就闪过去了。 他并没有在意我, 或者说, 他没法认出我来, 而我却认识他。 就在我准备起身的时候, 我发现自己错了, 他路过的地面有一个纸片, 那上面分明写着"跟我来"三个字。

跟他走? 难道要走进他同伙的伏击圈? 怎么可能?

左手拿报纸做掩护, 右手从胸口掏出枪, 不过, 我没有立即动手, 还是决定跟着他走几步, 以便找到最有效的位置开枪。 他走得很快, 我稍慢跟着。 在我的视线中他走了四五十米, 就突然转过身。 没想到他会在那么多人的广场动手, 直到对着他的枪口, 我才回过神来。 他是右手持枪, 左手托着右腕, 整个身形像雕塑一般。 我不由得心里赞叹, 这是一个非常适合握枪的人。枪就像他身上的一部分, 由他握着显得那么完美舒服。

正因为一切不在想象中, 我一时间有些乱了方寸, 但多年的职业生涯使我能在瞬间调整好自己的状态。 扔掉报纸, 我对准他的微笑扣动扳机。 经过消音处理的枪声没有惊动过多的游人, 子弹在吴一枪的头旁侧了一下后便落空呼啸而过。　这时我才吃惊地发现，他的身后是广场上那一大片广阔的水域，他不仅准确地了解了我的手枪的最大射程，而且正确地判断出我的子弹弹道轨迹，他甚至那么熟悉我的开枪习惯。

第二下扳机来不及扣动，我的直觉发现，吴一枪已侧身稍作下蹲，同时，我的胸口就猛地受到一下冲击，随之一麻，继而有一股奇痛，甚至能闻到皮肤被火药灼烧的气味，衣袖里那朵红色的玫瑰在我双腿发软、眼睛发黑之前先落了地……做梦也没想到，自己是这样结束杀手生涯的，才仅仅一枪。

不知过去了多久，是一个女孩的"醒了，醒了"的叫声，让我逐渐恢复了知觉。　我没有死。

事后听大夫说，吴一枪用的是做了特殊处理的子弹，射穿了我的肺叶，却并没有伤及心脏。　因为他的任务是留活口，而他又要为自己的助手报仇，就采用了这种方法，既不要我的命，又让我饱尝子弹的痛苦。

天哪，吴一枪！　如果子弹稍有偏差，或是测算稍有失误……

是的，做了十多年职业杀手，你要问我那一刻的感受，我只有哑然失语。

原载《天津文学》2009 年第 4 期

天痛

莹这样的美人出场时，便带着她无法摆脱的天生之痛！

虽然自幼习武，却没有多少女侠豪气。大家闺秀的莹，琴棋书画无所不精，女红手工样样生巧，多的还是女儿本色。春往秋来，身上身下没少挨棍着棒、刀枪挂伤，莹并未说半个痛字。莹的痛，是女人每月躲不过的那几个日子，痛得肝肠寸断、死去活来，而且出血量奇大，似乎要把她体内血液流干一般，不用药根本无法止住。十年间问诊天下，遍访名医，终不见好！见莹痛得呼天叫地，寻死觅活，惹得四邻皆知，家人最没办法的办法是，在实在扛不过时便给莹药麻。是的，生理上的天痛成了莹的痛中之痛。

如果让莹这样的美人也上了战场，这个国家的前景可见一斑。

莹坐镇军帐，她的国家已面临灭顶之灾……

战场屠戮残酷到极点。 敌虎狼之师所到之处男女老少尽皆杀绝，战地口号便是"灭弹丸国，倾城移民"。 此时，因莹之痛一拖再拖未能完婚的郎君也战死沙场。 家仇国债，在朝廷无卒可出之际，莹身负重命，率百余女兵出征数十里，会合六千残部，成为国都的最后一道屏障。

如此阻挡数万坚锐，莹知不过是为她提供了一个替国捐躯的可能！ 谋士进言，擒贼擒王，杀了对方主帅，一切或许可能改变。 是个好主意，可是谈何容易？ 谋士手拈三须道，莹来，这将成为最大的变数……

当晚，多年来一直不离莹身前身后的奶妈意外失踪……

敌方接连主动停战四天！

第五天，日挂半竿，寨外传来震天喊杀之声。

莹披银甲裹素袍，率众登寨楼向外望去——敌兵如云，战马嘶鸣，旗幡似浪，齐声呐喊：誓擒贼莹，纳为帅妾！ 莹大怒，传令死战。 寨上一阵飞蝗，城门大开。 敌兵已能望见城里莹跃马执鞭的飒爽英姿，莹却突然大叫一声滚鞍落马。 营寨吊桥急忙收起……十三名贴身女护卫心生不祥，是莹每月一次的天痛突降？真不是时候啊……

入夜，唤来十三护卫。 莹泪眼婆娑，手拉一个个亲如姐妹的姑娘们，许久，低声道：今夜如果敌军偷袭，你们守在帐外三米之遥，只许自救不得主动出击，也不得私自进帐，哪怕捐躯！　言毕，莹泪如雨下。　众护卫抱拳跪拜，誓死保护主帅！　莹泪眼含笑一叹：这次，是保护我们的国家！

子夜，敌果然来偷城。　喊杀声撕破了夜的黑暗。　不久，莹兵见大势已去，潮水般向后门退去。　敌军杀至莹大帐之外，见十三名女将横眉冷目仗剑侍立。　敌帅纵马上前，蔑视地咧嘴发出"切"的一声，头一侧把手一挥，众兵如饿狼扑群羊般四边围杀。　并没有想象的轻松，敌兵被杀得于大帐三米外堆成一个半人高的尸墙，十三护卫才精疲力竭纷纷倒在帐前，用自己的尸体相叠挡住军帐入口。　敌帅赞叹感喟……

兵勇挑开帐帘，见莹坐卧于地毯之上，雪白的素袍下半身却被血染红，像坐在一摊血泊之中。　额头汗珠滚滚、脸色苍白的莹，似乎想用剑支撑起身却几次未能如愿。　敌帅心喜，果如奶妈所言，赶上她的特殊之日，不费吹灰之力便可抱得美人归了。　嘿嘿。

显然，不屈的莹想在敌帅面前尽量咬牙止痛，那种从牙缝渗出来的呻吟却显得痛中之痛！　兵勇退下，敌帅爱怜地近前道：别强撑了，这种情况下哪还能战？　跟俺回家吧！

平静片刻，敌帅俯身至莹面前，小心翼翼握住莹持剑之手，一个一个掰开她的手指，把剑抛向远处。 莹只能束手被擒！ 痛得再也不是呻吟，而是大喊，撕心裂肺地大喊，惊得帐外的敌兵一缩脖一缩脖的。

敌帅搀扶莹起身时，莹厌恶地躲开他，顺势转身，双手撑住帅案。 案头是支杯口粗的大毛笔。 莹喘着气抓了毛笔，撒娇般打去。 敌帅先是一惊，瞬间便任毛笔落在自己胸口，宽容地笑说：好了吧，别逞强了！

两下三下四下，毛笔一下比一下软弱无力地打在敌帅铠甲上，然后贴在胸口不动了，像粘着一样。 莹身子整个瘫在他怀里。 敌帅右手把莹的头揽在胸口，轻轻地抚摸着她的云鬓；腾出左手握住毛笔的笔头与笔杆交接的笔碗儿处，然后往上一提。 那一提太轻飘了，他手里只攥了个空笔头。 刹那间，寒光一闪，莹手持从毛笔脱胎而出的短剑划了个斜弧，抹过敌帅的脖颈……习武数年，这样的机会，莹是不可能失手的。

依令退后十米待命的敌兵，突然仰望夜空，一支火箭从莹帐顶飞射而上，半天炸响，焰火化成雨似的流星。 在敌兵一片惊惧之际，四伏的莹兵惊天怒吼杀回军寨……

慌乱的敌兵，目光与手提敌帅首级仗剑挑帘出帐的莹一碰，愣了半秒，便鸟兽四散……

青草溪畔，莹为十三护卫及奶妈的衣冠冢举行了隆重的葬礼。

　痛不欲生的莹，边哭边诉为我们揭开了真相：没有奶妈的舍身前往，没有十三护卫的誓死护帐，敌帅怎能相信莹的天痛！ 十四人的生命成了这场战争能否胜利的关键！

　雨点徐徐落下……

　迎风而泣的莹，陡然一个战栗。 失去十三护卫和奶妈，她的天痛这会儿是真的来了。

原载《小说月刊》2010 年第 7 期

咖啡飘香

那是个粉红色的夏日，穿着 T 恤的我，漫步黄昏。 在那家熟悉的咖啡馆前，像往常一样驻足仰视。 咖啡主色的外装，西方美女的巨幅喷绘，缕缕飘逸的咖啡浓香，这一切都让人忍不住向往。

当然，我也是从第一次至后来的第 N 次，一次次地走进那家咖啡馆。 而那个故事的发生，是在 N+1 次。

我像平常得不能再平常一样选择了最喜欢的临窗沙发坐下。 一杯意大利式的卡布奇诺，浓浓的奶泡与咖啡混香，丝丝微微沁入我的感官。 这种中性咖啡是我的至爱，每每举杯，小口啜品其润滑其质感，才知道咖啡之内涵并非简单，也不会复杂。 镀着金边的手杯，偏浓的咖啡，倒入蒸汽发泡的牛奶，其颜色就像意大利无处不有的卡布奇诺教会修士在深褐色的外衣上覆盖一条头巾，从此诞生了一品咖啡，迷恋了太多的男男女女。

对面的女孩，同样一杯卡布奇诺。她没有过多看我。她的粉红色连衣裙，加上姣好的身段、青春荡漾的脸庞，很是"养眼"。当然，很快我就没有理由地收回侵略别人似的目光，专注在自己的那杯咖啡上，思绪飞扬，不仅是品味，也同样欣赏那枝脉逼真的枫叶状的白色奶泡拉花……

不是巧合，确实是她手中的那本诗集，让我一下子产生了想打断她的阅读说些什么的欲望，当然是十分急切不吐不快的那种。

"你也读……尼采的……诗？"问得吞吞吐吐。

"不可以吗？"她左手把散落在额前的秀发向耳后梳理了一下，反问——声音很甜美很轻灵。

许多人阅读尼采不过是感受他的哲学思想，并不知道他还是德国新诗歌的开拓者之一，德国象征主义文学的先驱。我一直很为尼采诗歌的力量所吸引，没想到这夏日的咖啡香中竟有一位都市女孩会如痴如醉地品读尼采的诗！

"在自己的命运之上树立一个命运。"我轻轻地吟咏。

她突然惊喜地抬起头，愣了片刻，略微思索道："严峻，想着过去，想着未来——"

"当初我告别之时，那一天我非常苦痛；"

"如今我再回来，更使我忧心忡忡。"

…………

就这样一句对接一句，一行连着一行，两人为尼采而异常兴奋。

达成的共识是，这世界读尼采诗的人太少太少；诗歌其实是少数人阅读的，它需要与诗人有着特殊共鸣和感觉人的进入。

从咖啡馆出来，我们谁也没有提出立刻分手，于是便看似随意地经过一个十字路口，漫步到一条城市之河的护栏边，倾听着若有若无的水声，说着一些至今也回忆不起来的话题。她背靠那棵老树时说起了尼采的终点，她竟然落泪了。我的手指触摸到她脸上的热泪，心里抖颤颤的，在夜色的树下就把她揽进了怀里。相互感受着雨后夜晚的体温，相互感受着亲切的美好……

分别之际，她除了留给我手机号，还有亲吻时余香不散的卡布奇诺。

又逢周末，打她的电话，接通后响了两声便传来"你好，你拨打的电话正在通话中，请稍后再拨"的英汉双语反复女声——明显是被人为拒听。我只好发短信约她再见。短信很快回复：很忙，回头再说。月后，再打手机，她仍如故，而短信打探，回复依然：很忙，回头再说。如此由夏至冬，街头流行起刀郎那首《2002年的第一场雪》："你像一只飞来飞去的蝴蝶，在白雪飘飞的季节里摇曳。　忘不了把你搂在怀里的感觉，比藏在心中那份火热更暖一些……"而她回短信犹如机械一般固定，总是那几个不变的字："很忙，回头再说。"以至我怀疑对方是否真有其人。　可我依然执着地几天给她发一次短信。

　　那个夏日在我的记忆里，便被她当时的连衣裙整体染为粉红色。　我一而再、再而三地出现在那家咖啡馆内，伴着卡布奇诺的奶香，却没有等到希冀不期而遇的人。　我吃惊地发现，我们竟然谁都没问起对方的姓名、职业什么的，两人所有的联系不过是对方的手机号码。　与以前一份档案、一份工作、一份老宅就把一个人固定在一个信封上的地址相比，如今人们的流动如夏日暴涨的河水，身后什么都没有了，只有一个手机号码。　其实一个手机号码也就是一个人呀！

　　我再也没有见过那个女孩。　那个冬季突然有一天，我发给她的短信没有回复，打去电话，却传来"你拨打的号码并不存在"的提示音。　我几乎不相信自己的耳朵，如此往复地拨那个已熟知了半年的号码……

　　她从此彻底在我的生活中丢失了！

　　从那时起，我一年一年地改写歌词，演绎着 2004 年的第一场雪、2005 年的第一场雪……2009 年的第一场雪——

　　"2009 年的第一场雪，是留在卡布奇诺难舍的情结。　你像一只飞来飞去的蝴蝶，在白雪飘飞的季节里摇曳。 忘不了把你搂在怀里的感觉，比藏在心中那份火热更暖一些……"

　　2010 年，我结婚了。 妻子，当然不是那个与我初吻的女孩!

原载《华原》2005 年第 3 期

你敢说你没做

　　我是在那个干冷干冷的冬日之夜，找不着回家的路的……

　　不，我没有喝酒，真的一滴酒也没有喝，怎么可能就醉了呢？　虽然在省城晚报一干就是五年多，几乎天天都有可能泡在酒场，以至常常连朋友、熟人的饭局都串不过来，可那一次我真的是滴酒未沾。　现在回忆也说不清，不过，好像当时心里窝着什么不爽的事，于是像患了夜游症一样从一条沿河的大街晕悠悠地晃着回家去。

　　那条很是冷清的街道被风扫荡得干干净净，在白色的路灯下竟然很难看到几片落叶，而且少有车辆来往。　孤独而又十分无聊的夜风，像刀子一般刺穿我的羽绒服剿进我的身体。　不久我就在那条路上浑身哆嗦，牙关也打起仗来。　路边的河水更是肆无忌惮地哗哗哗地敲碰着我的心跳。　心里无形中宛若怀了鬼胎一般胆怯起来，谁说身正不怕影子斜？ 有时候，某个可怕的情形一下子就考验出来一个人的胆量大小。 就在我心跳如鼓、狐疑四顾的时候，突然在静谧的夜里，借着路灯不时泛出的一些白莹莹的光，不经意间我的眼前轻扬着一只掠过水面的雄鹰。 天哪，那么干冷的夜幕下，在省城的街道上，我怎么可能邂逅一只鹰，很大，很壮，很野性的一只似曾相识的鹰。 闪转腾挪，扑翅曼舞，时高时低，似乎带着一种奇异的傲倪，虽低宛如丝却让我的心里一刹那就唤起一种特殊的感应。

不可能眼花！ 怎么可能眼花？ 要知道，我既没有喝酒，又很年轻，视力绝好。 上大学之前我险些考进公安学校，父母不愿意，说未来的工作总跟危险打交道。 当然，我还有可能在南方一所海洋院校度过自己的大学时代，也是由于二老认为：如果那样，未来的工作单位会离家太远又未能成行。 所以，在提前录取的高校中，我未能选到一所让家人满意的，只好在第一批重点院校录取时上了省城大学的新闻系。 虽然读了多年的书，可我的视力依然很好。 夜晚写稿看电视，酒吧狠泡，迪厅疯蹦，还躺在床上看书，没事，我很想用自己来证明，晚上再用眼也没事。 你见过夜眼吗？ 谁说我不是。 我一直认为，眼与脑一样，多用才会更加锐利、耐用。 谁说不休息了，谁也没说过这种话。 别说眼睛，全身哪个部位不休息恐怕都会出问题。 这一点，我明白，比谁都明白。 哪有不休息的可能？ 躺在床上看书真的没事，从小学就没有人管过我是否躺着看书。 要知道我的家长只要求我"在看书"，并不管我采取什么方式。 想想这世界上有多少人躺在床上看书呀。 一句话，舒服呗！

所以，我说过在那么个除了路灯以外天空黑乎乎的夜晚，我真的就看到了一只鹰。 那呼啸而过的、似曾在一个青翠翠的草原上被猎人摆治了几天几夜的苍鹰，两眼血红血红，喙上还残留着黑色的血的干痂，全身似抽了筋一样，绵绵肉肉的。 猎人的眼睛也同样尽显血雾，几乎看不到眼白，血丝丝拉得满满登登包围着有气无力的眼珠。 对啦，准确地说，你见过充满悲伤的羊眼吗？没注意？ 那你看过毕加索的画吗？ 对，人物画，是那种画一个人或几个人的。 那好，见过，那你就会想起那种令人很是伤感的羊眼。 对啦，你也听说过，毕加索的人物画眼睛画得十分特别，就是把羊眼移换到了人的眼窝里。

对了，我就在那时……想起来了，我好像是从一个画家，或是一个喜欢画的人家里出来的吧。 好像走上那条街道之前，我也曾对谁说过羊眼与人眼的问题。 想一想，羊的悲伤，羊的那一抹一闪即过的眼神为什么就能触及人的灵魂？ ……是，是，是，我还在那儿想什么呢，还不赶快找自己的家。 正是由于边走边想，突然停下脚步时，搞不清楚自己究竟站在哪儿。 在那座城市生活了近十年，想想看，大学四年在城市西部上的，工作五年多的单位位于城市东部，何况又是搞新闻工作天天在外面跑，对生活和工作的城市之熟悉程度可想而知。　而且那还是条主干道大街，怎么冷不丁就说不明白自个儿一大活人站在城市的什么方位？

灯光

　　应当说人遭遇黑暗时是最希望有亮光的，哪怕是一线一丝。恁？　恁说俺说得不对？　咋就不对哩？　恁说谈情说爱的小年轻就总爱朝没亮光的地方钻，干见不得人的事的人，也总怕光明不是？　俺不跟恁抬杠，打小时候起，俺爹娘就不让俺跟别人争个啥。　没啥，没啥，那有啥，究竟能争出个啥？　但……是，俺心里想哩还是俺想哩事，恁愿咋说恁就咋说呗！

　　俺当记者第一次采访就是去市里的一个灯具厂。　那块儿的灯呀多得很。　咋个多？　不光颜色多，而且花样也多哩。　红的、蓝的、白的、粉的，鲜桃子形的、荷花形的、黄瓜形的，长条形的、方块形的，还有圆得像个球、扁得像本书的，一串一串像葡萄的，一粒粒像星星的，一穗一穗像玉米的，真是多得很。　恁不知吧，给恁说到明个儿早起也说不完。　啥？　恁说，俺那地方话不说"说"字，说"扯"。　恁不知吧，俺在外多年啦，现在话都说乱啦。 上大学时因为学校的学生来自全国各地，首先是一个月的军训和普通话练习，好像同学们的话都说成了四不像。 恁想呗，四川的、广东的、上海的、贵州的，还有很多少数民族的，哪里的人都有，那话还不说乱啦？

不过，咱北方人，就是说普通话，也就那样。 不说不行，做了记者要采访，恁说方言，没劲，也不方便沟通。 不说啦不说啦。 俺不管人家作家贾平凹是否说过毛主席都不说普通话这话，俺又不是贾平凹，俺也不总是像人家一样写小说，写得最后连名字都改啦。 不管，不管，不管人家。 中，中。 还说灯？ 好家伙，恁看，被这灯一照，咋就说开这话哩。 唉，恁说那是乡音无改鬓毛衰，人家贺知章老啦也不改乡音，俺不是刚给恁说啦，俺一上大学就把说的话给说乱啦。 别照啦，别照啦，俺热得慌。啥，咋热？ 恁也不瞧瞧，俺的汗都流成啥啦。 这么冷的天，这么冷的房子，俺刚进来那会儿不是还冷得哆里哆嗦哩。

恁想咋着吧。 只管说。

恁要俺弄啥。 说呗，说呗。

别照啦，别照啦！

部长的妻子

那可真是个漂亮的女人呀！　我曾在多少孤寂的夜晚想起她！想得难以入眠，想得乱七八糟！

就我这么一个小小的记者，怎么可能用什么更准确有效的语言来描述这么个美人？　我不是作家，我只是记者，是那种做快餐的，是那种只要以第一速度把发生的事件告诉读者的职业，只需说清，不需说得那么细致形象，甚至还充满某种文化含量。

当然，说起这个漂亮女人，也可以用一些俗语来描绘一番。可是，那怎么能说到位，说得恰如其分，说得让你与我一样感同身受？　行，行。　那就说两句，就两句！

人们说眼睛是心灵的窗户，果真不假。　那女人的眼睛简直扑棱棱好像会说话，不属于放电型的，是那种直逼人的心坎，如清泉漫浸人的燥热全身的一种微妙的感觉……什么？　噢，你说这是哪本书上说的。　我说不说吧，你非要我说。　行，行，我尽量说出属于自己的感觉来。　那眼呀一般不多看你，也就是一瞥，很撩人。　我就是因为那一瞥，就被瞥迷糊的。

什么，你说像我这样总是重复别人是当不了真正的作家的。当然，那当然，我怎么可能想当作家？　我不过是准备参加那个作家代表大会的采访工作，我需要弄清当下的作家们在写什么，是怎样写的。不过十分感谢你对我的严格要求。这对我的采访工作肯定大有帮助，念大学时老师曾说过，如果每次我们在采访中能熟悉一种行业的生活，天长日久积累到一定程度采访起来就很方便和容易。他还说希望我们成为生活中的杂家……我知道又说跑题了，我改正。

行，行。什么？还让我说？瞎编也行？这一点你就不了解了吧？我怎么可能瞎编？我是记者呀！干记者的，真实是第一生命呀！我写新闻从来都是有据可查的，那叫真实。噢，真实，真实并不是什么都写，一锅粥。真实的写作也是有选择的。谢谢，真的谢谢。说实话，你也赞成我这句话，我由衷感到欣慰。行，就按照这个意思说下去，说那个女人。不过，我有个小小的请求，我说的都是真事，还没学会编，最好你不要打断，一打断，我就说乱了。好，好，谢谢，真的很感谢！

我是给宣传部副部长送照片时见到那个女人的。她年龄不大，也就三十，或者更小。就是与副部长相差二十岁。你也知道副部长五十多了？没事，没事，你这样插一句话也不要紧。副部长家摆设很漂亮。谁说文人们只管自己埋头创作，不事权贵？看看副部长家里满墙搞展览似的字画，书架上尽是作家们送的让批评、斧正的书籍，就会明白，如今这文人也只有一张看似犹存的傲嘴了，哪还能找来什么傲骨？ 你说得也对，文人做的事业不过是一种吃饭本事罢了。 就说这副部长吧，其实对文学艺术懂得并不多，原来是学经济的，为了进位子，就排成了宣传部副部长。 这一当副部长，好像文学艺术他搞了多少年似的，哪个会上都讲得津津有味头头是道，哪个会上都要做指示发表重要讲话，简直一个天生的文艺专才。 不但文学、书法、戏剧、音乐、美术样样精通，就连民间文艺、杂技、舞蹈也言说得颇见水平，尽显高瞻远瞩、高屋建瓴、总揽全局的领导才华和卓越才能。 就是在这种高水平的讲话指导中，副部长把这个女人宣传到自己家里去了。 这样才是小说的语言。 不行，不行，我的叙述是有原则的，我只讲这件事。 对了，你可千万不能把这事说出去。

当时副部长不在家，按响门铃时，那女人正在家生气。 小保姆只通过门上的猫眼与我对话，根本不让我进去。 她说，部长不在家，让我改时间再来。 我说，部长说好了，晚上等我的，让我把照片和……拿来的。 小保姆说，部长走了，去外地了，没有吩咐收什么照片之类的事。 后来我才知道，那天下午吃饭时，副部长接到通知，让相关领导都去开一个紧急会议，而且是到市区以外开，晚上不回来。 那个会开过不久，一位领导就被"双规"了，肯定不是副部长。

我本来是可以不进他家的。 我当时有些犹豫，拿来的照片和东西是否交给小保姆。 不交吧，又担心除了照片之外的东西是急用的，因为我接到的通知是务必那时之前送到副部长家；交吧，又担心……这时候，就听见了一个女人的声音，她问了小保姆情况后就说，进来吧，让客人进来吧！ 怎么也想不到，这一次进门足以毁掉我的一生。

你敢说你没做

是的，当时，他们就是这样说哩，你敢说你没做？ 恁也不想想，让说说俺做啥啦？ 俺的直觉让俺在他们问话后就说了句，俺做啥啦？ 他们就不说话啦，只是在瞅着俺，两个人四支枪似的目光冷硬地射在俺脸上。

当俺明白了自个的处境，首先想到肖剑。 俺十二分生气地对那个胖子大喊，把恁们肖剑队长找来——俺以前采访，还给他写过一篇不算短的人物通讯，他不会不认识俺吧？ 只要他来，俺就有说话机会，不像现在被这两个家伙逼着，越逼越紧，弄不好还真他妈的要弄出点啥事来。

俺的大喊并不见效，这两个家伙似乎有着共同的毛病，不约而同地吸了一下左侧鼻翼，露出职业化的模式样的冷笑。 那意思一定是不屑一顾，瞧你那样，还找我们队长呢！ 这一来，俺真的有点气急败坏啦……

突然间那个胖子就把桌子上的大檐帽一摔大喝道，你敢说你没做？俺下意识地被他的喊声惊得一屁股又坐回方凳。天哪！这年月还真就怕这句话，别小看"你敢说你没做"几个平平常常的汉字，一旦这样规矩地按照汉语语法规则一溜顺地码在一起，就不那么平凡啦。恁不信？恁不信都不中。恁想想，这个"做"字的内涵有多么多么的丰富。什么都可以用这个"做"字来代替。比如说"做"了啥事，参与了别人"做"啥事，说了什么话，对什么事表示了态度，或是大路上被人举报恁曾见死不救，或拿了别人的啥东西，或给了别人什么东西，或在无意中影响了别人的大事，或损害了他人的什么权益之类。恁想吧，尽可能地想吧，恁能想到的事都可以由这个"做"字来代替，而且一旦被"做"代替啦，内涵就要丰富得多。

快说，你敢说你没做？胖子的大喝让俺的额头渗出了汗。俺在大脑皮层的深处开始寻找着自己最近是否真做过什么。那么在最近以前哩？以前的以前哩？是不是啥事无故地就把俺套进去了？不过当时俺首先决定，不管怎么着也要镇静，在内心数了五百个阿拉伯数字。胖家伙的鼻翼又是一鼓一吸，与以前不同的是，还发出了蔑视俺的声音，接着突然又是声如洪钟一般大喝，你敢说你没做？俺的头顿时嗡地一响，心也被惊得猛烈地一撞，骂他一句：狗日的，怪吓人哩！ 当然是在心里了，嘴上敢骂，他不打死人才日怪哩。 识时务者为俊杰，这是在人家的地盘，恁现在在人家手里，还是老实一点。 不过，俺不糊涂，有一点那就是不能多说话，一多说搞不好哪一句就把俺自己给套牢啦！

这时那位一直没有说话的高个子才把烟头拧灭，平静地说："你敢说你没做？ 难道真的没做？"

俺瞪大了眼睛望着他，俺没想到他的声音这么动听，很有磁力，听似不带感情成分，却很动人。 俺的嘴有些不听指挥地又接一句，恁们说的是啥？

对峙，对峙。 空气要拧出水来。

终于胖子说了三个字——吴青青。

吴青青？ 俺的大脑会是灌了水？ 这个名字在俺的记忆中反复好几回，也找不到与此相关的人或事。 但他们要问，看来俺可能与这吴青青有某种干系瓜葛，所以还是需要对方再提示，哪怕是一点足以让俺回忆起些什么的线索。 俺只好说，好像听过这个名字，不熟，不知道是男是女，是干啥的。 俺甚至就没想过这可能是件什么东西。

胖家伙故伎重演，说，告诉你，你这号人我见得多了，自以为很了不起，告诉你，这不是你采访别人，懂吗？ 没有谁能从我们这儿空白地走出去。 他把手中的记录本子狠狠地摔了一下。

看来他一定与记者有过节儿，结过梁子，要不怎么会这样报复似的待俺。

俺就在这胖子和高个子两人之间迅疾地做了选择。俺的目光盯着高个子问，恁还是给些提示吧，俺做记者，见的人太多啦。

高个子的目光开始慢慢地放起电来，他的脸上看不出是祥和还是冰冷。他只是死死地盯着俺说，你好好想想吴青青，既然我们提出这个名字就不会是无缘无故的。你说呢？再者说，你是记者更应该明白什么事情总有个由头，你若非要等我们说出来，那性质就完全不同了。你自己想想吧！多少狡猾的狐狸还是没有逃出猎人的手心。没时间乱想，还是想想吴青青吧！

关于吴青青

其实，谁也想不起来我曾与吴青青发生过什么样的关系。而对于我来说，在经过一番档案回放，我想吴青青大概应该是那个把我传呼到梦巴黎大酒店的女子。

因为只见过一面，我并不知道她姓什么、叫什么。可我太明白，那唯一的见面若让公安局那位副局长知道，肯定会出人命。

好像那一回我喝高了，至少是喝得差不多了。你别提我的酒量大小问题。你想想，就是再大酒量也架不住人多。人家一起灌你，车轮战术连番轰炸，你还不喝高？ 除非你不是人，或是对酒精免疫。 唉，你说有人就对酒精免疫，噢，你们厂里的办公室主任小芦，是个女的。 她从小因病喝酒做药引子一下子就喝得白酒免疫，就因为有这种功能从一个普通工人调进办公室当了接待主任。 不，不，不，我摇头不是不信，你不用改天把她找来给我看。 我信，我真的相信。 我摇头是说，我不行，我对酒精并不免疫。 你别误会。 好，好，好，我继续说吴青青。 没事，不要紧，没关系，你打断我说话不要紧。 反正瞎聊，你们都聊了自己的事，我不聊一个过不去。

吴青青，对啦，我还是要说明一点，那就是，到底我说的这个女人是不是吴青青也不一定。 因为我对她只有那一次记忆，而且是我这一生第二次被动地做了一个女人。 你想，谁要问我你敢说你没做，我当然不敢说。 我在随口问别人我做了什么的同时，恐怕对吴青青的事就无法那么爽爽快快地说我没有做。 噢，我就是有点啰唆。 我之所以啰唆是因为到了今天我仍然没有搞清，到底我说的这个女人是不是吴青青。 但是，你知道为了把事情说明白，我只能把这个女人当成吴青青来说。 行，我不再啰唆了，我接着说。

那天喝得太多，可我心里还是很清醒，只是自己有点管不住自己。 就在这时，我腰上的传呼机嘀嘀嘀地响个不停。 起初根本没在意，你想想现如今的传呼机多的是，相同鸣音的也不少，一大堆人在一起喝酒，传呼一响立刻引来大家低头翻看自己的。有些人甚至连自己传呼机特定的声音也分辨不清，明知是别人的在响，还是习惯下意识地看是不是自己的。那样子看上去一定很傻——对，你说得很对。我就是因为想到那动作太傻才没有低头看自己的传呼。可那传呼在大家纷纷看完不是自己的以后还在坚持地响着，我就不得不低头看了。当然，我想我那时绝对喝高了，要不然怎能连自己的传呼响了半天都不敏感。在同伴们说你的你的时，我才噢噢噢地一边答应一边拿起传呼机压翻按键阅读信息。不好，市公安局有紧急行动，需要我立刻赶到梦巴黎大酒店412号房间，而且是特殊行动需要保密。你问我公安局的事为什么通知我？唉，你怎么连这也不知道。干我们记者这一行的也像别的职业一样，分的有各种对口专业，对我们来说就叫"线"。比如我是跑公安线的，公安局一旦有什么新闻就会通知我。而别人有的跑体育线的，有的跑经济线的、影视线的、娱乐线的，如此等等。为了工作方便，不管哪个口上都有相应的联系人，不至于漏新闻。噢，明白了，明白了我就不说这了。

　　起初朋友们不让我走，都问咋啦，出了什么事。我说有急事，有急事。可他们不放行，还打破砂锅要问到底，不说清楚不让走。还说我是借故逃跑，要罚喝酒。我很着急又不能对他们说实情。　这时有位朋友的话使我有了脱身之计。　那朋友说，你是不是会女朋友？　要是会女朋友我们就放你。　我急中生智，立刻接过话头说，对了对了，本来我不想说的，可你们不放我。　我就是要会女朋友的，而且这会儿不去，她就要跟我黄了，求求各位放兄弟一马。　本来大家知道我没有女朋友，谁知这一说，我还真的有女朋友，而且去晚了还要告吹。　于是纷纷起哄说，刚谈个女朋友就这么怕老婆，以后还不让人家给折腾死，欺负成一根面条？　最终还是在调笑声中给了我绿灯。

　　不容迟缓，招手打的来到梦巴黎大酒店，敲 412 号，听到一女声说"来了，等一下"。　似乎有一只眼在猫眼上往外看，问我是谁。　我一听就猜想今晚谁又要倒霉，而且肯定斗的是个大人物。　都到这个时候，通知了我还问我是谁，这大概是哪位女警。我说是晚报的。　又问叫什么名字。　我报了自己的名字门才吱的一声打开。　不认识没见过。　我问她是否公安局通知来这儿。　她急忙说，对对对，请进吧。　我就进了屋。　可屋里没有别人，除了我，还有她。　吴青青？　对，我前面说过，我们暂且把她叫作吴青青。　因为我从来就没有搞清她叫什么名字，当然是我根本就不敢去搞清这个人的名字。　那一次去她那儿之后，我想起来就浑身发冷。　怕什么，怕的东西多啦。　因为什么，因为她就是吴青青啊！

灯光越来越热

俺说恁咋把灯弄得恁热恁扎眼哩，弄半天是……俺没啥说的啦。 恁们太不像话啦！ 肖剑认识不？ 俺以前采访过他，恁让他来，来说说俺是啥样的人。

后来，俺突然明白地想起来以前谁说哩，对付他们这号人最好的法子是别搭理他们，他们爱咋呼叫他们咋呼去。 他们不就是想连唬带吓再带诈地让恁说点啥，既然明白了对付他们的绝招就是不吭气，当然俺就开始装哑巴。 千万不能吭气，一吭气准出事。 恁想呗，啥叫言多必失。

你敢说你没做！ 两个家伙竟然以同样的口气同样的句子向俺发出了一声令俺心惊肉跳的吼叫。

没想到，不听话的俺的双腿竟然一软，一下子从凳子上滑坐至地上。 妈的，自个儿咋这熊样？ 两个家伙没出声，俺就自个儿浑身哆嗦又坐回凳子。 奶奶的，有点丢人，这个被吓出来的动作证明俺心虚啦，可俺还是力图让自个儿镇定再镇定。 当然，这时候俺就想到了啥叫以攻为守。 接下来，俺有些想进攻啦。 何况俺现在才明白过来恁们在弄啥。 俺给恁说清，恁们要为今儿黑的事负责任。

恁小声些，俺们不信邪哩！

高个子一直死死地盯着俺，终于，他把毛巾又递给俺，声音竟变得如春风拂面：怎么样？别担心，该说的说出来吧！人就是这样，不说出来心里就重得不行，这点你们文化人比我更懂。对吧？

再后来，俺发现环境不同，人的心理防线可能也不一样。问别人的人总是占主动，被问者总是处于被动，不管恁想如何变被动为主动，恁最终还是被动的。在这一点上，恁竟慢慢地发现，恁不像蒲松龄笔下那个屠夫倒像那只假寐的狼，最终被人给宰割了。于是，俺的脑海里已由当初的强作镇定开始有些松动，不时地闪过一道道令人无法回避的电闪雷鸣。这是否预示着电闪雷鸣之后的瓢泼大雨？难说，实在是难说。看来，别无出路，俺只能以退为进，否则这样僵持下去，保不准自个儿的精神在如此强大的压力和攻势下崩溃，其结果是否会乱说一气就很难预料啦。于是俺摆出一副要豁出去的样子说，那这样吧，俺什么都交代，但有一个条件，恁们必须把肖剑找来，俺只给他交代，否则，咱就这样干耗吧！说完俺又做出一副死猪不怕开水烫豁出去了的样子，看恁们能咋着。十多分钟又过去，俺的直觉在说，有些变化，这两个家伙再问再说加之用目光逼视，甚至还把那又亮又白的灯泡在俺的脸前晃悠，俺就是咬着牙硬撑着，干脆眼一闭由恁爱咋着咋着去吧。

又过去十多分钟，他们的交头接耳声传入俺耳朵。 俺心里一笑，俺赢啦？！ 因为他们会找到俺要找的肖剑，而后俺最少也可以搞明白为啥被弄到这儿来。 当然最起码他肖剑也得让俺知道这吴青青是男是女，何许人也。

孰料俺被带到另一间屋子。 那屋里灯更明亮扎眼，而且热得令人气闷。 这两个人是啥样子，俺一直看不清，因为他们只是把灯对着俺，他们都在灯的背后。 在干啥哩，好像是坐着，怎么坐着，俺都无法看清。 他们的声音很温和，不像前两个人那样总是一句"你敢说你没做"。 不久，俺就发现了这儿的可怕。 因为俺已经被迫在这儿坐了好几个小时，具体时间说不清。 俺的大脑皮层开始提醒俺需要睡觉。 可是就在俺眯眼犯困的瞬间，总会听到他们两人中的一个说，哎，哎哎哎，醒醒，醒醒。 真热——俺就是这样连续被折腾着，没法打瞌睡。 俺知道，俺很可能心理防线要崩溃啦。 要是，再搞不清楚俺是为啥被弄到这儿来的，那俺的小命就可能丢啦。 因为俺意识到他们现在是跟俺熬鹰。

熬鹰

我见过，那一次去大草原上玩的时候，我现场目睹了熬鹰。

那时我仅是一名正上大学二年级的学生，面对那惨烈的场面，我不仅仅是被吓傻了，而且一下子就感到了人生的悲哀。由于当时读的中外哲学书不少，不管什么事都喜欢跟人生往一块联系。而那一次，我一下子就明白熬鹰与人生联系在一起，是最最合适不过的。因为我看到那个结果，就明白了人为什么从锐利走向缺锋少芒，从激情变得疲软，人为什么会成熟起来！这其中雪藏和蕴含的代价有多么沉重惨烈！

熬鹰是对一只刚刚成年的雄鹰彻头彻尾洗脑似的进行摧残戕害。一个高傲、自由、独立的灵魂伴随着那肥硕健壮的肉体，威武飘飘的铁灰色羽毛，苍劲有力的钩爪，蔑视万物的炯炯目光，尖锐而弯曲的喙角，在一次次悲壮、气碎心肺的徒劳挣扎与较量中，最终因饥渴、疲劳、生与死的自然威胁，心灵与肉体的最后底线被撕破，不得不带着一丝寒彻骨髓的恐惧垂下昂扬的头颅。再见时，它还是一只雄鹰吗？看似依然威严，目光凶猛如炬，可是，它对猎人的驯服和顺从，让人再也难以找到它当初内质上的一点点留痕，徒余一副空空的皮囊罢了。

起初，那擒来的苍鹰，是被一条冰冷的铁链锁了单腿的。它的周围已张起了一面细密而精致的绳织天网，其大小仅够被束了铁链的苍鹰飞撞而已。因饥饿而不小心误落猎人之手的被缚之鹰，网外摆放着令它垂涎三尺的鲜嫩羊肉和清水。那鹰是何等凶猛，野性十足地用两只遒劲的鹰爪不停地抓挠着地面，身前背后尘土飞起，夹杂着碎草枝叶。 时而它对限制了它自由的铁链狠狠地进行一次次乱啄，企图在某一次的踩啄之中突然脱落出来，飞扑向捕捉了自己而如今不怀好意站在网外观望着的猎人。 突然间，它还可能被猎人足以让它恼羞成怒的蔑视目光所激怒，凶猛地暴喉，不顾一切地向猎人展翅飞扑啄起，"嘭"的一声巨响，它那强壮的身子把绳网撞得鼓起很高，带动脚下的铁链哗哗脆响，一阵阵愤怒喉啸的苍鹰，最终被铁链拽回来重重地摔在坚硬的地面上。 一次次以屡败屡战的不屈不挠，挟裹着狂风暴雨般的呼啸对铁链一阵狂啄乱踩，使它的体力和耐力经受着前所未有的考验。 绳网外站着的猎手，总是不经意间向它蔑视地撇嘴，而后仰脖喝一口烧酒，喉结一动一颤，发出咕咕咚咚的诱人声响，嘴角络腮胡子上尽是溢出的酒水。 而他歪着头龇牙咧嘴啃撕着烤肉的咀嚼声，更是让鹰难以自禁，简直活撕了猎人也不足以解去心头之恨。 于是，鹰借着一番番想象和期望，甚至盼望发生什么意外，在饥渴、气愤中与猎人进行着一次次的搏杀。

　　当新的一天的晨光照在雄鹰乱纷纷的羽毛上时，饥饿使得它更加悍野，它几乎不停歇地连续引颈怒吼冲天撞击绳网。 结果，在一次又一次重重地摔在硬硬的地面上时，它又是一阵拼命地用喙甲啄那难以开脱的铁链，尖硬的喙早渗出点点鲜血。 它的叫声充满了悲愤和桀骜的气韵，它期待这无限而奋力的挣扎和暴喋会给自己意外地带来自由。 于是，它撞击，它展翅扑跌，它高昂起颤动着羽毛的头颅，引颈一声接一声裂帛般地嘶叫，使得绳网周围弥漫着一股股恐怖的杀气和血腥。

当昔日曾自由翱翔的天空由清亮变得血红，直至暗淡下来的时候，那被缚之鹰已垂下了颤抖的头颅，它明显地感到了一夜一昼中的无助和无计可施，而自己的体力却在一点点地如蚁分尸般被分解消耗。 但是，它与猎手那血红的双眼仍然在对峙。

夜，漫无边际。 没有了自己的栖息之地，没有了伙伴的摩肩接踵，没有了那浸透着青草的甜滋滋的清水和迷醉猎物的血腥，它不知道这个夜将如何度过。 它想念那棵老树和充满暖意的窝穴……就在它还要想些什么的时候，它感到有什么向它侵犯而来，那是一枝树杈，它不及细想便迅猛地张开羽翅并用利爪进行反击。 于是，它的面前站着被火光映红脸膛的猎人，它发疯似的卷土携草再次向猎人扑打飞撞，但还是一回回沉重地摔跌在坚硬的地面。 一声声暴喋在黑幕中的草原上悠悠地漫散开来……

当新一轮太阳从遥远的地平线上冉冉升起的时候，一夜之间显出了慌乱和苍老衰弱的被束之鹰，眼里竟掠过一线悲凉和痛恨。 从未经历过的彻骨噬胃的饥饿和干渴，让它感到自己的喉管已涌上一波波血浪。 它又一次用喙叼住猎人伸来的树杈，当它感到树杈也可以充饥时，它才发现它已不可能把这枝树杈折断，因为这是坚硬如铁链一般的树杈。 它又一次在号叫声中振翅飞扑起来，虽然已不再像当初那样拼命地撞网。

在艰难地度过了又一个没有半分安宁和停歇的白日之后，它跌入沉闷得难以透气的夜色，它的眼前已出现了一片从来不曾见过的大草原，百草丰茂绿意盎然，明镜般的湖泊，草丛中穿梭的猎物，那其中正有它最好的食物。 它缓缓地露出一丝高傲的笑意，平铺展开双翼，翱翔，俯瞰，蔑视——你们窜得再快，也还在我的眼皮底下；你躲来藏去，也逃不出我的尖爪利喙……可是，它的快意很快又被一枝铁般坚硬的冰冷树枝刺痛。 它不得不打起精神与猎人再次搏杀……

终于，在又一个黎明的似亮似暗中，嘴角已结满黑硬血痂的苍鹰，身子软软地蜷着，再也拖不动脚下那沉重的铁链。 失去光泽的凌乱毛羽中那双染了血迹乏力的眼睛，已仅能呈现出半睁半眯的状态。 它知道自己现在可以不说吃喝的事，却不能不歇息。它的心里其实已开始希望猎人哪怕是让它眯上片刻眼就行，可是，猎人仍在用手里的棍子撩拨它，一次次把它几近麻木的身体刺痛。 无力的苍鹰虽又聚起一团怒火，可它的叫声已是沙哑无奈，它真想再次飞扑起来，却失望了。 它只是飞动了一下身子就扑倒在地。 而猎人仍然在一次次地用棍子拨动它、刺痛它，直到它连偶尔一次反击也不能成行，只好把那本来锐利无比的弯喙深深地钩入泥土之中，忍受，忍受……

寒夜降临，猎人用诱饵把阵阵野兽的嗥叫引来，空气中立时弥漫着浓浓的嗜血腥气。匍匐在地的伤鹰，已能感到围绕在它周围的地面上来回走动的兽们的急躁。借着眼皮之间的微小缝隙，它那疲惫不堪的目光还是捕捉到猎人身边的火光和一丝暖意，它开始蜷紧着身子逐渐移向咫尺网外的猎人和火堆。猎人目光如炬，在夜风中审视它，简直要看穿它的心肺肠胃，终于觉察到了对手眼里闪过的最后的无助和乞怜。在又一次长时间的对峙后，猎人走进网围，将鹰抱入怀中……

一个桀骜不驯的自由灵魂消失了！

…………

我站在原野上流下了长长的泪水……我真想大喊，却哑然失声。

市长的小舅子

是的，就是在他们熬鹰时，我脑海中跑过市长小舅子的影子。心里实在没底呀，他们说来说去，会不会与市长的小舅子那件事有关？对了，那件事中还有一个女人，一个很漂亮的女人。

应该说，在介入那件事之前，我根本没想到其中可能有任何背景。更何况，我不就是个平平常常的小记者嘛，即使到了今天，我也同样不认为自己当时的想法和做法是错的。

那是一个不算大的煤矿，但那次死的人却不少。多少？一家伙把十九名工人给闷到井下。我怎么知道的？当然，这就是让我对这件事不能忘怀的根本原因。先声明，我只是路过。当时与报社领导吵了嘴，因为不想再与领导正面接触，就决定休息几天。领导自然也心照不宣地同意了。说实话，他真的巴不得我再不去上班才好。你想想呀，报社都像我这样不听他的，那还不把他气死。领导的尊严何在？领导的权力优越感何在？还怎么来管理别的同志？于是，我就在休息的日子到了那片土地。

我在路边的饭店吃饭时听说那个矿上出事了。记者的职业敏感让我立即问清路线准备去看看。你放心，干记者的不管出了什么事，我们的心里有多么不痛快，但干新闻的职业素养还是存在的。再说，我跟领导闹别扭，与新闻采访没有任何矛盾，甚至更想在这个时候采写一篇具有轰动性的新闻！

或许是上苍的安排，想想用"鬼使神差"四个字更有意思一点。因为找不到那个蜗居在山沟里的小矿，便在附近村庄的第一家住户问路。是的，我防着呢！农村养狗的人家多，要是被狗咬了还麻烦呢。在我敲打得门环啪啪响时，屋里跑出来一个十来岁的小女孩。 拉开沉重的对开门，还没等我问话，她瞪着一双陌生的大花眼，先狠狠地望着我，突然转身就跑，边跑边朝屋里喊："矿上来人啦，矿上来人啦……"我被她的喊声吓了一跳，愣在那里不知所措。 一刹那，我就明白，小孩子可能误会了，把我当成他们正等的什么人。 就在我想进院去解释一下，并打听一下去路时，一老妇人已冲出来。 她跑的速度极快，一看就是要冲撞我。 虽然她出屋门时被绊了一个趔趄，但还是边骂边跳向我。我想说话还不及张口，她的双手已有力地抓住我的衣领，并使劲地拧绞，几乎歇斯底里地哭喊："恁还俺的娃子。 恁还俺的娃子……呜呜呜……恁这回也得死。 恁把那么多的人弄死在井下，恁不死天理不容哇……十九条人命啊，十九条人命啊……恁还俺的娃子，恁还俺的娃子。 呜呜呜……"我本想解释，这一下在老人的话里听出了内容。 看来，老人的孩子也在事故中遭遇不幸，这次事故已死十九人。 这时老人的老伴手忙脚乱地出来制止她的举动，当他们搞明白我只是一个问路的，老太太才极不情愿地在半信半疑中慢慢松开双手。 她丈夫满脸涨得通红，结结巴巴替老伴向我表达歉意，虽然他没有说出来，只是不停重复，你看这事弄的，你看这事弄的。 但我知道这就是老人的道歉了，赶忙说，没事，没事。

　　我就这样一不小心撞进了矿难的内核。 老人还告诉我，这一回矿上因井下透水出了大事，矿领导只让他儿媳留在矿上处理，说每家只能留一人，把他们全送了回来。 他们现在还在着急地等哩。 好可怜的娃子，才三十多岁就没了。 老两口是一说话就哭。 小孙女也跟着哭叫爹爹。

在老人的指点下，我一转二拐还是找到了那个小煤矿。

关于细节问题之一

老师，我自己好像一编故事就把自己给编了进去。 个人的感受像故事里的主人公，要不，我说些别的。 看我编故事的能力是否真的很强？

王胜利，你要明白，你已经把这个故事讲得有些意思了，还是应该继续下去。 我认为，这个题材虽然很一般，但很有写头，也很有看头，就看你怎么写。 你的编故事能力真有两下子，你连自己都能编进故事情境里去，这对初学的人来说，很不容易。 你明白吗？ 这就是我们常说的天才、天分。 是那种具备了别人所不具备的写作天分。 这也决定了你在未来的写作路上可能要比别人容易出道。 也就是说，你成功的可能性是别人无法相比的。

好吧，那我就再说说吧！ 总之，你可千万别对号，不要把故事中的事跟什么人对上号。

　　宣传部副部长的妻子是漂亮。 当时，在家里很温馨很暖昧的灯光下，她更动人的姿态和优雅的举止，让我的心尖像雨后树叶上的水珠，微风过后一颤一颤的。 后来，她让我进屋坐，她说部长开会去了，有事给她说就行。 我说，部长让送来的。 她微微一笑，一边接东西，一边把那水得要溶解了人的眸子对着我。 我的心不仅是颤了，身子都抖动了一下。 说真的，在那之前，还真没见过这样一个让我作为一个男人实在被打动了的女人。 部长妻子开始翻看那些照片，我想走，她说坐，还有话要问。 可她没有问，我们就那样干坐着。 我想说什么，又不知道该说些什么，只好在她不说话时一口一口地喝水。

　　后来，她不让保姆来了，亲自给我倒水。 这让我感到有些受宠若惊，急忙起身说我自己来我自己来。 她已把水杯子端着递给我。 当然，我手忙脚乱去接，竟与她的手有了一个瞬间的相遇，也就那种接触的一碰而已。 那光滑细腻、似乎带着磁力的手指，使我的手在大脑短时间供血不足的情况下有一股电流传遍全身——手麻木了，半个身子也麻木了。 杯子里的水洒了一地。我发现，我俩对视时，都有些不自然地笑了一下。 而那一笑，使我的心尖又颤了一下。 同时，我知道了什么是诚惶诚恐。 我当即决定，赶快撤，不能再久待，预感器官提醒，要出事。 没想到，我还没来得及说告辞的话，她却抽泣起来。 后来，她说的是什么，我已不太清楚，因为我发现自己的下身在不断地慢慢变化。 再后来，当我清醒的时候，我已经与那位副部长的妻子躺在一张床上。 我感到了从未有过的恐惧，浑身抖得筛糠似的。 怎么敢色胆包天上了副部长妻子的床，要是副部长现在回来了怎么办，要是……可是，副部长的女人没有一点怪怨我的表情，瞧着我那样儿，只嘿嘿笑。 我在六神无主中仍然三下五除二把衣服穿上落荒而逃。 因为当时我并不知道，我是遭了她的暗算的。 要知道，在这之前，我还没跟别的女人睡过觉……

副部长妻子是在几年前就知道了丈夫与别的女人有关系的。其实人们在生活中想不到的事多了。 当她的一位朋友，是江苏的朋友路过那里时，与她见面，拿出一沓照片，她在翻看的过程中留下来一张。 那一张主人公的背后，是一对男女相拥着走过。应该感谢胶片的瞬间留下那一个让她永远都明白的事实。 丈夫的面部清晰极了，但那个女的，她不认识。 回家翻看了家中的照片，她的朋友照片上的日期，与丈夫一些照片上的日期是相同的。 那时，副部长确实在那座城市，他说是去开会。 再后来，副部长说开会，她心里就有些隐隐作痛的感觉。 再后来，她不痛了。 她买了许多药，是那种可以暗枪伤人的药……

我就是在那种懵懂中被副部长夫人的黑枪放倒的。 要知道，她牺牲了我的童贞之身。 可有一天，我知道了那一切竟然是她故意的。 我真想发怒。 当然，我再也没敢去她家。

什么，你说我还是没说清细节。 可以了吧？ 老师，这就是细节。

王胜利，你至此为止，写作的手法仍然不到位。 你想想，你不过是在说故事。 小说，是要说故事，可仅仅有故事还是不够的。

关于细节问题之二

我说哥几个，你们是逗我呢！ 就为听个究竟把我往醉里灌。看我醉了，其实没事，还早着呢！ 你们说和女人的故事。 告诉你们，我最冤，可我在有女朋友之前，竟是被迫与别的女人上床。 那可不叫占便宜，他妈的，一点快感都没有，就剩下害怕。

那女子整个儿一人精，眉眼、身材、上中下三路可谓处处动人，让人一瞅就想犯事。 好像是南方人，吴青青。 那天把我蒙到了梦巴黎大酒店之前，吴青青也只能独守空房。 她那天随便翻看一个电话号码本，没想到就抄了我的号，这一呼，我就来了。从猫眼里一看还行，就放我进来——这是事后她告诉我的。 我想，若那天她呼了一位别的什么老头还会发生故事吗？ 其实从踏进那个门，我就算完了，有嘴也说不清。

行了行了，哥们儿，别为难我了。 喝高了，这些话说了就到此为止。 细节没了……你们怎么对细节这么感兴趣？ 你说那妖精怎样风情的？ 就此打住，咱可说清，说完就完，不兴传播。

关于细节问题之三

不会记错，这点我敢肯定！ 从矿上回来的第二天，那女子来找的我。 本该想到她的到来可能与矿上的事有关，却因为请我吃饭的是个美貌女子而忽视了。 那天晚上刚好没什么事，当时我还是一个单身汉，反正要吃饭，不久我已与她坐在一家酒店的雅间。

想想她起初只是说要请吃饭的，好像对我以前编发过她的稿子表示感谢，早就想来拜访，只是从未见过面一直下不了决心，没想到见面后我还这么平易近人。 一听这，我的动作就有些表演的意思，立刻脸挂一副老师的笑容，说了好几句不客气。 不过，她一直不自我介绍，只说自己写过的什么稿子，这让我很发蒙，当编辑对不太突出的稿子谁能记住？ 但我还是忍不住问她的单位、姓名，她说得很含糊。 只好听她的，就叫她小吴。 噢，吴青青？ 吴青青！ 吴青青？ 吴青青！ 吴青青……可我当时真的没想那么多。

　　她坐在饭店，从容得像与一位常常相聚的朋友闲聊。她虽然很年轻，脸上难掩一份纯真气，可我一看就知道她是见过场面的，而且见过大场面。她的笑浅浅的，让人好像看到半开半不开的桃花。仅仅是我坐下不久，我俩的目光就有了偶尔的一碰，我的心竟然咚地响了一下。天哪！这对我来说可是从来没有的事。这胸口怎么还会自己响一下？简直怪事嘛！后来，我就明白，那一晚因为心咚地一响，让我过于放松警惕了。

　　一个不大的雅间，她只是客气地让了我一下，就自己点菜，很熟练，很优雅，很有分寸。我还是想问她以前编发她的稿子的事，可几次话到嘴边又收了口。我想对于一个美貌女子那是否太不礼貌，或是可能引起局面的尴尬？已经与人家一起吃饭，还没想起来有关她的事！我只好不多说话，估摸她可能会自己说起来，而且我还会让她最后留个电话什么的，不就知道她是谁了？

　　没想到，她是从点的菜上说起的，不是讲菜的做法。她说自己童年的时候家里怎样怎样穷，一年过年时才吃一次肉。有一次，家里来了远客，母亲让她去买豆腐，她跑了很远，却在回到家门口的小坡上摔了一跤。虽然下巴和双手都磕出了血，最让她心疼的还是那块豆腐，因为豆腐整个掉进路边的黑水沟里，还被冲进了一个深洞……在等菜时她就那样柔情似水地望着我浅浅地笑，回忆着那有些年代有些发涩的故事，却有一种温馨悄悄地漫上我的心头。

　　菜上来了，她又是劝我吃，而且很快就与我喝起酒。 几乎在我没防备的状态下，她自己先喝了一大杯，脸变得红艳红艳。 接着她坚持要敬我酒。 跟个女的喝，怎么可能示弱？ 于是，杯来盏去，本想搞清楚的问题没搞清楚，却喝了不少酒，越喝越迷糊。 很快，我看出她的所谓醉态，其实是装的！ 当然她说得很亲切很细微很不在意，就像老朋友给你交个什么秘密的底，可我慢慢地就明白，她不是什么我曾编发过稿件的作者，而是从那个出了事故瞒上不报的矿上来的。

　　前一天我在矿上采访时，矿上说出了事故，已经上报，死亡两人，其他或轻或重地受伤了五六人。 再问就问不出来什么，大家挺一致的，说这事还在调查之中。 我先是听村里的老人说是十九人，为什么矿上仅说两人？ 其中必有蹊跷，没料到我的脑子想着就一口问了出来，这可不是我一贯的作风。 他们一听全笑了，说那怎么可能，那怎么可能。 接着什么都不说了。 矿上领导也说等调查后，他们会公布相关情况。 虽然我想搞清楚，但矿上明显封锁着，事故调查中恐怕谁也不想多说——情有可原。 一句话，怕事儿呗！

　　没想到我昨天才离开那儿，她就跟踪追击而来。 她叫什么名字？ 好像曾让我叫她小吴，对对对，就是的！ 她当时就是让我叫她小吴。 那么，她是吴青青？ 真的是吴青青？

不过，当时只是偶然碰上，真的并不想管。 因为这种事调查起来很难，又不是我管的口。 她借着装出来的醉话还想探口气看我知道多少。 当然，很让她失望。 再后来，她把那一包东西交给我，说让我先拿一下，她出去打个电话，这一出去就再没回来。 我问饭店老板，说人早走了。 还没正式搞清楚，她是哪一路子的。

心知肚明，这包东西是给我的无疑。 打开一看，我就傻了。里面是整整两扎人民币，两万呀！ 你说咋办，这就是说不让我管这事。 干我们这行的，还不清楚这？ 只是真没想到，这样一个脸上还难掩单纯的女子，还会玩这么高的一手。 我走眼了。 那一丝纯真气和她的醉态一样都是装出来的，只是一开始我没看出来，到了她的醉态，才一眼瞄了准。 她到底是谁呀？ 是不是来害我的？ 这钱，算什么？ ……当时，我心里还真有些后怕。 其实，我并不想把矿上的事搞出去。 不仅仅是因为没有深入调查问题，你想想有什么劲儿呀？ 再说，我是退进都想好了——我只是听那村里的老人说了那么一句，除了那老人外，又没有人知道。何况老人也并不知道我是干什么的。 我到矿上仅调查到死了两个人的事故。 将来，谁说起来，也没我多少责任。 这与我的良知和职业道德无关。

　　这是咋说的。钱咋办呢？交单位吧，也是个麻烦事。万一那女人不是给我的，当时出去办事突然出了别的什么意想不到的事呢？交给单位，以后会有很多麻烦，也就是说既然有人这一次给你送钱，就难免以后或是以前还有人为某些事给你送钱。不管有些事是否收了别人的钱，而单位许多人都会想到你可能收了别人的钱。所以，不能交。不管到啥时候，要不然把收的钱或物退了，绝不能交给单位。但是，那女的高就高在她好像一直没告诉我她的名字。我们从前没见过面。她只让我喊她小吴。可我怎么到矿上找一个叫小吴的人？这不是给自己找不痛快吗？

　　钱，在我的生活中第一次成了非常烫手的东西，让我坐卧不宁。离开酒店时，我自作聪明地分析，他们以后还会来找我，到时候再说。不过有一个原则，这钱只能原封不动地存放着，绝对不能动用一分……可是至今没有人为矿上的事或两万块钱来找过我，或者递话给我。我清楚，不仅是这两万块，还有那矿上的事，将来真他妈的有一天让谁搞出来，我算不算知情不报？如果没有这两万块，恐怕也就没有谁能想起我这个只是路过的小记者。可是，这两万块，如果真是矿上出的，我就永远难脱干系。

　　钱把我困住了！

　　这送钱的女子，肯定就是吴青青了。

灯光下关于细节的瞬间小结

当我坐在那白扎而刺眼、灼烫焦心的灯下可能已过去七八个小时，鼻腔里似乎都能闻到一股隐隐的烤熟了的皮革气味，我几次去用手指挤压自己的脸部，看是否发生了变化。 而对于几近麻木的周身，我一次次狠狠地去拧去掐去捶去打。 我的头竟显出从未有过的沉重，平日里两肩轻松支撑的部位怎么这样软弱无力，脖颈如断了一般。 更别提双眼呆滞一动不动。 如果有什么熟人相见，一定会以为我是个傻子，或是犯了什么病。 可我心里还是很清楚。

心里清楚什么？ 当然是与吴青青有关的事。 比如说，到目前为止，与我自己曾对话的仅仅是第三件事。 前两件事已说了，给老师说，给朋友们说过。 万一，哪一位嘴不牢靠，或是喝高了，把这些狗屁事当作玩笑说出去，我就得彻头彻尾地宣告玩完。 其实当时说过那些事我就有点后悔——记住，生活中还是不要得意忘形。 谁能说把这些事兜出去，不是自己当时有些得意过头？ 嘴，他妈的才真是最可能惹祸的源头。 那两件事教会了我，什么叫守口如瓶！ 所以第三件事，我只是在心底跟自己说过。 现在想来，这三件事，恐怕哪一件事都可能要我的命。

唉，这人生活的呀！ 这些事都可能与一个姓吴的女人有关。

那么，除了这三件事之外，那些别的女人呢？ 在我生活中的女人又何止这三个。 不过，还有谁以什么事把我弄到这儿来呢？ 可是，我生活中的吴姓女人……天哪，假如，这个吴青青是个男的呢？

慢慢地我就想明白了。 在这白炽灯与时间的较量中，我是抗不住自然法则的。 人的精神世界是有一个极限的。 这样熬下去，他们的什么目的都能达到。 底线的突破是需要时间的，只是时间而已。 人的底线虽程度不同，但谁都有一个属于他个人的最后底线。 就像再强悍的雄鹰，脚束铁链，身陷囹圄，与猎人的对峙其最终只有被驯服，除非死亡。

可我到现在为止，还不知道谁是吴青青！

肖剑其人

我这一生都不可能忘记肖剑。

对！ 就是那个刑警队长，那个当我身心经受炼狱十余小时之久，最终见到的肖剑。

在那之前，我曾采访过他。

肖剑的为人在刑警队有目共睹。 他不事权贵，办案果断而精当，深得上司和部下的信赖。他当刑警队长时刚逢而立之年。最初去采访，他毫不犹豫地回绝了，最后不得不找到公安局宣传口的内线帮忙，才完成报社交给我们的任务。而那次采访让我们成为朋友，原因很简单，我写的稿子发出来，肖剑一看，不虚头虚脑，很让他满意。他打电话给我，我们一起吃了顿便饭。之所以说是便饭，我们是在一家大排档吃的。肖剑说，你们干记者的饭局不少，吃饭好像都成了负担，我就选了这儿。我说，这就对了！

有了那次很简单的共餐，我与肖剑的关系近了许多。以后，我不仅成功地随他的刑警队执行任务，写了一个小系列的现场新闻，还写了三篇有关肖剑个人的文章。这个在新闻界，甚至是社会上被大家尤其是犯罪分子盛传的威风凛凛的神秘人物，终于经我之笔浮出水面。后来新闻获了奖，而且我个人也因为能采写到这样有难度的新闻，成为媒体的一个小小的知名人物。不过，也就干了一年多公安口的记者，我嫌太累，就改做文化记者。毕竟我是喜欢文化的，这是骨子里那种喜欢，就是再累，再吃亏，也认了，因为你总算在干着你想干的事吧！你想想，这世界上，哪有自己的职业与自己的爱好完美地结合在一起的好事。要不，人怎么有"业余爱好"？这都是职业不能满足自己的爱好造成的。不过，对于我来说，还是幸运的，毕竟我还能改做文化记者。

　　虽然做文化记者与肖剑来往少了，但我们只是不再是工作上的来往。再见面，肯定就是朋友性的。肖剑日后结婚时，我还去了呢！

　　当然，令我伤心不已的是，写肖剑的最后一篇报道的任务，报社还是交给了我。因为，肖剑在新婚后不到一个月的一次执行任务中，不幸身中五弹，壮烈牺牲。那是一个星期天——对于刑警们来说，从来没有过星期天。接到命令，四名持枪歹徒正在作案，肖剑紧急调集警力。那天正逢他的岳母和丈哥从大连来，一家人本来要吃一顿团圆饭。令妻子吃惊的是，肖剑那天电话里除了告诉她吃饭无法回来，还从没有过地提出让她吻他一下。因为母亲和哥哥都在电话旁，妻子不好意思地说："去你的吧！"不承想，这竟成她终生的悔恨。在殡仪馆送别肖剑时，他妻子不停地抹着眼泪扑向水晶棺，双手擦抹棺面，嘴里不停地说，我怎么看不清你呀我怎么看不清你呀我怎么看不清你呀……她终于没能看清丈夫最后一眼，被人们拖走。虽然，她一再央求，让她再看一眼，就一眼。可是大家怕她伤心过度，还是没有答应。妻子内心不断地为电话里没有答应吻他一下而后悔，而且要后悔一生。

　　我流着泪，以手中的笔为英雄为朋友送完最后一程。我的报道几乎是全方位的，因为特殊关系，使得我能走进英雄的家庭。也因此我的报道使我们报纸作为独家报道而着实火了好几天。

　　使我始料未及的是，十多年后，肖剑的妻子却告诉了我一个令我吃惊不小的秘密。她说，其实那一年，他们抓我真的是抓错了。肖剑的部下看到我半夜在街上溜达，一叫，就答应了，刚好要抓的人与我同名同姓。我的直觉答应，使他们认定我正是那个叫王胜利的罪犯。我一直没有招供，肖剑刚要亲自来审我，他们抓获了真正的罪犯。错抓了我，又审了一夜，公安也将为此负法律责任的。肖剑决定向我说明，并准备接受处理。当时他还不知道，抓住的人、错抓的人是我。在小范围开会时，肖剑才听说可能抓的是个记者，好像还认识他，总说要见他。肖剑一下子笑了，说，我怎么忘了记者王胜利呢？他把审案的部下找来一问，确定真是我。当然，下来就是他们公安内部的秘密，他们商量了一个绝佳的方案，把所有的人都瞒过去了，其中也包括我！

　　在经历了熬鹰一般的惨烈后，我感到自己的心理底线已行将全线崩溃。我感到自己不长的人生经历，足以毁灭未来的前程。这一坦白，就只能听天由命。已没有任何希望和侥幸而言，只能老老实实招供，把不管什么事都交代出来，由他们去选择。在我行将豁出去一咬牙说话的霎时间，肖剑来了。他笑的样子让人莫名其妙。他握着我的手说，什么感受，大记者？我蒙了……见我一头雾水，肖剑拉着我的手握了握，并赶忙让部下把我搀扶到另一间办公室。我周身疲软似的被抽去了筋骨，不知道他要做什么。　他让人把我扶躺到床上，倒上茶，才说，这一回可真有了亲身感受了吧，不过好像有些过头！　我不明白，但瞬间聚集的全身精神让我尽力睁开双眼，要看看肖剑好像搞了一个他很明白又精心安排的阴谋似的。　我还是模模糊糊声如游丝地发问："这，是，搞的什么，名堂？"其实，说这话时，我心里很虚的，不知道肖剑会不会是以这种方式再审我。　我知道他们的手段很多，没有人进来能不说什么就走的。　肖剑头一仰，似乎我早就该明白，至少现在应该明白，道："不是你说过，哪一天体验一下被审问，与公安较量心理感受吗？"我一怔，我说过吗？　记不清了，或许说过，或许没说过。　关键是他这一说，我的心以至全身的神经整个就放松了。　我明白，所有的事情都已过去。　我在肖剑的办公室睡了两天两夜。

　　事后，肖剑说，为了让我真正感觉到全程，这一切是他特意安排的，怎么样，还算满意吧？　不过，你好像也很不抗造（他的方言，就是"折腾"的意思）！　天哪，我想想后怕无比，在这个不明不白的所谓的体验中，我险些把自己的一切都葬送了……

　　可是，十多年后，我从肖剑妻子口中听到，那一切都是假的。　肖剑从结婚那晚就把这件事告诉了妻子，他怕有一天自己遭不测，让他妻子向我道歉，并让我原谅他。　他不是为个人考虑，主要是刑警队，整个刑警队。

我那天脑子里好像真灌了水，直到半夜还游走在城市的大道上。 家人一遍又一遍地打着我的传呼，我竟然想不起来那是哪里的电话号码，或者是任何一个电话号码。 当然，我又一次站在街头不知道家在何方。 不久，我在一面墙上看到报警的电话，于是，拨打了 110……

原载《莽原》2004 年第 5 期

我拿什么来抵制诱惑

坐在我面前，即使穿着印有"省戒毒所"字样的衣装，她仍然显得那么年轻漂亮，她可是研究生呀！

我尽量友好地说，我只想跟你随便聊聊。

她挺胸抬头坐在自己带的小方凳上，双手很规矩地平放在膝盖处，一边答应"是，是，领导"，一边似乎在尽力地想着什么。突然她说，我好像见过你，领导。

可能吗？ 这是我第一次来戒毒所。 不过，她的主动说话倒是我所希望的。 为了顺利采访，也不让她太过失望，我马虎地答道：或许吧！ 她很认真地说，你上过电视吧，领导……省卫视？《沟通沟通》？ 对，就是你，领导……

问你什么说什么……教官严厉地打断了她。

想起来了，那是去年的事，因为参与一部电视剧的创作，我曾在省卫视《沟通沟通》做过一期谈话节目，聊的是电视剧中几位打工妹的故事——是我写电视剧前通过公安局采访到的……

其中一个女孩在酒店当服务员。每月300元工资的她，除了在大厅里准备餐具、传菜，就是早起晚睡打扫酒店的卫生。后来，她发现在酒店包房服务的姐妹们，总是在酒店打烊后她还忙碌不停的时候，开始欣喜地数着每天挣的钱。那面值和厚度一定是她几个月或是半年的工资，她后来当然知道这些钱是怎么回事。姐妹们曾劝她说：无论怎样，身体最终还不是自己的？别人用用又少不了什么，这样干几年就可以回家盖房嫁人过平常日子了。像许多这样的故事开头一样，她先是不屑一顾，后来家人有病急用钱，托人带信找到以为在城里挣大钱的她，于是，她也到包房服务，原来只打算做一次，却再也没有打住。直到进了拘留所，她还对别人说，这样来钱快……

还有在洗浴中心、酒吧的打工妹，也是这样，在别的姐妹挣了很多钱时，一下子就把自己原来的坚守从内部打破了。她们对我说，不用谁逼你，老板只是把你招来后，让你不断地知道别的姐妹收入有多么高……而另一位本来是想做家政的，可没人用她，只好用从家里带来的二十多元钱倒腾袜子，买布料做鞋垫之类，做着小得不能再小的生意。每天靠一个馒头和公用水管的凉水生活。没想到，一会儿被市政抓，一会儿被公安查暂住证。

夜晚睡在桥洞下，脑海中尽是晃动着家里人指靠她来改变生活的希望的目光……她最终跟着那个发廊的老板去了。

……不能再回忆了。我还将完成这次采访任务。

我要了解这么高学历的女孩为什么会吸毒，是不知道毒品的害处，还是被什么所诱惑，或是被强迫？

她轻轻地摇摇头说，没有，没有被别人强迫。毒品的危害十分清楚，不仅中小学就听老师和警察讲，在大学她本人也是宣传员。她吸毒是因为青梅竹马的男友。她家境很不好，考上大学却无力去上。仅差了几分落榜的他对她说，必须上，他去打工也要供她上。虽然她一再拒绝，她清楚他复读一年肯定能考上大学，可他还是走了。开学之前收到他从深圳寄回来的钱，她含着泪走进了梦寐以求的大学。接下来，她又考上研究生。他们很相爱。毕业后在大学任教的她，想着很快就结婚的，没想到打了几年工的他手里竟没有一分钱，她也才发现自己的钱总是莫名其妙少了的原因是：他常常偷去买了白粉。

陪他戒了几次毒，还是复吸了。实在无奈，她决定铤而走险，自己也吸，然后与他一起戒，让他相信毒瘾是完全可以戒掉的。没想到，她没能戒掉，这已是第三次进戒毒所。她说：毒瘾难戒不只是肉体上的，主要是精神依赖，只要吸过就再也难以抵挡那种诱惑。大学的工作当然没了，她这样，还怎么在大学教课呀……

　　我大张着嘴半天没有合住。　我想起采访那位得了性病的女子，她声泪俱下地说，当初真不该干这行呀，原以为快快干几年就不干了，没想到这一生都毁了。　而那位被报界披露的福建女子回乡嫁人，不料丈夫知道了她外出竟是做这行，立即与她离婚。新婚洞房还没暖热，她就从十多层楼上跳了下去……

　　眼前的女研究生很是哲学地说，人其实都一样，就像为官者很贪，而后入狱一样。　实际上，我们面对诱惑的时候，都是想到了好的一面，而忽略了另一面。

　　可是，可是，我们的日常生活中，来自各方的诱惑却渐次增多。

原载《金山》2006 年第 10 期

退下来了

　　他知道早晚会有这一天的，但这种思想准备并不能改变真正退下来那一刻的失落。 在他与新任领导的工作交接完毕后，他很想再到各办公室走走看看。 但犹豫再三，还是从那时开始离开了那栋工作了二十多年的办公楼。 甚至送他的小车开出政府大门的一刹那，他竟看到一个像他当初一样，手拿档案袋，背着铺盖卷，怯生生走进大门的年轻人。

　　不用 8 点前就火急火燎地下楼，小车司机早等在那里接你上班；不用回到家总有接不完的电话；不用这个请示，那个汇报，你想听不想听都要听；也不用一会儿这个找你签字，一会儿那个说这有个会那有个会……如此等等，看来，退下来了，还是比不退好呀……

　　他终于为自己找到一个又一个理由。 于是一支接一支地吸了半天烟，他回到书房翻出笔墨纸砚练习起书法。

虽然说找到了这一个个不再手握权柄也无妨的理由，但在他多年的领导生涯中却形成了一个根深蒂固的习惯，那就是讲话。做领导嘛，总是要在这个场合或那个场合讲两句，这也表现了做领导的对各项工作的支持。他很喜欢这种表达自己对工作的认真负责的方式。他一讲起话来，总是一手叉腰，一手挥来挥去；自我感觉激情特饱满，思维特活跃，似乎有许多新观点、新办法，总能给听者某方面的启示，总会让听者不白听。所以，他感到做领导讲话很过瘾。可如今退下来了，他也就无法再给别人讲话了。

没有再讲话的场合和听众，这一点远比他退下来失去别的什么更让他无法忍受。于是几天来在书房一边乱七八糟写着自己都搞不清楚的字，一边苦思冥想如何解决这个棘手的问题。唉，如果自己未退下来，这讲话哪能算个问题嘛！

此时恰逢老伴儿回来。她原来在市委组织部工作，比他退得早，退了后就迷上打麻将。原来怕影响不好不敢打，现在丈夫一退，她无后顾之忧，有时打得干脆吃饭都在别人家了。看到老伴儿回来，他便找老伴儿说话。老伴儿哪有心"恋战"，见他要说便脱身要走。但他说不了两句，就很快进入状态，一副要讲话的架势了。起初老伴儿还应付应付，原来听他的因为他是领导，几天后就不耐烦了。 她噎他，你看你干啥不行，非要"讲话"。

他很伤心，在书房转来转去，经过"斗争"，没办法只好给家里的保姆"说"。 这小保姆是个猴精猴精的小姑娘，满面微笑地听，不说一句话；有时，不过点点头，这点头虽然幅度不大，毕竟也是一种赞同的表示。 几天后，小保姆脸上的微笑越来越少，听得也有些心不在焉。 再后来小保姆走了，回家结婚去了。 他家新来一个保姆，并不知道他的爱好和当初，起初还听听，有一天就顶了他一句：我是来干活儿的，不是来陪听的。 以后保姆干完手头的活儿，就回自己房里。

他又一次为讲话而陷入郁闷和困境。

忽一日，他突发奇想，在自己的书房挂一面大镜子，对着镜子大讲特讲。 他终于解决了困扰自己多少天的难题，而且自豪地自语一句：世上无难事，只怕有心人嘛！ 于是，在以后的日子里，他开始了退下来的一种全新的生活。 对着镜子讲呀讲的，再也不用考虑听众会抓住什么把柄，于是越讲越大胆，越讲越想讲，越讲越发感受到：讲话真好。

两年后，在他的全新生活得到全家包括保姆在内的所有人的理解时，一次外出不幸遭遇车祸。 躺在医院的病床上，望着一拨又一拨来看他的亲友、昔日的同事和部下，他一言不发。 后来，市领导一行也来探望，带来了鲜花之类，并温和地说，你是老领导，有什么需要我们做的，只管说。　他很激动，声音颤抖地说：

那我就说了，就说了。　给我，给我安排一次讲话吧。

　　大家都有些害怕，不知道他在这样的关头要讲出些什么来。

原载《当代小说》2002 年第 6 期

守望

　　作家王从来没想到，老姑的故事竟然那么令人荡气回肠。　当那位旅美画家刘的大型油画《守望》一进入展览厅，就引起人们的关注，并摘取了国际性大奖的时候，作家王才急急忙忙回到老家翻看起那本县志来。

　　老姑是十七岁上那年出嫁的，按家乡的风俗穿着一身大红，好看着哩。　谁知新婚的第二天早晨，一对新人还在床上呢喃，门就被撞开了，三个黑洞洞的枪口对准了他俩。　那个持短枪的家伙还不怀好意地拧了一把新娘子的脸，嘟囔了一句：娘的，还真是个美人坯子。　新郎官怕新娘吃亏，赶快穿好衣服答应随来人走。临出门时，他望着吓得抖成一团的新娘说："没事，我出去一下……就回来。"门"吱"的一声从外面关住。

　　一村人都吵吵嚷嚷聚集在村头的那棵百年皂荚树下，大家才知道国民党抓去了村里十多个小伙子。 从那天起，新娘的影子常常出现在遮天蔽日的老树冠下，一天天，一年年。 村里人再劝，她都是那句话："他说的，他出去一下，就回来。"

没两年老家解放了，村里陆续回来了一些当年在外打仗后来在城里做了官的人，也有当了工人或不愿意在外面工作而回乡务农的人，可是没有那天说了"就回来"的新郎。

"文革"时，村里乡里都搞批斗，老姑因为丈夫是跟国民党走的便成为批斗的对象。 但批斗游行完了，她还是到那棵树下向远处张望。 她说的还是那句话："他说的，他出去一下，就回来。"

十多年后，旅美画家刘路过那个村子听说了百年皂荚树下的故事，一个几十岁的大男人，哭了，在那个村子里住了好几天，终于完成了那幅油画《守望》。 油画在美国、法国等地巡展时，让那些天天忙得如车轮一般的蓝眼睛黄头发的洋人也啧啧称道，而且心里不时流过一丝丝暖意。 不过，画家刘在北京长大的儿子也是个搞艺术的，留着长长的头发，穿着布满美人头像的 T 恤。他看完父亲的画，并没有说什么，只是撇了一撇嘴……

作家王在翻看县志和回乡一次再一次地打听询问下，加上坐在书屋里一夜一夜地苦思冥想，他的小说比画家刘的故事更完整。 因为，画家刘怎么也想不到，就是在他的油画获得国际大奖以后，皂荚树下的新娘终于等来了昔日的新郎官。

那是一个飘着小雨的冬日，通向村子里的黄泥土路上开来了一辆小轿车。新娘那一刻并不在老皂荚树下，小轿车一扭一拧地开到当年的新家门前。新郎终于回来了，虽然已是两鬓银白（据说是思乡造成的），但是老人依然精神矍铄，气度非凡。他是以台胞的身份回来探家的，一出门就是五十多年呀，见了能认识的人就哭呀。新娘听说后，木呆在家里。一伙人见面时，就在当年两人做了一夜夫妻的屋里，虽然岁月已走过五十多年，老人仍然能想起来当年洞房的红烛。几近七十岁的新娘平静地看着眼前，恍如梦境，眼里只是闪着虽是混浊却亮晶晶的东西。不过，很快，站在两人身边那位满身珠光宝气的女人就把一切都打乱了。新郎回忆说，在那个月黑风高的夜晚，一船人离开大陆漂在去台湾的海上，大家心如刀剜……后来，新郎在台湾成了那个比他小十六岁满身珠光宝气的女人的新郎，也成了五个儿女的父亲。

作家王写到这里时曾非常为难，犹豫着是否该暴露其中的一个秘密，但想想毕竟那是自己的老姑，另一个是自己的老姑父，也只好咬咬牙说算了。

后来，老姑父走了，回台湾去了。只隔了几天，老姑又出现在村头那棵百年皂荚树下，只是穿的不再是老黑棉袄，是新郎官从台湾带给她的一件令村里人说起来都感觉到没法穿出来的衣服。

　　再后来，老姑死了。　但是村人总感到她的影子还晃悠在那百
年老树下。　作家王回村几次都有同感。　他的眼里就出现了望夫
台，或是长江三峡的神女峰什么的。

原载《百花园》2002 年第 9 期

彼此

　　邹晓亮做梦都想留住自己的工作岗位，他做梦也想不到，董震欧做梦都想放弃已工作了半年的岗位。至于冯峻，晚间做的什么梦，常常记不得，睁开双眼一准忘个一干二净。当然也有例外，那是噩梦。二黄是那种从梦中醒来能记一半梦境的人，就是说半截儿记得清清楚楚，另半截儿朦朦胧胧需要使劲儿想，或许能回忆起来，否则只能任其永远消失。比如说，二黄曾有天半夜醒来发现自个儿一脸泪水，循着梦朝回走，那泪从何而来？终于弄清楚后，把自个儿感动得又流半天泪。当然还有像冯晓霓，黄毛丫头，晚上一般不做梦，头沾枕头便入眠，一觉醒来大天亮。自从她上了学，或是从进了幼儿园起，这种神仙日子便没了，常常正在酣睡中就被妈妈连哄带骗起床，一边揉着惺忪的双眼，一边一万个不乐意，有时哼哼唧唧娇娇地干哭几声。

是啊，如今这社会，能睡到自然醒的有几个人啊？ 自然人成为社会人，自然属性也只得退居其次。 甘蔗没有两头甜，顾此的结果，便是失彼。 而如今大白天能睡到 10 点 7 分的人，更是微乎其微。 我小说中的人物无一例外是这微乎其微之外的，在那个时刻，都在忙活着各自的事……

邹晓亮

8 点刚过一会儿，半醒半睡的邹晓亮接到总编室电话，一个激灵全身的细胞尽皆苏醒。 报社记者虽然工作时间自由，但行政人员是按照国家事业机关的上下班时间，8 点钟必须到岗签到。

说这个电话惊了邹晓亮的美梦，也不完全准确。 他哪里还有美梦，本来一夜就没睡好，无根无底的一片叶子似的飘着，今天要决定身落何处，估计是谁也难以睡个安生觉。 再说明白一点，今天是决定他在这个试用了三个月的单位最终去留的日子。

邹晓亮手脚并用上衣裤子一起忙活着往身上套，半截上衣在身，便蹦跳着往洗手间跑。 再然后，牙刷已塞进口里，嘴角泛着白沫儿，像宠物犬叼根儿瘦骨头……

许多时候，我们都不知道下一分钟会发生什么。 如果知道，肯定不让它朝着不如意的方向发生，可惜时间没法倒回去重来。

实际上，如果时间真的可以倒流，该发生的还要发生，这好像是那个谁谁谁说的。 不过谁说的并不重要，重要的是你是否认这个理。 人们是没法预测下一刻会发生什么的，正如我们无法预测自己的人生。 邹晓亮常常以这句话为自己的未知作结，说这话时，便不像实际上的年轻愣头青，故意表现得慢慢的、缓缓的、上了把年纪似的，有点回望的感觉，也有点摆弄思想哲学之类的样子。 但是，这次他没有从容，是那种电闪雷鸣十万火急。 在路上，他特意查看手机来电显示，接听是8点4分。 而8点半，他已出现在总编室主任的办公室。

虽然出门时阳光明媚，这对多数人来说或许预兆着一个舒服的日子，可能一切做起来都那么顺手。 如今城市被物欲左右，人的轻松和笑脸并不多见，尤其在街头彼此陌生相向而行。 笑，对许多人来说，并不意味着快乐、放松和开心，只是一种表情，或者必要的脸谱。 邹晓亮认为今天还是与往常有所不同，陌生者那种孤独、冷漠、处处防范的面孔，都被这冬日暖阳改变，甚至中途与一美女擦肩而过，对方还向他努了努红唇。 虽不明白那代表的意思，却能觉出那善意的微笑！ 如此好天气，一切都该朝着有点儿意思的方向发展。 虽然心怀忐忑，他坚持自己的预感，结果会好的！ 他真的努力了，要比同单位其他见习记者努力得多。他明白，除了努力，自己一无所有！

8 点 35 分，邹晓亮从总编室主任办公室出来。虽然尚不知自己下一刻会发生什么，但上一分钟的过去，他十分清楚。总编室主任那比脸还亮光的秃顶，是过多用脑的见证，说话老到、滴水不漏，早在邹晓亮初来乍到便领教过。所以，他娓娓道来，声音不高，或是有意如此低音，为了让你更关注他说话的内容，邹晓亮已根据自己的经历明晓了答案。那么，说再多的话有何意义？绕来绕去，核心不就一句吗？他既猜中了前头，照样也可以猜中后头。

前后五分钟不到，邹晓亮的身份已被对方改变。明确地说，他已不再是这家都市报的一员。他没有急着去办公室那个临时隔断收拾自己的东西，而是背起相机走出报社大厦，把自己甩进喧嚣的街道。一时间，车水马龙，人来人往，尽是一张张匆匆的紧张的脸皮。两侧林立的摩天大厦，让行人如坠于夹岸的深渊，早已失去昔日主人的姿势。

他母亲的！他母亲的……

邹晓亮这样骂娘，下意识地从包里翻腾出相机，抱在胸前。这一抱，才觉着踏实，神归其位。恰似一个穿梭在战场的士兵，预备随时随地可能遭遇敌情。这是近三个月来，他在这座城市的常态和表情。有时，手与大脑步调不一，常常是行走中走神的状态！

邹晓亮无意中踢到一个纯净水瓶子，让他立刻想起大学时与同学上街捡塑料瓶子的往事。当时，对未来还没有现实的幻想，只以这种行为提倡爱护环境、保卫地球。如今这一脚，让他把大学与现实对接起来。难道这就是自己读了大学、研究生连贯七年的结果？连份体面的工作也留不住？

读本科时，以为同等学力即可就业"亚历山大"，便玩着命考研。这一考，他才体会了那句，你要是恨他，就让他考研吧！看来，是他自己恨自己啊！走出考场，他的下巴瘦尖成刀片子。谁料想，事到如今，报社并不在意你是本科、研究生，有门路的人，三本毕业照样可以在单位瞎混，而他一个堂堂的硕士研究生却被告知：被辞掉了！母亲的，他母亲的，让人情何以堪？

毕业前夕，曾听从一校友前辈的肺腑之言。他厚颜地向父母伸手，在他们已给他投入七年学费外，在他们单薄的工资之外追加了另一笔不小的开支，购买了一款单反相机。正如那位语重心长的学兄建议，新闻或中文系毕业都能做文字记者，多如驴毛；而懂摄影的相对少些，能文字又能摄影的，比率自然又少了不少。背着自配的单反相机，他本是自信满满地来。岂料，三个月后，报社一句"觉得你不合适"就打发了他。

最让他恶心的是，总编室主任甚至建议他改行做教师之类，或许比做记者更有前途。当然，对方还说出一个理由，他无力反击：在实习的三个月里，他没有拍到一次特别的新闻，几乎是随着四季唱歌。 在新闻圈里一说都明白，就是国庆时拍红旗，八月十五拍月饼，五月端午拍粽子。 新闻单位百分之九十都是如此？ 有特别新闻的记者多是有线索，或有线路，都需要在媒体工作些时间才能打下人脉基础。 他怎可能位列其中？

刚到单位，曾听说一副对联。 上联是："一名记者两千工薪三餐不定四季无休节假累成五脏俱伤，虽然六欲尽废还得七点起床八点上班找九个选题不敢说十分辛苦"；下联对："十年编辑九回断肠八方约稿周周七道禁令搅得六神无主，即便五内如焚还要四番检讨三番道歉仍两头不是也只好一声叹息"。 横批是"两部手机。"媒体人天天替别人维护合法权益，临到头，自己的权益被眼睁睁侵犯却无力维护，谁人替你伸张正义？ 比如说，不办"三金"，不签合同。 单位说得明白，你想干就干，不想干该干吗干吗去！

人话吗？ 是人话吗？ 有地方去，还来这儿？

自己该干吗去？ 谁能告诉他，他该干吗去？ 唉……

人多的地方有新闻！ 这是那个谁谁谁说的。 似乎读大学、读研时都有人在他耳侧如此聒噪。 记忆如烙，早从腠理深入骨髓，一提新闻，脑海中横刀立马凸现。

是啊，他能干什么？ 能干什么去？ 转了半天，还是奔人多的地方去。 等大脑从一锅粥状态明白过来，已身处美美商厦入口。 这里是距报社最近的一家大型商场，往常的吃喝用度一应均在该超市采购。 此处对他还另有一个意义，若在周边采访可能轻车熟路跑来解决内急。 别的地方不是不熟悉，便是人家有门岗，谢绝入内。

虽是上午，虽然商场开门不久，但人气还是颇旺，熙熙攘攘。 如厕时，才觉得周边顿时静下来。 虽然尿急，邹晓亮站在便池前费了半天劲却没解放出来。 从实习第二个月开始偶然如此，难道是工作或生活压力，整出了什么状况？ 想起中学时，大伙比谁尿得高，他一射就翻过一人高的砖墙，引来墙另一侧女生的一片尖叫和责骂。 现如今却……悲摧啊！ 若真出了问题，看病需要人民币，他手里的人民币极度匮乏，病也生不起。 他本来还盼着早点工作转正办了医保再去医院，转瞬间一切都成为难以实现的虚空。 身边的人进进出出，一阵子高压水枪扫射，大珠小珠落玉盘般悦耳，甚至终了还狗抖毛似的打个尿战，他真是羡慕忌妒恨。 久久地站在那儿不能一泻千里，倍感悲摧的同时也很难为情。 他对身后的等待者抱歉出一个僵硬的笑意，人家便排到另一队去了。 晃悠半天，他终于甩出几滴，才算了事。

邹晓亮是乘观光直行电梯到五楼的。 此处是商场的最高层，他可以在通透的天井边缘，凭栏俯瞰，借用长焦镜头对准下面寻找拍摄目标，对方一般不易觉察。 通过取景器望去，时而变换焦距放大某某的面容。 一楼有什么人进来了。 二楼那个母亲怀抱的宝宝，脸都哭歪了。 四楼俩美女的叽叽喳喳，似乎都能听到，一个指着另一个的胸笑得前仰后合，女伴儿则握着粉拳做出要狠狠攻击对方的样子。 只有美女才会在众目睽睽之下，不管不顾别人，以自己的嬉戏和夸张，吸引着他人的目光。

手机振动，提醒邹晓亮是条短信：又是卖房子的，还是湖景房。 唉！ 我何时才能拥有属于自己的房子，别说什么湖景房、复式了。

10 点了！ 商场的自鸣钟伴着音乐报时。

从那个给他带来坏消息的房间出来，近一个半小时。 糊里糊涂这么久，再一晃是否一上午便没了？ 到底是度日如年，还是白驹过隙，时间消费如此之快让人抓不住。 两种情境在他内心翻江倒海，时而前一种感觉占上风，时而后者很强大。 他又走神了，不知道自己在想着什么。

董震欧

董震欧从 8 点 35 分狂奔出派出所，便再没有接过办公室打来的电话。 一股子气冲出天灵盖，面对所长，他一摔警帽，老子不干了，不伺候了。 撂下这话，董震欧把全办公室给震了。 难怪多年后，还有人提及此事，说，这小子有种，他爹给他起名时就知道，这小子的人生总要震那么一下。有同事多年后甚至给子孙们讲，震欧，他妈的八字，是从震了派出所开始演练的，以至终于震了欧洲。瞧瞧，过程是不可超越的吧！当然，做警察的或许没几人知道，那些年河南有个作家李佩甫，总喜欢说这句话。还以自己的创作为例，去证明这个说法。比如最初写作发不出来稿，然后到一发表便被各大刊物争相转载，然后成为专业作家，等等，等等，再等等等。

到炒掉所长那天，仔细算来，董震欧干警察已过半年，还是顶烦这职业。派出所天天都是那些破事，有时被借出勤，要么是领导来了在路上站班，要么是球赛或明星演唱会去当人墙。他一个大小伙子，难道非这样把自己的青春乱糟糟地报废了？

他知道，现在工作难找，老爸为他能当上警察没少费劲，花了不少银子，托了一个又一个甚至转弯抹角的关系，但他确实不想当警察。烦警察由来已久，幼年一旦调皮，母亲便会说，我喊警察了。当时一听警车鸣笛，他会不自然地哆嗦，甚至正在撒尿都可能突然中断尿线，直至警笛声远去。上了半年班，他发现这个职业太刻板、太机械，没节假日、没有昼夜，军事化管理，二十四小时待命。身着警服，即使在大街上遇到当年的发小、老同学、好朋友，也要注意自己的形象，不得大声喧哗，不得玩笑。

这身衣服如同枷锁，让天性好动的他，被动得无以复加。

当然是公开招警招进来的，但招警也并非你想进就能进来。虽然当时并不十分情愿，毕竟在家闲了一段时间，何况老爸跑了很长时间的路子，连考试都不参加，也太不像话。是想过故意砸锅，考不上拉倒，又想到老爸那番折腾，于心不忍。何况试题本来他就会做，凭什么不好好考？考好了不去与考不好，明摆着两个心态嘛！

老爸知道他不喜欢这行业，但老爸的关系有限。自托人开始，老爸便给他找来《刑警吴一枪》《最后一颗子弹》《玫瑰杀手》《绝杀》等写警察的微型小说。他清楚儿子不愿意阅读其他与警察相关的书籍，也没耐心阅读太长的文章，千把字的微型小说总算看得进去。通过阅读，或许让儿子内心突地腾升起一股英雄气概，说不定就喜欢上了这个职业。

唉……老爸常常叹气的是，如今男孩看上去总缺少阳刚，白白净净，却显得柔柔弱弱。儿子一当警察，肯定可以改变这种情况。但董震欧从内心瞧不上老爸的说法。什么逻辑？当警察又能怎么着？现在跟从前没什么两样！现在干什么都讲究个出身，他没上过警校，而且是通过关系进来，哪可能长久不为人知。别人一旦知道他的家里就这样，老爸老妈开个小卖店讨生活，也没什么真的铁关系，还能有什么发展机会？何况进警察这个门，家里的银子几乎倾囊而出，甚至寅吃卯粮。

虽然不喜欢，但干警察毕竟是份工作，可这工作怎么如此不顺，这么拧巴？ 这么抗磨的岁月，难熬的日子，甚至从里到外受压迫的日子，爆发是迟早的事儿。

自认为在自家王国老大的所长，天天没个好脸色。 好像全世界都欠他的，好像以他的本事早该去当局长、厅长，甚至在公安部当个什么长才不屈材料。 望着他那样子，董震欧的胃都难受。最烦所长把自己弄得像个没教养的大老粗，动不动爆粗口。 比如说今天上午 8 点半集中开会，他仅迟到一分钟，或许自己的手表与所长的仅那么一分钟之差，何况他不过是在厕所里裤腰带扣出了点问题，便被所长放开嗓门几世仇似的骂娘。 吃了哪门子枪药？ 被领导臭骂了一顿，或有别的窝心事，堵着找人发泄？ 哪有迟到一分钟就骂得狗血淋头？ 分明找事嘛，找不痛快嘛！

这不是第一次，也不可能是最后一次。 当个领导，即便是最基层的毛毛头儿，都很把自己当回事。 若有丝毫冒犯，不知道要被他摆治成什么样。 老同事给他说过，老爸也给他讲过，还以自己为例，不就是在单位说领导为了自己的利益，要把厂子卖了吗？ 立马有犹大出卖了他。 于是，在单位还没改制前，他先一步下岗。 老爸终于可以看懂达·芬奇那幅油画——《最后的晚餐》。 宽大的餐桌，以耶稣为核心，十二门徒神态各异，唯有犹大的脸色灰暗,右手紧抓钱袋。 呵呵,不可思议的是,老爸由此延伸,还对意大利画家乔托的《犹大之吻》也津津乐道。 餐桌上暴露后的犹大提前溜走,带领敌人冲进客西马尼园,并以与耶稣接吻作为认人的暗号……唉,上个班多不容易,既要提防毛毛头儿,还要防犹大。 君子报仇十年不晚,小人报仇时间不限,却是从早到晚。

下了岗,失却发言权,老爸在失业中心领了一年失业金,成为名副其实的社会自由人,或者说闲散人员。 失业中心最后煞有介事地要登记他是否再就业,老爸当然就业了,不然吃什么穿什么? 东拼西凑,开了爿日杂小店。 对方立即在登记表格上填道:自主创业,成为企业家。 原来,虚报如此不打马虎眼儿。这个糊弄那个,那个糊弄这个,彼此之间再糊弄,还有什么是真的? 难怪目前最大的危机并非经济危机、金融危机,而是诚信危机。 试想,你身边的人,你遇到的人,你相信谁? 谁相信你?董震欧质疑老爸的话,老爸怀疑儿子的说道。 现如今,谁还能彼此说掏心窝子的话? 老爸认为家里管教不好儿子,送到警局让别人、让单位、让集体、让社会好好给他上上生活课吧! 除了家长,谁给他上课都是无情的,甚至是残酷的。 不如此,儿子早晚也难以硬着翅膀单飞。 在教育后代这一点上,人比动物,尤其是野兽差远了。

从他上班第一天起，老爸遇到邻居总喜欢显摆：我儿子当警察啦！ 哈哈……不仅嘴合不拢，脖子也比以往挺直许多，脸上整天泛着红光。 听者打哈哈，好好好！ 擦肩而过，那人便朝同行者咬耳朵，这老董，真是的，说几百遍了，自个儿也不嫌烦。 是啊，这是老爸的平衡，也是他跟老爸之间的平衡。 令人遗憾的是，今天上午8点半刚过，原本与往常类似的一个上午，这个平衡被他率先打破。 而平衡的另一端，老爸正坐在自家的小店，极满足地一匙匙喝豆浆，吸溜吸溜的声音很是响亮，另一手举着油条在面前摇来晃去，突然便袭击油条一嘴……

老子不干了还不行吗？ 董震欧脱去警服，甩了警帽，一扭身把滔滔不绝还在嚣张骂人、正在过瘾的所长晾在全所人面前，还故意拍拍自己的屁股。 第一次在派出所像个"老子"，脖颈一硬，头一昂，走人。 完全能想象得到自己走后办公室静止了半分钟、一分钟，或两分钟、三分钟，总之持续一段时间的尴尬场面，个个嘴都张成英文字母"O"，接下来顿悟似的纷纷围了所长，这个一声所长，那个一声所长，争先恐后挤入所长气愤填膺的视野。 所长所长所长，不用跟他小屁孩一般见识……纷纷坚定不移地站在所长一方，既劝慰，也对董震欧一致开骂同仇敌忾。兔崽子，王八蛋，常用的口头禅肯定形成集中火力，恨不得气冲霄汉。

　　离开那个停满警车、三轮摩托的小院，也没有回望一眼那小楼。

　　人的未来，是没法预测下一分钟有什么事情发生的。董震欧也不明白下一分钟对他意味着什么，有什么可以发生。根本不用经过大脑，放任双脚在周边胡同玩魔方似的溜达了半天，一拐弯竟来到美美商厦门前——这是一家离他单位最近的大型商场，平日值班，没少来购买方便面、面包、火腿肠、榨菜之类。对这儿的熟悉，不亚于办公室。可以说，除了办公室和家里，这半年，他进这个商厦是最多的，虽然每次来都是很匆忙地直奔超市。

　　进商场大门时，他看了一下手腕上的表：9 点 32 分。这是当警察养成的习惯，之前哪戴过手表？半年来煎熬度日的感觉，第一次消失了。时间过得如此之快，是否意味着上午半天会在不知不觉中弹指间而去？那必须的！伟人弹指一挥间，三十八年都过去了啊！

　　商场中部从底层至五层通透的天井设计，让内部显得张弛有度。加上穹顶是曲线形的有色玻璃，白天阳光打在玻璃上，既节省内部照明，又层层贯通敞亮不显压抑；傍晚彩灯开放，天幕玻璃上十字花宛如璀璨的宝石，深邃典雅，令人充满遐想。与天井东侧的透明直通观光电梯相对，西侧是一个盘旋而上的步梯，像音符一般，曲线优美，富有动感。不少顾客十分愿意走这种步梯，可以边走边俯瞰或是仰望，你在梯上观风景，别人在风景中欣赏风景里的你，且有步步高升之寓意。

董震欧手抓光滑似婴儿肌肤的弧线木制扶手，沿着步梯一步一步慢悠悠盘旋而上。 至于去哪一层，没有目的。 随意而行，若消磨时间，可能从一层走到五层，再从五层返回一层，循环往复，直至走累为止。

楼梯拐弯处出售奶茶、香肠、烤红薯、爆米花之类，董震欧的嗜好是后者。 自小至今，即使做了警察仍痴情未改。 曾有几次还买了分给同事，却遭到对方取笑，说那是娘儿们的零嘴。 不是有洁癖一说嘛，那自然也有食癖，就算他食癖好了。 他一下子买了五大桶爆米花，现场热爆的，闻起来特香，吃起来香脆耐嚼，回味浸透唇齿。 双手怀抱纸桶，并不影响他一边上楼，一边伸出舌头舔食眼前令人垂涎的美味。

上到五楼，董震欧快行三五步把爆米花放在一张木条连椅上，舒了口气，转身坐下，三指捏了几粒抛至空中，张嘴去接。接中了，便在嘴里夸张地大嚼特嚼。 他就是爱吃爆米花，那是他的个人自由，他愿意，招谁惹谁了，谁又管得着呢？

为了隔离嘈杂，他给手机连接了耳麦，莎拉·布莱曼的《卡斯布罗集市》如天籁之音，行云流水般飘入双耳。 Are you going to Scarborough Fair（你要去斯卡布罗集市吗）？ 他不禁随着唱起来。 说不清楚从何时起喜欢上这首歌，它总是他高兴或烦恼时的首选。 Remember me to one who lives there（记得代我问候那里的朋友），She once was a true love of mine（她曾经是我最爱的人）……空灵，幽远，凄美，无坚不摧地穿透耳膜，董震欧不禁饱含泪水，不知是喜是忧，是快乐或悲伤。

当然，这首歌名的翻译还有其他，比如斯卡布罗集市，或斯卡堡集市、斯卡博洛集市以及其他，他独喜欢《卡斯布罗集市》，他觉得"卡"字起头响亮，嘴里发音时过瘾。 其实，什么名字又能怎么着？ 反正他可以现在一边嚼爆米花，一边听莎拉·布莱曼，一边叨叨"卡斯布罗集市"，一边脚打拍子，一边中文，一边英语。 谁管得着？

那句 She once was a true love of mine，常常让他想起一个女生。 初中时他曾像喜欢爆米花那样喜欢她，但他一直在反复地做决定如何向她表白，她却突然远走他国。 再没见过她，也没能留下一张她的照片，就连她的模样在他脑际也被时光消磨得淡化，再至模糊。 后来，可能在街头看到哪个剪发头的女生，偶然觉得像那个她，自己的记忆不过是把过去混乱成一种发式。 多么悲哀，人这种动物，内心总在自己的小圈子里打转、打转，像蒙了眼拉磨的驴子，自以为走出很远，实际还在原地踏步。

董震欧的目光随了意识不知飞到何方，行人过往，他是视而不见的。

　　第一桶爆米花消灭干净后，他不用眼睛去寻找，便精准地抓过第二桶，翻开交叠的纸盖儿，深深地吸嗅，让爆米花的香甜充溢鼻腔，沁入心脾。伸手抓几粒，扔进嘴里，舌头舔一下黏黏的手指。如果央视这时采访问他幸福吗，他肯定回答：幸福！

　　他的音乐换成猫王埃尔维斯·普雷斯利的《Hound Dog》（《猎狗》），音量调到最高，咚咚锵的激烈节奏，一波波冲撞他的耳鼓。在他喜欢的音乐中，只有摇滚可以让他物我两忘。不过，需要在酒吧或迪厅才能真正感同身受。他现在太需要这种感觉，真想忘却这世界，也被世界遗忘。

　　实际上，他无论怎样去忘却世界，世界却没有忘却他。此刻，不远处的一位保洁，正十分厌恶地盯着他脚下的空纸桶和手纸团儿。啥素质？刚打扫过的地方，怎能随便扔垃圾。要是被经理瞧见，又要挨训。坐那么长时间不走，难道还要不停地制造垃圾、乱丢垃圾？有玩垃圾的癖好？

　　保洁返回洗手间找来拖布。当然不能直接去他脚下拖地，现在的小屁孩，个个娇生惯养，脾气大着呢！蝎子尾巴摸不得，弄不好，他犯浑，你来一句，他回你十句八句，谁受得了？何必呢！她思谋着从他附近的楼梯口开始拖地，慢慢向那个连椅靠近，到他跟前儿顺理成章批评他几句，总不算过分吧！

二黄

这是咱的名字，并非两个姓黄哩，只是咱在家排行老二。 本来习惯应该喊黄二，但不知咋转嘴便喊成二黄。 起初咱一次又一次纠正，一个人一个人纠正。 恁想想，自个儿名字被喊错，那喊的哪是恁？ 虽然名字只是个代号，但它毕竟与一个人相连，这个人就是恁自个儿！ 一个人咋可能对自个儿的名字都不认真、不在乎？ 所以咱纠正把咱喊成黄二，指定费了不少功夫和口舌。 没想到，越纠正，人家越故意似的，后来每每见了咱要喊名字时，还装出卡壳的样样儿，接下来还是喊出二黄。 唉，恁解释纠正还有些啥用？ 二黄，二黄，二黄，便这样被喊开了。

生活中有时就是这样怪，正确的常常被错误所取代。 咱一个的力量抗衡不了大伙，如此纠正，一方面用劲不小，另一方面反作用力更大。 喊就喊吧！ 二黄这喊法自小伴着长大，一直到高中。 老师刚开学还喊了几次黄二，随后也跟同学喊咱二黄了。 班级花名册上明明写的是黄二，他们偏偏喊二黄，竟然不算错？ 若谁做作业或考试，把某某的姓名顺序弄颠倒，不给恁打叉或判错才怪哩！ 比如说达尔文，写成尔文达；祖冲之，写成冲祖之；成龙，写成龙成……恁试试？ 何况有些领袖导师的名姓，咱也不敢举例说白。　弄不好，恁都成了现行反革命。

　　真正不喊黄二，是咱考上大专。　在新学校没人知道咱以前被喊作二黄，不像中学时许多同学随着从小而来。　这里不但没有喊咱二黄，连黄二也没人喊。　是哩，咱有大名大号，户口本上的名字是黄敏。　这名字才要跟咱一辈子，直到高考报名前，咱才正式启用。

　　黄敏是咱爹给起哩，他意思希望咱能像啥动物一样敏捷。　其实咱爹没啥文化，嘴里有点词都是看电视或听戏学来哩。　大专学校里的同学来自五湖四海，一般一个省就一个人。　起初别人喊黄敏，咱自然不习惯，会愣怔半天。　黄敏，黄敏，咱很快由不知喊谁而习惯地应答了。　可能边应答边听别人说，咦，是男哩！　哈，当然是男哩，让那些以为咱是美女的男生有些失望。　他们顺道把啥东西从学生会或邮务处帮咱捎来，还以为可以跟个美女套近乎，哪想到竟然为了一个纯爷们儿辛苦跑腿，有些不值吧！　咱笑，不仅是偷笑，望着他们那吃惊非小的样样儿，一边接过咱的东西，一边还冲他们笑。　然后说，恁没想到是咱吧！　后来看电影《天下无贼》，里面有打劫者被警察抓了，摘去面罩，露出脸来的尤勇对葛优饰演的黎叔说，恁没想到是咱吧？　哈哈，跟咱当年的台词一个样样儿。

　　习惯了黄敏，忘记了二黄。　但一到假期回家，别人喊二黄，还是十分爽快地应承。 也不想想，二黄的称呼之前跟了咱多少年？ 在家习惯了二黄，再到学校，有时点名黄敏，咱可能又要愣怔半天，直到同学提醒才想到答应——有！ 两年大专，咱在黄敏与二黄中反复强调，终于熟练到别人称呼二者之任何一个，都能自若地快速反应。 黄敏，二黄，像一个大名、一个小名一样样儿，咱的名字与外号同样深入咱的身心。 当然啦，二黄成为咱的外号，从这个意义上说，它本来就不是咱的小名，也不是咱的名字，不过是乡人瞎喊起的一个外来名号，这种名字就是外号。

外号就外号吧，学校毕业后一工作，肯定把这外号彻底涂掉，说啥也不可能再回那个小村子生活。 恁想想，咱上大学图个啥？ 还不是立志改变生活面貌。 若再回去，还上啥大学？ 一旦工作，就逢年过节再回一趟半趟，别人可能早把二黄这称呼忘到爪哇国。 即使忘不掉，也不打紧，恁想想，那才能喊几天？ 一年三百六十五日，那三五天也就是个零头。 喊就喊吧，也不影响咱是黄敏。

大专毕业后，找工作找得那个辛苦，真是别提啦！ 仅复印的个人简历、求职材料就花了不少钱。 咱要求不高，也就找个能把咱留城里的事干，自然不敢提住房、户口、高薪，还是没人用咱。 那个急啊！ 娘起先摔了一跤，后半生都离不开拐棍，一家人只能靠爹一年到头在土里刨食。 爹为咱上学费了老大劲，还借了债。 现在小妹高中，小弟初中。 咱急于工作正是为了能早一天解决家里的重负。 上学时打零工发传单，都没少干。 毕业了是不能再去干那些朝不保夕的事，但稳定一些能长期干活的单位，咋那么难找？

当个清洁工，或站在马路十字口的交通协管员，咱肯定能做，但人家不要咱。 人家安排的都是下岗职工。 咱还没上岗，不在人家安排的范畴内。 唉，不久前咱给家里说已在城里上班，不需要家里再给钱。 本意是让爹娘放心，谁承想，爹很快带来口信，让给家里捎点钱，多少都中，现在借钱难。 是哩，真正是屎难吃，钱难借。 爹的话说到这份上，恁说咱咋弄？ 所以，一提找工作，急得咱头发都想泛白。 突然间额前真的冒出几根银白丝，很扎眼地点缀在乌黑的头发里，咱一气之下把它们连根拔起。 龟孙子，不瞅个时辰，这么早光临，咱自个儿催自个儿也罢，恁算老几，也来催咱？

是哩！ 正焦头烂额，街上遇到同村的扁担。 咱俩小时候一块儿光屁股玩哩！

扁担那时候好吹牛，吹急了常常把说话的次序弄乱。 有一次，课间同学们坐在校园的乒乓球水泥台案上，扁担说，他去城里了，回来坐的是卡车。 大家知道他在吹牛，便问他，坐在卡车哪儿，是后车厢哩？ 他一摆手，哪可能哩，咱坐哩是司机开车坐的"机司楼"。 有同学追问，是鸡屎楼？ 他说，是哩！ 大伙猛笑……他醒悟过来，急得去追打刚逗他的同学，追不上，站住喊：恁小心点，咱抓住恁，会吐恁一脸溏鸡屎……又引来一阵大笑。 恁的嘴水平真高。 哈哈哈……

现在，扁担吸着烟，在城里打工，就是在工地上盖楼房。 咱起先也动过这念头，可没工地愿意用咱。 一看咱的样样儿，说没力气，胳膊腿儿麻秆细，干啥没劲，都不好使。 现在遇到扁担，咱也没啥遮拦，便想着能先找点活干，给家里弄俩钱捎回。

扁担还真中，说不吹牛，跟咱走，在工地上找个事没问题。 像恁上过大学，不会让恁跟咱一样样儿干粗活，有个事很适合恁。 比如记个东西、要个账啥哩。

咱一听，中，老中！ 这对于咱来说，肯定没问题。 恁想想，毕竟咱有文化，虽然不是学建筑的，但总比他们有文化。 真要是代表他们给某某去谈个判啥哩，比如为干啥活或工程、签个字之类，咱肯定比他们的字写得好。 再说，虽然咱不是学法律哩，但有关签个啥合同，还是比他们更有识别能力，看相关的条款是否对咱有利。 咱这么一说，扁担也高兴，像个驴喷喷地打了好几个响喷嚏。 扁担说，娘哩，家老婆想咱哩，嘿嘿……

这不，咱跟了扁担来到铁皮墙围的工地，躺在工棚里，与村里一帮打工的人搅和在一起。 扁担给他们介绍，那个谁，这是二黄，他们就喊咱二黄。　是哩，想不到，大专毕业后，咱又从黄敏回到那个喊咱二黄的人当中，又变成了二黄。

跟着扁担的工程队，还算可以。　扁担当然不是队长，他也是个打工哩。　队长是咱们一个乡里的，邻村哩，以前根本不认识，但人还不错。　一听咱的情况，说留下吧！　恁瞧，这种收留，像咱真的找到了工作。　于是，咱像模像样儿在内心告诉自个儿：读了几年书，读哩恁辛苦，读来读去，咱那些书读到哪里去啦？

人家扁担小学都没毕业，一是家里穷，二是他个人不想读，读不进去。　那时候，他一去学校老害头疼。　家里没法子，只好让他回家给猪割草。　不然哩话，还要不断地带他去找大夫。　大夫也说不出他到底啥毛病，对他爹娘说，不中，就去大地方瞧瞧，那里有好设备，咱这儿瞅不出来啥。　扁担真是鬼蛋，一不去上学就不头疼了。　最后家里只能放弃让他上学，也不能老让他害头疼。　当年因为头疼不上学的扁担如今成了瓦工，咱上了大专回来，还是啥也不会。　比如说，咱试图推那种独轮车，根本推不平稳，惹一帮工友好笑。　搬砖之类，没多大力气。　工头老叔说哩明白，让咱在工地上看能干点啥就干啥，不分具体活，到有啥需要文字或图纸啥哩，再让咱出力。　所以，在工地的俩月，咱没干啥活。　工钱，跟大家一个样样儿，每月发个几十块钱生活费，其他到年底要来钱一块发。

　　人吧，别人对恁太好，恁若不为人家做点啥，都觉着亏欠。在工地，大伙不让咱干，都说，上大学的咋能做这哩。咱们干活，恁讲个故事吧！哈哈，毕竟不是下苦力的人，好多重活、苦活，虽然简单，咱干不动，比如说抬钢筋、背水泥。而技术活儿，垒墙砌砖，咱又干不来。讲故事倒不错，读了那么多书，总算有了用武之地。咱想了想，去买了《故事会》《传奇》之类杂志翻看，等大伙晚上休息，便开讲。还别说，真有效果，连工头老叔也来听。

　　元旦一过，工头老叔找到咱，说：说话间要过年，甲方，哦，就是给人家干活的那个老板，拖欠咱一年工资，找了几次，都说没钱给。恁去吧，能把咱的钱要回，是恁今年最大的功劳。

　　咱的脸立马庄严起来，保证要回！这样说，咱觉得没啥问题。只有此刻咱才找到真正工作的感觉，内心有些小激动。恁想想，大伙对咱这么好，终于能以这种方式报答。何况这成了咱的工作，咱如果这次做得好，以后可以每月要一回，咱们的工资可不也像城里上班的人那样固定每月几号发啦？唉，没几天，咋又把自个儿定位成了农民？真是屁股决定脑袋。人这一生，有时想起都可怜，难道咱现在不是在城里上班？在城里上班人跟人咋可能一样样儿？

　　回头说这欠的钱，找恁要，不就是讲个理的事嘛！读过大学，看了多少书，用咱爹哩话，多喝了那些年的墨水，讲道理还有啥不行哩？ 欠债还钱天经地义。 更何况，从人性角度说，人家干了一年，每月只给几十块钱生活费，现在总要让大家伙回家过年吧！ 谁没有爹娘儿女？ 农民在外打工，是家里的主要经济支柱。 过年回家带的工资不仅关系到过年，更关系到年后娃娃们的学费，家里的吃穿、柴米油盐。 何况咱们的圣人孔子这么说、孟子那么说来着。 躺在工棚里，咱想了个那样充分、那样盎然。但咱永远不曾设想，咱做的所有充分的要钱准备和说辞，在遇到往常还说笑过、言语和气，甚至见了工人不笑不说话的老板冯峻时，被改变了，被彻彻底底地改变啦！

　　冯老板一见咱便说，又有啥好段子？ 瞧，他不说故事，一直把咱讲的故事说成是段子。 还是那个笑，白胖的脸上一笑便生出纹络，不笑绷得紧紧的，显得光滑油亮，像咱家里逢红白喜事请的厨子。

　　咱说，故事有可多，不过，这次来找冯总是想让给咱们把工资早点结一下，说话间，个把来月要过年。 咱想着，下来该引用孔子、孟子，甚至卢梭的契约论……冯老板没让咱继续说白，长叹一声，唉，小老乡啊，大学生兄弟，你以为我不想早点给你们钱？ 我巴不得月月给你们发钱，天天给你们撒银子，上午晚上给大家分金锭。 可我没钱，现在账上一分钱都没，还欠一屁股烂账。　我也急着找甲方要钱。

　　冯老板哭穷，说不是不发，是建筑方没给他钱。　当初给的钱都用来买建筑材料，那哪能够。　自己公司还贷款，他个人也借款，现在都砸在这工地上，这是垫资干活。　现在屁股后面一堆子催讨的，可别人欠他的一时半时也拿不回来，找人家要，费死费活的，只说给但还是没拿到。　欠钱的都是大爷，当初说的都可好，真要是用钱时，人家就捏你的脖子。　他如今都快急疯了，瞧瞧，口舌生疮，都是急得上火。

　　咱这才瞧到他的嘴疮，燎泡小颗粒散落在唇上嘴角。　心说，还不是吃出的积食？　消化不良！　咱接下来晓之以理，明以大义。　谁知他说话转起轱辘，说来说去，就是没钱给。　转了几个圈，还是那几句话，咱准备的说辞在他的转圈中，绕来绕去自个儿都绕晕了，词也说白乱了套。　突然才明白古人云，秀才遇到兵。

　　他也不撵咱走，咱说白一句，他回一句，好像跟咱说白也是个乐趣，逗着玩。　咱突然在没有任何准备下，冒出那句气不打一处来的话：恁没钱？　没钱还天天西装革履、名烟豪车？　天天喝得酒气熏天，带着美女招摇过市（据说那几个美女是他的秘书和财务人员，还有公关，谁信哩）……

　　这算捅了马蜂窝。　冯老板也不坐在像张床似的老板台后说车轱辘话了，冲着咱一通机关炮：怎么了？　怎么了？　难道让我也穿得破衣烂袜，像农民工去跟别人谈工程，找活儿干？我带美女怎么了？那都是公司的工作人员，有什么不能带的？带了又怎么了？不是美女们，你能在这儿跟我说话？不是美女们，能有那个干活的工地？你在哪儿还不知道呢？难道……

他一高声呐喊，像讲说家聚众宣讲一般，咱马上明白不该点这炮。于是，很快截断他的话头，自个儿也退一步近似乞求：能不能先给一部分，让大伙也抽空提前置办些东西？要不然，大年跟前，来不及啊！

冯老板正要大讲一番的话头被咱截住，胖脸还鼓鼓的，道：没有，没有，真的没有，有的话，早给了！你们那点钱加一起，才多少？现在主要是对方没给我一分钱，如果给了，立即先给你们，这行吧！有了最后这句话，咱心里还是有些舒坦。毕竟人家也难嘛，没钱，也不是不给。再说，还有一个多月，真的有了钱，首先给咱结了。

回到工地，大伙停下手头的活计把咱围拢起来。一听咱如此说，扁担开骂起来，他八辈祖宗，老是这话，都他姥姥的没啥变化。望着大伙由希望变得失望的目光，而且瞬间把咱身边的包围圈撤散，咱才明白，啥是羞愧难当。

咱知道被冯老板愚弄了。扁担的话让咱清楚了，其实，恁准备再充分，对方都是那种以不变应万变的说白。咱没有退路，决定无论如何也要为大伙讨回工资，哪怕是给一点，否则半点颜面都没啦。 咱甚至想过，如果咱自个儿有钱，哪怕拿出来也要先给大伙以换回自个儿的颜面。 在工地俩多月，大伙对咱尊重，不就是盼着咱最后能帮他们要回工钱，因为咱的存在，或许跟往年不同。 因为咱是文化人，大专生，肯定不会像他们那样笨嘴拙舌，对付对方的无赖一无所能。 谁想到，咱跟他们一样样儿。 他们对咱的失望可想而知。 于是，咱不得不向大家伙表示：放心，放一百个心、一万个心，恁们只管干活，把心搁自个儿肚子里，咱一定要把钱要回来! 说这话时，咱的心里是那种斩钉截铁的钢梆硬。

接下来的日子，咱三番五次去找冯老板。 恁不是想耗吗? 不就是抗日持久战吗? 咱没啥事，工头给咱的任务就是要钱。 而恁还有许多事要做，接见咱不过是恁繁忙而重要的工作之外的一种负担。 一旦真的咱让恁觉得是负担，恁肯定需要解决。 那么，至少恁应该先付给咱一部分，至少可以暂时解决这种被咱不断围追堵截骚扰接连的困局。 这不，咱给自个儿制定了相应的策略，无论对方咋急，咱不能急。 惹急了他，也是咱的目的之一。 就是要让他天天因为看到咱而生气，而急眼，最后不得不把咱的问题当作一个必须解决的燃眉之急，提到解决日程上来。 咱脑海里好像突然出现了啥来着，中学历史课本上那个带着大家吃红米饭喝南瓜汤的毛委员，提出的反围剿游击战术那几字方针。 看咱不扰死恁个冯老板！

　　令咱始料未及的是，在咱的一再追击下，冯老板很快适应了咱的存在，好像咱哪天不见他，才真不舒服。 再后来咱的出现，他干脆熟视无睹。 看到咱，也不打招呼，咱说啥，他充耳不闻，当咱空气一样样儿，在他面前跟没在一样样儿，人家该弄啥还弄啥。 比方说，打电话和别人打情骂俏，或约朋友吃饭，或谈年后哪块地的工程项目，好像根本不避着咱。 有时跟老婆或闺女在电话里大秀恩爱亲密，惹得咱眼里、心里酸酸的。 这么这么着，咱在耗磨中，咬着牙，铁了心，要把自个儿设想锤炼得更理性、更有耐心，加上韧性。 脑海还出现了那句啥，对哩，泰山崩于前而不变色……

　　咱们都没法预知下一分钟咱们的生活能发生些啥。 如果知道，是可能不让它发生？ 也未必见得，虽然日子没法倒流回去让咱重来一次，实际上，真的可以倒着跑回去重来，咱以为，该发生的、能发生的仍然要发生。

　　可惜的是，咱无论如何修炼和自我告诫，都没法子跟对方相比。 一天接一天，是咱先沉不住气。 咱每天毕竟要回去面对一排排如子弹般的目光，而冯老板对付咱的招数也就是无赖，俩字，没钱。 当咱觉得他成了真真正正的无赖时，咱知道，与他的较量，咱已经输掉了。

如果咱是孤军作战，咱相信，一定会把他一点点蚕食。 可咱背后的力量不是支撑，是一种对咱能量的削弱。 每每结束一天与冯老板的抗衡，咱走回工棚的路上，立刻能感受到一种对大伙的愧疚。 他们比咱还心焦。 咱虽然两眼冒火，却真的对冯老板束手无策。 无为之策，显然不是长久之法。 咋办？ 恁说咋办？ 咱能等得起，大伙也等得起吗？ 起初咱回去，他们还热切地渴望地围拢了咱，问当天的战况。 有些人给咱倒水或递烟（说白一下，咱是讨钱的过程中开始吸上烟，一吸就喜欢了这个以前很烦的东西）。 再后来，大家伙似乎对咱的回来也不那么热乎，说明都猜到咱的结果。 当咱在他们脸上找不到信任和焦渴的表情时，觉得自个儿羞愧至极。 这不明摆着吗？ 人家一堆人养着咱吃白饭。 咱本来是他们养兵千日、用兵一时哩，可养是养来，关键时候不管用。 唉，恁说咱该咋办？

冯峻

瞧我爸给我起这名字，就知道我的生命中将不断遭遇严峻时刻。 他是希望我每每面临严峻，能创造奇迹，甚至化腐朽为神奇，但我们谁不希望自己的生活平安顺利？ 读小说看电影，曲折悲喜，或大起大落起承转合，那是舞台，是戏，是供别人欣赏的。 真正轮到自己，估计没有谁愿意天天瞎折腾。 再有精力和能力，谁能像电影里那些人自找折腾，比如《真实的谎言》，或者《史密斯夫妇》。

虽然严峻在我生活中时有发生，但每次遇到严峻，我还是严阵以待大意不得。 比如现如今，我再次身处险象环生的严峻时刻，怎样从地产商那里要回工程款，实在是件费事的事。 还有二十来天要过年，国家不让拖欠民工的工资，报纸电视凑热闹，一会儿这儿一会儿那儿地曝光欠薪的消息。 谁愿意欠钱啊！ 这不，手里没呀！ 何况不少单位也要趁节前打发，明年的工程还需在这个节日气氛下找人打点……不一而足，都集中在一个字：钱！ 而钱现在也成了我最难缠的严峻。

工地上干活的民工眼看要回家过年，钱自然是急。 那小白脸大学生天天来，还有另一个工地那高个黑塔样的汉子也天天来，都是工头指派来要钱的。 唉，就连那个做饭的女人也不做饭了，肩负起他们工程队要钱的使命……几拨要钱的，我自己也弄不清，有时还以为是一拨人不同批次前来。 但我没钱，真的没钱。 谁不明白，过年是国人最重要的节日，谁不归心似箭？ 我也是人，再狠也不能狼心狗肺到这地步。 但我真的没有钱，现在恨不能把自己变成钱。 瞧外边那些人，说有钱的，手里都没钱。 钱哪儿去了？ 说不清。 平民百姓还有点积蓄搁银行里，我们哪有存款啊？都扔工程里了，而且还要找银行或投资公司拆借、贷款。总之，从成为有钱人开始，一下子变成了穷人。穷得只是在花钱，却总缺钱。花钱也不见钱，谁他妈的发明了卡，刷来刷去的。

真是一家不知一家愁，白天不懂夜的黑。两眼一瞪只说我天天往高级酒店里山吃海喝，其实，早他妈的不想吃那些，早吃够了，甚至吃怕了。但没办法，吃饭虽然不能给我带来多少快感，却成了我的主要生活或工作方式之一。吃饭已不是享受美味，而是有事，满脑子有事，要说事，要谈事，要办事，有些事还需要很费劲才能说出来，得动脑筋、伤脑筋，绞尽脑汁，费周折，只欠肝脑涂地。一句说不对，那顿饭便可能白请了。现在，被请的人谁缺饭局？能去吃你，是给你面子。比如说，现在要工程款吧，就不得不一次次请吃。人这种动物，奇了个怪，天天饭局都吃烦了吃腻了，办事说事还是需要请吃。虽然他的饭局多得跑不过来，还是乐此不疲，有时一晚上换几个局子，以此显示自己受到的尊重，自己是多么重要。有的人刚一落座便一再唠叨，是推了多少饭局才来的，你请到人家是你捡了多大的便宜。只有人家来了，才有机会说事。于是，准备好了在吃饭喝酒恰到好处时说出来，那个哪笔哪笔款项，结一点点！对方常常一笑，很爽朗地说，喝喝喝，你喝多少，就结多少。唉，唉，唉！那么贵的酒，白开水似的一闷一大杯，或是担心自己喝醉了说不成事，还要不时去洗手间双指抵了舌根吐出来。那哪是酒，都是钱，都是自己的血汗，心疼啊，可不得不喝！有时喝得都忘了为什么请对方，只是喝喝喝，一醉到明天，才醒悟，坏了，昨天说的事忘敲死了。唉！后悔得一拍脑瓜，再请呗！还能怎么样？更可恶的是，有时不管怎么喝，对方还是不给面子，突然来一句，你要是再说事，我就走人，饭也不吃了。你瞧瞧，林子大了什么飞禽都有，天下有白吃的午餐吗？

平时不少打点，逢年过节你敢忘了谁？但到关键时刻，人家哪记得你曾送过什么，好钢要使在刀刃上不是？要办具体事，现打现，不赊账，拿过路钱吧！送的人多了去，能收你的，说明对你信任，跟你关系不错，和你有交情。如果不是平时维持的关系，现打现送，哪送得出去？别人还以为你设了套，让人家往洞里钻、坑里跳。难怪小说《盖碗儿》写道：一个官员收礼担心对方录音，假装大发雷霆，把对方伸来的手中纸袋一掌拍落在地，高喊：干吗？你给我出去。一边抬脚把纸袋踢到沙发下面。送礼人夹着尾巴跑出来，一头冷汗，突然一看自己的空手，才明白，礼送出去了……

所以啊，说是当老板，现在想想，不就是个吃饭的老板，除了陪人吃饭，还是陪人吃饭。有些工地自拿下工程到交工，老板一次都没去过，你信不？ 不管你信不信，我信了。 这话铁道部的发言人说得没错。 你没经历过的事多了去，你不信是你的事。

说什么？ 你说什么？ 本来快过年了，大家心情都可能激动，兴奋啊、高兴啊什么的，我的脸不能扯成苦瓜？ 唉，你以为我想扯成苦瓜？ 大伙平日说我笑面佛，整天笑挂脸上，这些天想笑都笑不出，尤其吃饭时，笑都可以不训练很专业地挂成脸谱，凝结在脸上，没有动态，没有变化。

终于知道了儿时家长说的那句话，过年就是过难啊！ 我不坐豪车，不大吃大喝，怎么可能要来钱？ 现在这帮王八孙子，哪个不是大爷，你敢越过谁？ 稍有招呼不到，拉倒吧，人家不给你使绊子才怪！ 你以为我爱吃鲍鱼？ 他姥爷的，我其实从骨子里还是农民，几天不吃红薯叶子芝麻叶面条，都难受。 从情感上已成依赖，一旦在家吃饭，肯定鼓捣这些。 不少人以为我装蒜，也不想想，在家，在自己家里还用装？ 虽然小时候吃得见了就胃泛酸，如今有几天在家不吃还想得慌。 一是胃适应了，二是要时时警醒自己，能有今天是多么不易。 一块砖垒一块砖，一分钱攒一分钱，一滴汗浸一滴汗，积土成山，风雨兴焉。 有时瞧着西装革履不是？ 一没旁人，我会瞬间把领带扯下来，那玩意勒着脖子，憋闷得慌。 皮鞋？ 那可是我儿时的梦啊，当年看见别人穿皮鞋，做梦都想长大了天天穿，夜里睡觉都不脱。 实际上，现在除了外出，在家只穿呱嗒板儿。 噢，你可能不懂，呱嗒板儿就是那种木头做的拖鞋，前脚掌有一条两厘米宽的横带子。 脚不是臭嘛，一穿这，什么事儿准没。 你不知，穿皮鞋，再高级的皮鞋，我的脚都起茧子，脚两侧的皮磨得一层层坚硬老厚，有时需割几刀。 你说这什么毛病？

　　说到底，我现在还是生活在水深火不热的夹缝，这边看是穷人，那边看天天山吃海喝像富翁。 其实，我也是个高级打工仔，不就一个包工头吗？ 在民工眼里是老板，这边朝工程方要不来钱，那边是民工追讨工薪，个个见了我眼红得恨不能喷出血。

　　你说，这是日子？ 汉堡似的两片面包夹一片肉。 这是什么日子？ 但我能怎么样，也不能不如此。

　　越是临近过年，越是急着用钱，越是没钱。 就连销售工程材料的厂家，也开始要现钱，不给钱不发货。 总不能让工程半拉子停下！ 如果因为停工耽误工期，到时罚的款，谁受得了？ 何况真要这样，除非你不想在这行当做了。 有了这种记录，像信用卡透支逾期准上黑名单，影响了信誉，以后谁还敢给你工程做？ 江湖上看似天下大乱，实际上各行各业都有自己的门门道道、明规矩和暗路数。 危难之中方显英雄本色，沧海横流才怎么样呢？ 东凑西借无论如何也必须维持工程正常运转，同时因为春节要休息，还得加班加点。

　　我没有钱，真的没有钱。　找工程方，给他们送钱的目的是要钱。　拖欠我的钱，到现在应该正常还我，却需要一次次去送钱。送的少了，瞧不上眼，多了现在实在拿不出。　他们应该付我的款项中留出一部分给他们过年，不就行了吗？　人家哪干啊！　还教训你，说，你这是干吗？　啊？　你这是干吗？　我怎么能吃回扣？啊？　我是国家干部，这种事能干吗？　啊？

　　都火烧屁股，火箭已点火冲天，对方还装得如此正经，风雨不动安如山啊！　你有什么办法？　一帮龟孙子，王八羔子，兔崽子，奶奶的腿，姥姥的三寸金莲……不都是以为我最有钱吗？　其实，我就是张空皮！　现在讲究资本运作。　一资本，一运作，人便成了空头。　嘴里跑马似的多少多少万，对我来说就是个数字，一签字，一张纸浮云般飘过。　资本难道就是这？　只有民工手里，也就是资本运作的最终端，才是现金。　我突然意识到，自己好久没拿过大把大把的人民币了，除了卡，一张张这家银行那家银行的金卡、银卡，或酒店、洗浴中心、歌厅的会员卡、充值卡、VIP 卡等等，人民币现在用的是八〇版、八五版，抑或九〇版，或什么新版，都快忘到九霄云外。

　　说起来，你不信。　有时找他们要工程款，只差给他们跪下，痛哭流涕，甚至真的想过，像民工一样高喉咙大嗓门大吵大闹，放纵一次，撒回子野。　大吼咆哮，不做了，说什么也不做了，何必受这窝囊气？ 如果关系一闹僵，发了火，自己一时心里通泰，舒服了，下来如何？ 不正像对方提醒你的那样，真的不想干了，啊？ 你到底还想干不想干？ 不干，滚蛋！ 有的是人干，找两条腿的动物不多，两条腿的人多得一块两厘米的石头天上落下，还不砸着三五个？ 也不瞧瞧现在什么时代，缺钱，缺良心，就没听说过哪儿缺人。

　　是啊，不干了干什么？ 不干了，他们欠的钱不是更没个谱？这像被套的股票，准确地说像是赌博，像沼泽，陷进去，再想出来，难不死你。 唉，只能一边找他们要钱，一边躲民工讨薪。再过三两天便是腊月二十三过小年了，现在几路民工不仅罢工的念头火苗般乱蹿，打我的想法更是蓄势待发，箭在弦上。 再不躲，弄不好哪天要挨这帮兔崽子文盲的老拳。 那肯定划不来，好汉不吃眼前亏。 再说，欠人家账，说得理直气壮，实际上还是心虚。 躲吧，一边自躲，一边还要找工程方要钱，你瞧我这老板当的，躲得那个辛苦，心下自知，一言难尽。 有家不能回，一连几天吃方便面、喝纯净水。 当然不能总躲在酒店里，有时还躲在别人工地。 晚上做梦都在要钱……喝得差不多了，你已没有多少容量，对方突然出了撒手锏，你喝，再喝一杯，给你一万块。 什么话，不说还你，而说给你，好像你不是在要自己的钱，而是对方给你他的钱。 当然，这时酒都喝到嗓子眼了，举个车将着军再喝，哪还是助兴？ 又不得不先把自己喝翻以示诚意……回想起来，梦半夜突然惊醒，一身虚汗。

冯晓霓

爸爸哎爸爸，每年我生日你总不在家。 今年我都八岁了哎，如果再不跟我一起过，我一定要对你噘嘴，一定要给你点 face（脸色）瞧瞧，哪有不给自己的宝贝一起过她的生日的爸爸呢？你再回家，不让你抱，不亲你，不摸你的胡子。 还有，不给你开我小屋的门，你使劲敲也不开。 你信不？

嘿嘿，还是爸爸回来好，我们可以与妈妈一起去吃麦当劳、哈根达斯。 我最爱吃比萨，妈妈不喜欢吃，每次吃的时候总爱往我盘子里夹，还给爸爸夹。 妈妈不吃，我跟爸爸也能把一个九英寸比萨吃光光。 哎，不能想啊，一想好馋猫，要流口水。 嘿嘿，不知羞哎，自个儿笑自个儿吧！

最近听妈妈爸爸通电话，好像说是躲别人。 我晕，爸爸不是出差了吗？ 怎么还躲别人？ 问妈妈，她说，爸爸跟我们开玩笑，躲猫猫，他总是想在我们毫不防备的时候，出其不意，突然出现在我们面前。 末了，常常这样问：那是为什么？ 嘿嘿，给我们惊喜呗！ 这还不知道。 我每次这样回答，妈妈都会轻轻地摸摸我的头，然后刮我一个小鼻子说，小霓子好棒哎，连这都明白！接下来，她准会说，爸爸回来当然还会给小霓子带来好多——好多——好多——好多的好吃的，还有漂亮衣服，还有"当当当……当……"是什么？鞋！每次妈妈这样强调时都要用"当当当……当……"作为伴奏音乐。妈妈知道我最喜欢新鞋，爸爸每次回来肯定给我买新鞋。我肯定不例外地立即换上，站在床上跳来蹦去。有时鞋码小也不愿脱下，妈妈便强行抓住我的脚，她担心憋疼我；如果鞋码大的话，我更不脱，就让鞋子船一样呗，我跳舞，我唱歌，欢迎爸爸的回来，也庆祝我的新鞋。穿着新鞋，多美气呀。我们家我自个儿有鞋柜，里面的鞋好多好多，有些穿不了几次就小啦，都不再穿。爸爸说是我长得快，他会赶紧再给我买新的。爸爸也喜欢我穿上新鞋臭美呗！

我班没几个可以跟我比新鞋的同学。我只要换了新鞋去，他们准说，你爸爸又回来啦？瞧，都是精猴子！班里不少同学的鞋实在太一般，像慧慧吧，有时穿的鞋都破了，还补呢，好丑啊！我问她，难道你爸爸不给你买漂亮鞋？跟慧慧一样，不少同学的回答都是，是妈妈买的。

哦，爸爸与妈妈的眼光明显有些差异啊！不过，班里也只有慧慧穿得不好。对了，她爸爸被抓进了监狱，妈妈是捡破烂的呗！要不，她也不能穿那么丑。

我们家呀，我一般要什么爸爸妈妈都会给我买的。 他们对我的要求很简单，就是好好学习，成绩考得高高的。 当然，聪明无敌的冯晓霓同学什么时间让他们失望过？ 从上幼儿园起，考试排名没有当过老三。 嘿嘿，得意吧！ 当然也不可能是第二以后。准确地说，一般是第一，特别情况是第二。

叔叔阿姨见我，总喜欢问我的理想。 吼吼吼，什么理想不理想，没理那么多想。 长大干什么？ 烦人不，我还是个小孩子嘛，就不想这个问题啦！ 长大有什么好啊，天天很忙，爸爸跟妈妈一忙，家里只剩我自个儿。 当然想过快点长大，长大了就不用自个儿在家，可以自个儿出去找小朋友玩，不用像现在小孩子出门，怕别人把我骗跑。 爸爸妈妈常对我说，不能跟陌生人说话，不能跟陌生人走，更不能吃陌生人给的东西。 要是长大了，当然不怕陌生人了。 可是，可是，我有时还是不想长大，大人天天好忙，忙得都没有时间在家。 家里多好啊，写完作业，可以看电视、上网打游戏……

嗯，要是让我长大，那就当老师吧！ 能管可多同学，尤其是小豆子。 他总欺负女生，到时候，我要罚他站！ 让他背很长很长的课文。 他肯定背不过，嗯，罚他替女生打扫卫生。 哈哈……可是、可是小豆子也长大了怎么办呢？

我自个儿在家，好没意思哎，抱着洋娃娃说半天话，它也不理我。 看动画片吧，都那么短，一会儿就演完了。 电视里好多大人的电视，可是，可是，好像大人的电视总是这个跑来那个跑，那个跟这个吵啊哭的，搞不明白在干什么。 有时还亲嘴呢，那么大的人亲嘴，还是男的跟女的，不害羞！ 大人们亲嘴亲得在床上翻着打架，打得喘大气。 搞不明白，好像又不是打架。 一般演到这里，妈妈就不让我看了，说，小霓子该睡觉啦，或是说别的怎么怎么样。 我知道，她是不想让我看大人在床上打架。这时候，她一说，我的双眼便转移到她的脸上和嘴上，妈妈的脸好好看！

有时我也不想写作业，为了爸爸和妈妈高兴，要坚持写。 写得认真，写得整齐，写得正确，写得优秀，要老师表扬，要得小红花、五角星，不像班里的曹文瑞——大家都叫他草包啊。 哈哈，是他外号。 草包吧，作业总是写不好，得不了小红花，他竟然自个儿到学校门口小卖店买小红花，给自个儿作业本上贴。 不知羞，老师不表扬，哪有自个儿表扬自个儿的？ 真是个草包！妈妈严厉批评我，不许给同学起外号。 这个外号哪是我起的，谁让他姓曹？ 同学们都这样叫他，他还喜滋滋地答应。 哈哈哈，笑死人啦！

你们看上面这些话，时间肯定不是静止的。 我现在都坐上了爸爸的大奔。 爸爸前些天早答应了我，在我生日的时候，哪怕他在国外、在月球，就算在火星、天王星、冥王星，也要赶回来跟我一起过。我都八岁了，八岁啊！我好期待、好期待，盼月亮、盼星星。哈哈，这不是我说的，是听电视里一个叔叔说的，我跟着学呗！爸爸当然回来啦，昨晚都回来啦，只是我睡了不知道。今天一大早醒来一睁眼看到爸爸，再去找翻，当然是我喜欢的礼物了。他怎么能没给我买新鞋？爸爸说，立刻，迅速，马上，即刻带我的千金宝贝宝贝宝贝宝宝贝去商场买新鞋、新衣服，庆祝宝贝宝贝宝宝贝的生日。耶！好幸福哎！爸爸还说，要给我买上次在街上看到的别的小朋友手里那种洋娃娃，一摸耳朵，还会唱歌，好好玩的噢！

妈妈说，她要在家里给我们准备好吃的。现在爸爸的车开得超快，却平静得像在无风的水上行舟。嘿嘿，这句话当然也不是我说的，幼儿园老师说的。有一次她在朗读，我便记了下来。后来的一次作业，我以此写造句，老师还表扬了我，当然是在全班同学面前。同学们都给我鼓掌，好热烈。小豆子的俩眼瞪得真像两粒豆子，老师读我的造句时，我高兴得心里像吃了蜜。啊，哈，到底什么是蜜呢？我也说不清楚。反正大人都这么说，我跟着学呗！反正说话是为了你我都听懂呗！大人说的，我们小孩子学，总没错吧！

商场一

一气之下炒了所长鱿鱼的董震欧，觉得自己应该度过一个久违的自由散漫的上午，是那种无拘无束、想怎么样就怎么样的。

北京时间 10 点，商场内的时钟在音乐声中愉快地报时。

董震欧还在吃香喷喷的爆米花，此时耳机里传来的《江南Style》，让他有种一边吃一边想站起来跳骑马舞的冲动。 不过，他忍住了，即使不当警察，在这样的商场突然骑起马来，显然也不是他的做人风格。

俯瞰一楼大厅里人来人往，董震欧心想，平时上班，没想到不是周末商场还有这么多人，都是些什么人在逛商场？ 他们不上班？ 如果不上班，拿什么购物。

美女自然居多，商场里女性肯定要比男性多。 五楼顾客明显少些，毕竟是儿童衣服玩具之类，一大早来给孩子买东西的能是些什么人？ 三楼淑女衣柜、四楼男人世界，闲逛的人不少。 无论什么时候，一楼超市的人都最多，热火朝天的。 二楼家电的来往行人不太多，瞧那些售货小姐眼盯手机，谁把她身边的彩电、冰箱搬走可能都不察觉。

除了俯瞰，董震欧也平视同楼层，绕着天井的一圈栏杆附近，也有如他坐在椅子上休息的男女。 估计也如他，没事可做，在消磨时间。 正对面还有个男子端着相机在拍什么，不会是拍我吧？

离开派出所不到两小时，他越发觉得不做警察真好。 首先不用衣着那么正经，坐有坐姿，站有站相。 瞧他现在，完全可以不考虑任何外在因素，戴着耳机，坐在椅子上，跷起二郎腿，随着音乐节奏摇头晃脑，甚至右手似握了双节棍右甩左劈。 我劈，我甩，我甩，我劈，哼哼哈兮……一个马步向前，一记左勾拳右勾拳，一句惹毛的人有危险……快使用双节棍，哼哼哈兮……快使用双截儿棍，哼哼哈兮……

商场二

邹晓亮一边连续按下相机快门，一边盘算，等周六单位人少时再去办公室收拾东西，否则，别人问起，被辞退总有些伤面子。

隔着天井栏杆，对准一个戴耳机晃来摇去的小青年"咔咔咔"一通连拍。 瞧人家多么休闲，上班时间不用去上班，还可以在这里听音乐吃爆米花，说不定还在想 Style 骑马吧？ 说什么迷惘的一代、垮掉的一代，现如今能生活得自我，就让人羡慕。 真是人比人气死人，不比也罢。

　　当个记者有什么好的，天天那么辛苦那么忙，起得比鸡早，睡得比贼晚，吃的是一会儿天上、一会儿人间。可不是吗？如果采访时别人接待，你便一副贵宾上座的架势，一桌人围着你，领导长领导短。明知你只是个一般记者，还是称呼你主任或总编。要先给你敬酒，先让你吃鱼。服务小姐自然善于察言观色，知道上菜时鱼头应该对着谁，然后把酒壶和杯子端到你面前：鱼头一对大福大贵，好事成双，三星高照，步步高升，还有四季发财、事事如意、五谷丰登、五福临门、六六大顺、一顺百顺，直到天长地久、地久天长、十全十美、好事连连之类说辞，不就是劝你多喝几杯，嘴里像鲜花盛开，或者伸出一只小手，专挠你的痒痒处。人不都这熊样？明知一切是假的，还是很享受，就算是片刻。正宛若炫目灯光下的舞台，一会儿王子，一会儿贫儿。灯光一黑，什么样的演员回到人间烟火，不也要吃喝拉撒？再光鲜的记者，多数时候身处的还是人间烟火，在单位干活时，即使不顿顿方便面，也离不了叫快餐或面对盒饭。谁发明的这家伙？天天如此，想起来都作呕。一旦工作起来哪有时间哪有个点，不吃这些吃什么？同龄人，别人为何在我要忙于工作时能如此潇洒自若？

　　人间太不公平。上帝真是最大的骗子，让人生下来就不平等，然后还要去追求平等，累不累？ 要不，怎么那个谁说过，有的人生在山脚下，穷其一生也爬不到山顶；有的人生下来在山巅，站起来便是巨人。

唉，还是要有个好爹妈啊！ 瞧那对儿父女，那男人肯定是个有钱的主，穿那皮衣，一看就价格不菲，女儿打扮得像一个小公主。 童年时读《白雪公主》，这么说来，这不是白雪公主是什么？ 她爸爸那么有钱一个老板，像女儿的仆人，大包小包拎着，眼看双手都快提不住了。 女儿走在前面，趾高气扬，爸爸这个跟班，喜笑颜开。 是啊，谁给自己宝贝女儿花钱不开心？ 唉，这，这，这，这不是又造就一个富二代？

邹晓亮对准富二代连连按压快门。 且慢，他觉得拍最后一张时好像镜头里大摇大摆前行的小姑娘被人抱住了，富二代的表情很是异样惊骇。 他一纳闷，抬头向对面望去，隔着天井，听不清声音，但能看到富二代在别人怀里伸胳膊踢腿地挣扎。 显然不是遇到亲人或故友。 那紧抱富二代的人，好像跟富二代父亲发生了争执！

急忙把目光收回相机取景器，邹晓亮通过长焦镜头仔细观察。 吵架了，好啊好啊，吵起来了，还很激烈。 有戏，有戏，一吵架，说不定他能拍出什么新闻来。 什么是新闻，变动产生新闻，刚才还有序的商场因为他们的吵架便产生了新闻。 如果富二代不是现在爸爸的亲生，如果现在抱起她的才是她的亲爸爸，那更是新闻了。 如果，如果……当然如果现场只有他一人拍摄的话，不就成了"独家新闻"？ 目前看来，当然是独家。 还能有谁这么巧也镜头对准前面发生的状况？ 肯定只有他邹晓亮独一个。那句话怎么说呢？ 运气来了，挡都挡不住。

邹晓亮半秒也不敢放松，右手食指压着快门，咔嚓咔嚓咔嚓……

商场三

已经有十多天没找到冯老板了。 二黄外出返回工地，本想给大伙解释解释，找不到人哪！ 这咋办？ 可没人再围着他问情况，连扁担也不再问。 他急急地想说白，扁担却截住他的话头说，快去吃饭，灶上给恁还留着哩，一会儿冷啦！ 他默默地低着头去，刘师傅给他留的饭用笼布盖着，放在蒸馍的大面案的一角……

一天天一次次扑空，二黄的头发都要直立行走了。 这种连续多天的焦灼日子被打破，是因为他今天收到有关冯老板的准信儿。 这信儿不是天空掉馅饼砸他头上的，是他花钱买了一盒烟，外加预支了如果要到款再买两盒烟，把冯老板家附近的清洁工变成他的另一双眼睛。

　　二黄赶到美美商场，从天井步梯一层一层走上来，这样方便随时发现要找的人。他当然担心自己上步梯，恰巧对方正乘电梯，可能错过，或是自己只是为了快，大眼扫过却漏掉目标。

　　老天爷耶！好恁个冯老板，恁个冯无赖，让恁藏，让恁躲！二黄刚上五楼，迎面正是要找的人。

　　二黄呼吸急促，血脉贲张，整个头部轰地一炸，完全有可能冲过去像人们说的那样样儿，狠狠地，恨不能掐死这可恨的家伙。正在心里像被啥吸引着要向前飞，甚至跃跃腾空的一刹那，他告诫自己，要淡定，要理智，冲动是魔鬼，不能把事情搞砸，不要激动，千万不要激动。掐死了他，大伙忙活一年不都泡汤啦？虽然自个儿的面子在一次次遭遇中扫地落泥，自信也一次次遭到前所未有的打击，但他相信或者说有预感，他肯定能要到钱……唉，这叫啥事！学校里学的那么多礼义廉耻、忠信诚义，却如此软弱无力。恁给他讲义、讲信、讲仁，他给恁耍流氓、玩无赖。连秀才遇着兵的关系都不能算，整个是杨志遇到牛二，不动刀也得动刀！停留着飞跃前的姿势，二黄想起一句话：对付流氓，恁要比他更流氓；对付无赖，恁要比他更无赖。于是，他对自个儿说，那咱也耍个流氓给他瞧瞧，先礼后兵，一句话，今天不给钱，他别想离开此地半步。

　　一个活泼的小丫头迎面蹦蹦跳跳过来，二黄顺势蹲下张开双臂。 很快他看到，小丫头身后的冯老板那张变形的脸，还有脸上狮子般咧得接近耳朵的嘴……

董震欧有话说

我没有离开，不是等着你们来采访，是等来处理的人，在等警察。 我明白这个辖区归我们派出所管，我的同事接到 110 指令很快会来到现场。

我再次声明，在此等待，是因为我是当事人。 你们一会儿一家报社、一家电视台，还有广播电台、网站。 天哪天哪天哪，一会儿戳在我面前的是麦克风，一会儿是录音机、摄像机。 我简直要崩溃了……

这么个事，反反复复说了几十遍。 你们不累，我还累呢! 不要拍了，行不行？ 求你们，算我求你们了!

所长，我不是什么英雄，也没给警察争光什么的。 我当时只是在听音乐，事情发生得太突然。 而且突然发生的那一刻，我只是在听音乐，只是起身想离开那里。 你明白吗？ 所长!!!

是的是的，我确实看到身边一个男人抱着挣扎的孩子，好像跟另一男人争吵。 我当时戴着耳机，音乐声放得很大，我根本不知道他们在做什么，他们的表情明显在吵架。 本来我今天情绪很好，心情好好地听音乐，想自由自由，放松放松，终于可以不做警察了，本来就不想做。意外的，他们的吵架很破坏我的情绪，便决定离开，你们吵你们的，我换个地方还不行吗？我千真万确没看见那抱孩子的青年拿把刀。你想想，我在他右侧，是他抱孩子的右臂一侧，你说他左手持刀，我根本看不到。你们既然听那个清洁工阿姨说的，你们听她的好了。我真的没看见那刀，自然不知道是不是家用水果刀，也不知道刀从哪里来的，更不知道是不是因为那刀架在孩子脖子上，她才大哭，泪流哗哗的水一样淌。其实我也不知道她是否在哭，我只瞥了一眼她的小身体在那青年怀里尽力挣扎。

真的真的真的，我当时根本不明白是怎么回事，也不想弄明白怎么回事，也不想管闲事，我只是想起身换个地方。

其实吧，我的好心情在他们争吵前已有些破坏。应该是你们采访的那个清洁工阿姨吧，她拖地拖到我面前，好像我不该坐那么久似的。她的目光很不友好，我才发现自己吃光的爆米花纸桶纷纷掉地上了，还有用过的揉成团儿的餐巾纸。我明白她误会了，以为我故意丢的。因为戴着耳机听音乐，我看到她的嘴在嚅动说些什么，不听也明白是些指责的话。我向她说对不起我不是故意的。但她仍不依不饶，用拖布把我脚下方圆之地拖了一遍又一遍，满地湿漉漉的，明摆着想赶我快点离开。真的真的真的，我的心情从那一刻便被破坏了。 没过两分钟，扭头发现身边这些人吵架。 你说烦不烦？ 我走还不行吗？ 换个楼层，甚至离开商场拉倒！

真的真的真的，我当时就是这样想的，其他没多想，也顾不上想。 人们平常做事，提前谁能想那么多？ 你要过马路，要上楼梯，还要有什么想法然后再过、再上吗？ 有些动作只是我们的无意识，毫无准备。 起身前，我特意看了一下表，10 点过 7 分！ 没想到，起身时，我脚下打了滑——都怪那个清洁工阿姨吧！ 我的打滑使我的身体冲撞向身边那个抱孩子的人。 我眼看着，他退了两步撞到齐臀的栏杆上，然后倒翻身子，消失了……

我傻了眼。 天哪，天哪，天哪，怎么会这样？

另外，我还是要强调，是我身体腾空砸向那青年，不是扑过去的。 但我看得很清楚，即使在这样的意外发生时，那青年仍然反方向猛推一把那孩子，否则小姑娘肯定随他翻过栏杆摔下五楼……

不知道那个清洁工阿姨对记者说了些什么，我能看到许多记者对那个阿姨进行包围式采访。 她应该是离事发现场最近，目睹所有真相过程的当事人。

当时我觉得，完了完了完了，自己会不会成了杀人犯？ 即使误伤，也要负刑事责任。 我整个麻木，傻呆，趴在地板上，大脑一片空白。 耳机早不知丢哪儿去了，只听身边有人神经质似的反复叨叨——早知这样，卖房卖车，也先给他钱……早知这样，卖房卖车，也先给他钱……早知这样，卖房卖车，也先给他钱……再后来，他的叨叨好像又变成——卖房卖车，先给他钱……卖房卖车，先给他钱……卖房卖车，先给他钱……

那背台词似的男人怀抱庆幸脱险的女儿，紧紧地，好像稍有放松，女儿便会鸡毛似的飞上天。 女儿呆呆地也不哭了，任凭爸爸紧紧地搂着，木头人似的。

天哪天哪天哪，让我惊讶的是，第二天的报纸新闻与我说的前面一样，后面却不同。 我被写成了机智勇敢、解救人质的英雄，为警察争了光，充分展示了人民警察危难之中显身手的精神。 其中还有一份报纸标着"独家报道"，用两个整版以《视觉新闻》的专栏，按时间顺序报道了我解救人质的"全过程"：那青年坠楼时的照片上标注的正是 10 点 7 分。 天哪天哪天哪，他们的记者竟然拍到全过程？ 从我坐着听音乐起，然后是那边的吵架争执，再到那男青年突然拿出刀横架孩子脖颈一侧（我发誓当时真没看到，如果看见的话，我会想办法解救，可能采用另外一种办法，而不是这种被拍到的"冒险"），再下来是我站起突然以上半身腾空扑向歹徒（其实是下意识自我保护的手脚并用，像落水的人一样伸臂蹬脚。 如果这样施救，孩子可能与劫匪一起坠楼，那施救者不成了罪人吗），最后包括那青年从五楼到四楼、三楼、一楼的坠落过程（连拍也无法每层楼都拍到，报纸上没有发表二楼的照片）。署名是"本报首席记者邹晓亮"。这他妈的什么新闻记者，还他妈的首席，在现场看得那么清楚，不说先救人，竟然特意等着拍照片，等新闻。

我是英雄？一夜之间我成了英雄！昨天还"被"辞职，今天成了英雄。公安局长要接见我，市领导也要来所里慰问我。天哪天哪天哪，想起来都后怕。所长特意叮嘱我，按报纸上写的如实向领导汇报，不许乱说，上级专门交代过。

汗不断流下来！整齐的警服，虽然穿起来笔挺有形，但我的汗在冬日严寒的上午还是淋漓而下。热？是热的？那我的手为什么如此冰凉？一会儿领导要是握手，怎么办？他们握着我那出着汗却冰凉的手，怎么办？我禁不住第一次觉得应该向所长求救，便冲着站在门口的所长大喊：所长，给我一杯热水！

所长立即传话筒似的朝着民警老胡喊道，胡二炮，你他妈的没看到董震欧渴吗？快倒杯热水！这样喊时，所长根本没有回头，只是肩头朝老胡的方向耸了耸。他站在办公室门前，隔了门缝向外仰着脖颈眺望。或许他心里想，局长陪的市领导怎么还没来？

原载《阳光》2013 年第 7 期

主刀

　　刘晓波的孩子明天要手术，由黄大夫主刀。这次约见，刘妻颇费周折。黄大夫虽身居省会，却名闻全国，外省患者来就医，仅挂他的号，便成为一种增值品。

　　在晓波夫妇对面一落座，黄大夫便声明，自己只喝茶，其他什么他们看着点，反正他不会动一下。大概他是常客，说话间，服务员已熟络地上了一杯清茶。少顷，黄大夫毫无寒暄进入主题，简明扼要讲解了这种病的来龙去脉及手术方略，还一再表示，手术风险有，但与城市交通事故相比还算低的。

　　晓波夫妇静静地倾听，时不时点头，"嗯"声连连。今年4岁的儿子，是刘妻已算高龄产妇34岁时所生，前些天突发疾病，若不手术一旦神经系统受到影响将终生不愈。

　　不到半小时，黄大夫便要结束谈话："就这样吧，我还要接孙子。 你们也准备一下，明天早起孩子不能吃饭、不能喝水……"

晓波顺口道："瞧您老，工作这么忙，还要带孙子，真辛苦！儿子没在本地工作，还是也忙啊？"

黄大夫没吱声，对视刘晓波的目光躲闪了一下。 此时，刘妻提议，希望黄大夫约家人一起吃顿晚餐。"不了，不了……"起身的黄大夫立即回绝，同时随意地问，"刘先生在哪儿工作？"

"省检察院！"晓波道。

黄大夫一愣，似有所思索，接着问："刘先生刚才说是怎么称呼来着？"

见面时，晓波已自报姓名，大概像见许多患者家长一样，黄大夫根本没在意。 这一问，他便详解："刘晓波！ 文刀刘，拂晓的晓，波浪的波。"

黄大夫"哦"了一声，突然问："黄一勋案是你主审？"

点头的同时，晓波吃惊地盯着对方，这种机密他怎能知晓？黄大夫的目光在刘晓波脸上足足停了半分钟，说句失陪了扭身便走。 晓波纹丝没动，妻子追至门口终未留住对方，回来对他一通埋怨。

晓波想起来了，"双规"的副市长黄一勋案审结前，黄医生夫妇曾托人希望能与他见一面，他根本没给对方机会。 最终黄被判死刑。 那是黄大夫的独生子，老两口现在带的应该是黄一勋的孩子。

　　这次跟黄大夫的见面，是他对妻子多年来的唯一一次妥协。之前，儿子在他办案期间曾两度遭到绑架，对孩子的事他也有些习惯，不可能与对方做交换。　他甚至习惯性认为，只有自己办着案，孩子才是安全的，从而为公安的成功解救赢得时间。　此次因为手术是否给医生送礼，当妻子第一次冲他发脾气时，他惊呆了，也把妻子自己惊呆了。　婚后多年，她从没因为什么跟他红过脸，不管是办案十天半月甚至半年不归，即使不封闭，他也常常早出晚归，把家当成旅店……眼瞅妻子涕泪长流满脸憔悴，他最终的让步是与她一起请黄大夫吃顿便饭。

　　没想到，黄大夫只答应在茶馆一见……

　　结账时，夫妇俩才知道，黄大夫果真常来此，都是病人家属约请，但他给茶馆定了个规矩，AA制，绝不让别人替他付账。他每月底来结一次，每次清茶一杯。　至于别人的花销，他不管。以黄大夫的知名度和所带来的客源，茶馆自然不敢有所违约。

　　黄一勋案肯定不能告诉妻子，既是纪律，也不想给她增加心理负担。　心怀忐忑的妻子回到家，坚持当晚要再去黄大夫家表示一下，之前，便有护士给她暗示，她也打听了，主治大夫两千，其他人几百不等。　并说，黄大夫喝杯茶自己付钱，或许是给别人看的。　望着妻子，他甚觉陌生，决然道："就是做给别人看，这样能做几十年也不容易，也值得我们尊重！"

约见黄大夫那天，是刘晓波与"双规"的杨晓然对峙的第五天。回到山庄，同事说："刘检，你这一刀真厉害，果如你所言，你上午没来，他早猴急了要找你。"接下来几天夜以继日，终至结案，刘晓波向专案组做了汇报，然后领回自己的手机——儿子手术非常成功……

过去半月，在那家茶馆如约而至的黄大夫，像上次来时那样平静，轻品温茶仍是毫无寒暄直奔主题："你不用谢我。谢习惯吧！说实话，手术前，我做了准备，不能让你的儿子活着被推出手术室。我要让你也体会一下失子之痛。可是当我站在手术台前，接过手术刀、钳子、剪刀，是习惯让我忘记了躺在面前的人是谁。我习惯地寻找病灶，习惯地把它除掉……直到习惯地摘下手套洗手时，才想起来那是你刘晓波的孩子……"

凝视着黄大夫有些湿润的双眼，刘晓波起立深鞠一躬，道："跟您老一样，我们彼此的职业都因习惯而心无旁骛。谢谢您，黄大夫！"

十多分钟后，刘晓波起身，把十元钱压在杯子下离去。

原载《芒种》2012 年第 9 期

一个烧饼的阳谋

　　四十三岁，虽然她还不很显老，但也不年轻了。当年辞了公职与男人一起摆夜市摊时，他们所有的积蓄不足三千元，如今已成立了美食有限公司，旗下的酒店在省城东南西北的繁华地段便开了七家。生意是做大了，感情却亮起红灯。

　　男人把离婚协议轻轻地放在她面前，一切做得很显大方：孩子以后的学费、生活费，他管；家里现有的住房、汽车都归她；七家酒店，她任选四家……

　　想问他点什么，可问什么呢？当对方已决定离婚，还有什么可问的？她一时哑口无语，头蒙蒙的，身子都飘乎乎的，愣怔了半天，才对他说，我答应你，但签协议前，你必须答应我一个要求。

　　男人脱口而出，行！

不久，他们踏上了长途，是返回大学的长途。

在那所东北的校园里，禁不住触景生情。聊当年上学的情形，还有同学的故事，话题自然就转到他们的恋爱——这似乎是他的一个高压线，她稍有提及，男人便远望别处，或左顾右盼，一言不发，任她独自感慨或是诉说。

漫步在林子间，青石铺就的甬道依然，石板长条凳依然，相挽情意绵绵谈笑的男女依然，甚至背依树身相拥亲热的学生依然。她说，当年他就是这样把她抢到手的。男人淡淡一笑。那时候，他读中文系，她读历史系，两人同是湖北人，在开学不久同乡聚会时相遇，便开始了联系。后来相约树林，走至红绿交映的花坛前，他望着她好像在说什么，她已记不清。但她永远忘不了的是，他猛然抱住她一通热吻，她都透不过气来。接下来，他竟然迅疾地丢下她扭身狂奔。她愣了一下，连喊带追，费了半天劲儿才把他叫住……他以自己的色胆包天袭击她后，却惊得夺路而逃，事后每每提及，她都笑得肚子疼。也正是这一突袭，让他从追求她的众多男生中脱颖而出。最终是她留住了他，也留住了他们的爱情。他当时说，执子之手，与子偕老！他会爱她一辈子……

第二天，离开学校开始返程。按计划，他将一直送她回到那个小山坳里的娘家——他是从那里把她娶走的。从此，他们分道扬镳。

飞机降落省城，再转车到县城，一切很顺利。

在县城车站附近准备吃饭时，他的钱包不见了。她望着他，让他再好好找找。他翻遍全身及提包，终没找到，仅仅从身上搜出一枚五角硬币。她说，那怎么办？因为事先有约，此次出行全由他负责。

很饿，她低声说，看上去也确实很饿的样子，他不得不用那枚硬币去给她买来一个烧饼。她说，你先吃吧。他说，我不饿，你吃你的！两人站在车站旁边，无奈地望着过往行人，似乎希冀陌生中奇迹般走来什么熟悉的身影。

她咬了一口烧饼，然后送到男人嘴前。男人尴尬地说，不饿，你吃吧，真的！她硬把烧饼塞到他嘴边，让他咬一口。男人不自然地咬了一小口，象征性的。瞬间，他眼里有些泛潮。她知道，他肯定想起来了，当年大学毕业的时候，他们就是在车站买票时丢了钱，两人在啃着一个烧饼……

接着，她坚持自己吃一口，让对方也吃一口。她的理由是，接下来的路只能走回去，像大学毕业那次一样，两人至少都要以这个烧饼来补充些体力。男人没说什么，只是在她把烧饼送到他嘴边时不断地推辞，我不饿，你吃，你吃……是的，当年他也是这样说的，宁愿自己饿着，却怕饿到她。他说，我保证，以后再也不会让你过上挨饿的日子，我要让你永远幸福！

　　一个饼没吃完，男人的泪下来了……

　　一切如昨！　似乎又回到原点，生活惊人地相像！

　　如今他们的生活好了，同苦的日子宛若翻过的日历，感情却出现了裂痕。　她不想追究什么，只想以自己的方式和所有能力对这场情感进行拯救。

　　他们真的再一次徒步回家了！　路上再不是出来时的形同陌路，而是相互补充着回忆昔日步行途中的往事……

　　他们的生活从那个烧饼重新开始。　他那个丢失的钱包永远保存在她这儿，不示于任何人。

原载《羊城晚报》2011 年 1 月 3 日

癖好

　　他那时候算是圈里的红人，因为几宗大案的成功操作，使得他一下子就不再做小字辈的小偷小摸。 但他照样要做活儿，这是因为他对这种行当的爱好和痴迷，即使当了头目，也不像别人那样只是指点，而后就靠手下人"孝敬"。 不过，用行内话来说，对于张三最致命的"气门"是他与别人不同的两种癖好，一个是好字画，一个是好足球。

　　当那个春暖花开的季节到来的时候，张三已感到自己必须做些什么。 他几乎没有细想，便把那个冬天休养后的"首站"放在本市画梅大师刘不忘的家里。

　　他做活儿从不在白天，这是习惯。 所以，虽然已经不是第一次"进"刘家的门，他还是按自己的习惯，在那个满天星斗的夜来到目的地。

很静。虽然已是半夜三更，但是西厢房的灯还亮着。张三知道那是刘不忘在作画。这刘不忘就因为画梅成了气候，你想想，在这样的大城市能住这样的四合小院的人，恐怕找不出来几个，都哪个年代了？

像往常一样，张三很快找到连刘不忘老婆也难以找到的几个"秘点"，大概因为画总是无缘无故地飞了，刘不忘越发小心，但这一切对张三来说自然是小菜一碟。他从那黄色的牛皮纸里翻出来几张画，也不用细看急急卷了起来。他不会把这些都拿走的。

他刚手脚利索地出了门，突然听到西厢房有喊"好"的声音。张三一想不好，难道被刘不忘发现了不成？这可是个麻烦事，"打交道"已近五年的两人难道今天要面对面？在他惊愕的几秒钟内并没有发生什么，而后的几秒依然，这时他才确定刚才不过是一场虚惊。他决定前往西厢房瞅瞅。他知道刘不忘在那儿作画，但多年来他只是偷了刘的画去卖，却从未看过他是怎样画的。隔着窗子细听，没有声音，他想轻轻把门推一道缝，没成功，门被从里面紧紧地插着。于是张三顺着门框往上爬，停住，他的头慢慢地伸向门上边的那扇窗子，天哪，张三不看则已，一看险些惊得跌落下来。

原来屋内仅刘不忘独自作画，别无他人。但见刘不忘赤身裸体，站在几案前，一手执笔，一手压纸，时而细笔慢抹，时而笔走如飞。 白色的宣纸上早已干如虬龙，梅红如血。 画到酣畅之处，刘难掩激情，声声称好。 张三早已为之迷醉，不觉间也眉飞色舞，大喊一声："好！"随之跌落下来。

刘不忘吓了一跳，急忙披衣出来，看到半天爬不起来的张三问："好什么好？"张三"哎哟哟"叫着，一手在空中一画，说："就那一手……"

据说后来刘不忘与张三竟成挚友。

当那场世纪末的足球大战在全世界卷起漫天风暴时，张三同样坐不住。 这次选在一个普通人家，他要在自己最喜欢的球队即将进球的一刹那完成自己的"工作"。 于是，在西半球开赛而东半球尚已入眠的深夜，他来到那个小胡同里。

果真如张三所料，踩好了点的人家只是三口人，除了丈夫、儿子外，妻子大概已经睡熟。 父子俩正热闹地看着球赛，争来争去。 时机很好，张三真的在自己想象的时间三下五除二做完活儿。 像上次盗刘不忘家的画一样，几乎在他准备撤离的同时，他听到那边父子俩为一个球是好是臭而争执不休，于是他轻轻走向前去。

但见电视荧屏上人来球往，看台上的啦啦队喊声阵阵，电视机前的父子俩侧躺在沙发上时而鼓掌叫好，时而摇头叹息。 这时，只见穿黄色球衣的一名队员连过三人，冲到禁区，与守门员左晃右闪，好，闪过去了，飞起一脚⋯⋯

张三虽然心也提到了嗓子眼，但还是沉着地说了句："没戏，不信你瞧着！"话音未落，球果真打在球门柱上。 儿子欢呼雀跃，父亲对着张三大喊："都是你这张乌鸦嘴⋯⋯"张三想辩解，那个男人已回头继续看电视，可突然他一个愣怔，急忙扭头两眼铜铃般盯在张三的脸上⋯⋯

张三第一次被送进了派出所。

原载《传奇故事》2001 年第 10 期

求离

　　即使我没回到办公室，有一段时间没上班，但单位换了领导的事，早有同事在电话里给我通了气。 人在世上混活这么多年，谁没有个嫡系或亲近?

　　再说了，有些事，藏也藏不住。 生活在这么个乱成三国两晋南北朝的时代，想不关心外界都难。 何况是自己的工作单位，那可是要影响你的饭碗和幸福指数的地方。

　　话说回来，我与单位在那个时刻的关系，让我一下子想到如今使用率最高的汉字之一"求"。

　　有人在微博上求关注，某明星要结婚了求祝福，还有谁发了个啥玩意在朋友圈求赞、求分享。 只要用手机或互联网，这个"求"字真是无处不在。 有些人无论走到哪儿，都喜欢自拍或在微信朋友圈曝自己的私生活，比如吃喝拉撒，一盘菜刚上桌，绝不让大家先动筷子，立马要拍一张照片再说，或是看到什么，或是跟谁在一起等等。你说，你自己这么不讲隐私，跟你在一起的某人总要防范啥时候都曝光于天下吧？对了，央视那位名嘴老毕，不就因为这个环节玩砸了？

你说，如今谁没有手机？手机拿起来方便，用着没啥技术障碍，早成为天下最通用的媒体。因此人人都成了信息的发布源，术语叫作自媒体。网络几年间就把人类几千年的事搞乱了。如今的人到底是咋啦？一方面把自己关闭在屋，不愿意跟他人过多接触；另一方面又以网络形式希望引起别人的关注，甚至有人为此干脆动用了极端的手段，低俗、献媚、自虐，不一而足。如果说，抑郁这个名词给当下人增加了一种时代病，那首鼠两端，是否为当下人早就设计的一个词语，至少从心理上。

扯远了。我不说人家，也不说人类，虽然我也属于人家当中的一员，人类当中的一个子概念。但我还是不能说自己是人类，我只是人类的一个微不足道的个体，在人类的狂风暴雨中，即使有一点儿风吹草动，我的方向都可能改变，命运更是无从把握。用一个关键词，就是渺小到可以忽略不计。但对于我这个个体本身来说，我就是我吧，我就是我的全部。所以，就从说我自己开始……

　　求，或许是这个时代普遍的心态和人的总体特征。　这不，我一向最烦这个字，因为"求"总是把主体表现得很低。　有求于人时，自己那种心理弱势不言自明，要看别人脸色，听别人说难听话，讲狠话，要察言观色，随时准备迎接对方的拒绝，或提出某种互换条件……谁都一样，稍微能过得去，都不愿意求人，哪怕是儿子求老子，老公求老婆，兄弟之间姊妹之间，最铁的闺蜜之间，睡在上铺的兄弟。　毕竟，求，总让主体损失着尊严和主动。关键是，求的结果，还不一定是你所要的。　故而，我们还常说一句话，求人不如求己。　但从本质上说，这只是自我安慰。　许多事求己是没用的。　求，更多是向外的，不是向内的。　比如说到我，现在也要用这个字，后面再加一个字，组合起来便是"求离"。

　　对了，就是求离！

　　哈哈，甭想别的，不是求离婚，虽然这个时代离婚频如家常，有因婚外情离的，有因房产税离的，有因房子限购而想多买一套可以贷款的房子而假离婚结果弄假成真的，还有真的过不下去而离异的。　即使如今年代，仍有因父母而离的，还有……不说了，说这些跟我有什么关系啊！　我求离不涉及婚姻，是求离职。对了，是想离职，却有些麻烦，没那么简单，所以就求离呗！

　　怎么能不求离呢？　并非所有单位都像一个小公司那样，说不干了拍屁股就走人，或是连招呼都不打反正不去上班了，让老板望穿秋水才知道自己被炒。 在我们单位，你要想走人，还牵扯到三金五金、医保社保的，当然，还有你的薪金，至少你当月的薪水可能因为你没有进行真正的交接，会被单位以各种理由扣掉。得不偿失，没人为此而硬拼，不就是办个手续吗？ 从另一个角度理解，也就是给领导一点面子，让他行使一次最后的权利。

　　如果放平时的话，离职或许不算啥事。 但此时正逢领导换岗，且是一把手新到任。 你说，这时想离职，能那么容易吗？事后，我对自己这一段人生小结时发现，领导多是小心眼，你千万别认为他们有多大气量，或是宰相肚子里能撑船。 虽然尘是尘、土归土，但有时道理与事实并非一回事。

　　报社一把手换岗前，我在外采访。 之前听说要换一个副社长，没想到来的是一位姓富的社长。 瞧瞧，我在新闻单位工作十多年，对人事关系如此不敏感，自然在单位的发展前景不容乐观。

　　这一扯有点远，再往回来说。

　　我当时的采访只是个借口。 这一点儿新闻单位有优势，当记者只要说自己在外面采访，可以不用天天去单位。 说是借口，便不是事实。 事实是，我仅有的一个姐姐被拘留了。

　　说几句具体的与姐姐有关的话吧！ 我姐姐在农村生活，收养了十多个智障孩子，可是，有一天她外出不到半个小时，孩子中一个腿有些残疾的女孩不知怎么把小院里的麦秸垛点着了火，后来小院跟着起了大火。 火在风的吹动下，引燃了西边房屋，屋里的三个孩子被烧死了……

　　姐姐因此被警察带走，我是她在这世上唯一的血缘亲人。 平时，她是把那些智障孩子当亲人的。 因为她自己不会生，又收养了那些孩子，老公早跟她离了婚外出打工。 警方电话便打到我这儿。 还用说啥，我必须立马回家。

　　这事很麻烦，不是处理，是对付在如今媒体无孔不入的时代本来就爱凑热闹的记者们的轮番折腾。 我本人做了那么多年记者，我知道没事都想闹出点事的记者，这一次好容易抓住点事，像野猫异想天开噙住了一条树上掉下来的小鱼，哪可能轻易丢口。

　　姐姐本意为帮助孩子们生活的，却被质疑收养条件不合适，住宿条件不安全，存在多种隐患。 更有恶毒者，说姐姐是为骗取民政部门低保之类，利用智障孩子挣钱。 果真是世风日下，人心不古。 自己内心浸着毒汁，便觉得满天下人都在想着害人。 鲁迅当年写的《狂人日记》真是高明啊，那个怀疑谁都要吃他的狂人，一直在中国延续至今。你说，这样的记者有他妈的什么存在价值？

虽然我也是一老记，但我也没法在事件中游刃有余地周旋，除了本土记者外，还来了不少闻到腥的外地媒体人。但是，我仍需要在此间周旋，我撒手的话，姐姐就真的没救了。瞧瞧，我之所以在领导换岗之际还外出，当然是有了比领导上岗还重要的事。我不是傻瓜，也不可能对换领导漠视，但没办法。我们在生活中的选择，有时只能说无奈。

费了九牛二虎之力，姐姐也没保出来。十多天后，我觉得这事也不是一天半天能解决的，我还是离职吧！反正我早有去职的想法，这个报社待着不舒服，早上要签到，打卡按指纹，领导太奇葩了。虽然你可以偶尔找个借口不打卡或不签到，说你有采访，但你总不能天天这样吧？都什么年代了，记者天天忙碌拼命，竟然被管得像犯人一般，每天要在群里发布当天的所作所为。这变态的单位，没有离前，是因为没有这个事、那个事的纠结。人不都这样吗？一旦牵着痛扯了筋骨，工作都是次要的。

我回到单位，发现报头变了，原来是鲁迅先生的字拼的，现在成了毛主席的书法。突然意识到，领导换了，好像都是先从换报头入手，这是要昭告天下，如今是另一个人的天下，另一拨人掌印。 你说中国打造不了百年报纸，也就不言自明。 由此而想，除了过去那些有钱人家把房子盖得子孙都够用，不仅百年，两百年三百年的都可以。 他们当然想不到，这些目前已不再属于他们的子孙，而是文物。 文物就归了国家。 现行国家，房子产权最长的70年。 那么，位于城市里的那些文化名人大家，估计70年后的小楼便荡然无存，除非他自己在农村买片地，盖了房，或是当年生养他的农舍茅屋尚在，现在就申请为文物。 比如莫言，获了诺奖，当年生他的小院里的杂草，便被游人一夜之间踩倒一片。 家里栽的红萝卜，无论透明与否，都被连根儿拔起。所以，当地领导规划种红高粱，虽然这种农作物特伤地，据说，产量高，种一茬地，几年土地都缓不过来气。 可这些领导还是要打造莫言故居和莫言笔下的高密。 要不然，游人来了找东找西，就会说，莫言写的原来都是瞎编的，咋什么都没有啊？ 当然，领导是出于这种考虑，他们挣外来人的银子。 另一方面，给自己弄点政绩。 多亏莫言当年生活在乡村，如果是济南、青岛，生他的"故居"早不知拆迁过几轮了。 对不起，又扯远了。 你说我这毛病，难怪领导看不上，说我尽扯没用的。

还说房子吧。 1749年出生在法兰克福的德国人歌德，200年前的四层楼现在还在市中心大街挺立着。 那可是他祖父柯尔丽河在歌德出生前16年买的。 如果在中国，估计早不存在了——市中心拆迁是正常不过的命运。

再比如说巴尔扎克的故居，雨果故居……

怎么搞的，又扯远了。说求离呢，怎么说起了房子。我这人真不靠谱。

还是说离职的事。回到单位发现报头换了，其他还是外甥打灯笼照旧。听同事说，这一届领导决心很大，要改变报社的面貌。我一听，就笑了。好像新换的领导都一个样，都有这爱好。都要改变前任的面貌，都有两把刷子，比前任干得更好。要不然中国怎么有句老话，新官上任三把火。火旺不旺，总要烧烧。除了换报头，还可能换标题的字号、字体，或是改成彩报，多几个彩版之类，要不然还可能把几个版面的顺序进行调整……尽是些换汤不换药的形式化。也不想想，那内容，尤其是行业报，内容都是以本行业为主，想换也没啥法子换啊。你试试敢不选用本行业的内容，不出几天，要么你的位子另换其人，要么你的报纸被行业抛弃，早晚玩完……

管他呢，我还是辞职去。

社长的办公室是楼层里不挂门牌的两间之一，另一间是书记的。仅是同一楼层，各门上都挂了这个部门、那个部室的名称字牌，有冤有屈，外来人找领导总是找不到门，如果东问西问，那就坏了。 得有人告诉你。 你瞧瞧，这年头吧，找领导其实最好找了。 就一招，冲那间没有牌号的屋子去，一准找着。 不信试试，百试不爽。

当然，我知道社长的屋。 虽然换了个领导，换了个人，但一般领导的办公室不大会换。 毕竟当初这个屋是全报社最最应该被领导使用的屋子。 这个就不扯远了，大家都懂的。 但不换屋，不代表其他不换。 正相反，办公室里的东西，全换了个遍，包括桌椅沙发书柜茶几，就连花木盆栽，无一遗漏。 另外，原来的领导桌子可能是朝这边，新领导一定要调个方向。 新领导咋弄咋折腾，就是不愿意跟前任摆治的一样，更不可能使用前任的办公物品之类。 如果说，办公室的人员连这个都搞不清，那很快会被扫地出门。 难怪许多领导上任不久，办公室、总编室、财务室等与他直接打交道的部门，人员割韭菜似的要换一茬。

我刚站到社长门前，举起右手准备敲门，手指曲得像示意阿拉伯数字9，突然听到门内一个女声说：我脱吧，我脱吧，您举高点就完事。

我全身被电击过一般，瞬间麻木。 我的右手指内握着僵硬在半空，鼓出的中指离门板仅一厘米。 也就是说，如果超过了这一厘米的距离，门上肯定会传来当当当的声音。 那太尴尬了。 实在是太尴尬了！

另一个声音传来，不高，但听得出来是男声，应该是新任社长——我自己脱吧，我自己脱吧。 来来来，你别动手，我自己脱就行……

我的冷汗即刻成线，做贼似的向走廊两侧瞧瞧，见无人，匆匆忙忙向前蹑手蹑脚而去。 直到走廊尽头，心跳还如鼓，手心空捏出两把汗来。 真他妈的悬啊。 要是他奶奶的我刚进去撞上了什么不该见的，多他妈的尴尬。

要知道，我这个人可是有个毛病的。 一般是一边敲门一边就会推门而入，根本不可能等到里面说什么请进。

唉，真悬！

这女声是谁呀？ 刚才一紧张，竟无法判断。 男声呢？ 在社长屋里也不一定就是社长啊。 可不是社长，会是谁呢？ 谁还敢在社长屋里造次？ 就是社长本人恐怕也不至于如此胆肥妄为吧？ 社长也太过分了吧？ 难道是哪个领导的小爪牙出身？ 妈妈的，什么天下？ 求什么的都有，还有女人去找社长求着上啊！

嗨，多亏我刚才溜得快，如果此时恰有某同事经过，或在远处看到我那副样子，做贼似的，在领导门前鬼鬼祟祟，肯定没做好事吧。 人家献媚地一本参到社长那儿，我吃不完兜着走。 还好，我的所为也只有我自己知道。

他妈的领导，真是胆壮……

我还有些吁吁喘气时，三十米开外的社长办公室的门竟然自己开了。白色的光透在走廊上，一片片，由斜变正，我本意想背过身去，可好奇心还是让我正对走廊。

一个女人背对着走廊退出来，并顺手带上了门。然后，她冲着我的方向而来——竟然是楼层保洁，右手提着拖布。我吃惊地一直看着她手里的拖布。走近我，她微微一笑，然后九十度转角，走向另一侧——WC 在那边，看来去洗拖布了。我当时接了她的微笑，脸部肌肉僵僵的，有些皮笑肉不笑，一直到她背影消失。

乖乖哩，看来是我搞错了，误会了。说不准，多少冤假错案就是这样诞生的。此拖并非彼脱？看来我想多了，自己太过猥琐。

不过，我并不会因为这个可能是错误就推翻现在的领导即使在办公室也做出龌龊不堪的勾当的可能。因为之前，被捕下狱的市晚报老总的办公室，就发生了可能的事件。而且他肆无忌惮得连门都不反锁，刚把一位女下属放倒在办公桌上，有一广告部的员工风风火火撞门而入。那是个十万火急的事，九十万的广告单子。但再急，怎么能急过领导那本能的急呢？傻眼了吧？进不是进，退不是退，门还半开着，如果外边有人经过，肯定对里面的一切一目了然。　令这位广告部的小年轻事后怎么也想不通的是，老总就是老总，正在女下属上位的老总只瞬间停下行事，根本就没看他，似乎是冲着门喊了一声，咋搞的，不知道敲门？　出去……小伙子如得大赦一般，终于知道了应该怎么办，点头哈腰地闪电转身……

当时要是有手机，要是手机还像今天一样能照相，要是那个被吓着的广告员工还知道掏手机拍，或他本身有手机"拍摄控"，于是一通手机啪啪啪的拍摄声响后，就有胆量冲着老总呵斥一声，出去……

当然，事件不是那样的。　那件事风平浪静，广告员工还忙活他的广告，总编还是总编，各做各的事。　只是后来东窗事发，老总被牵连，突然有一天广告人员被公安带走，询问情况。　他当时吓得不轻，一脑子的事，看来也约莫着包不住，就向警方招供，某年某月某日，我去某单位讹人家多少钱，有时去哪儿，收了人家银子就不曝光了。　反正是招了一大堆，足够关大牢了，就是没有招供遇到总编与女记者在桌子上的事。　他当然想不到是因为这码子事才扯住了他——原来是总编被审时自招的，总编以为那广告人员早供了他。　总编太明白了，墙倒众人推。　他在台上肯定得罪不少员工，即使不得罪，在那种情况下，也有人以此举报为自己立功啊。　是两岔了——办案人员找广告人员本来是要做证人的，结果他却把自己的事招了一大筐。

什么事呀。又扯远了不是，还是说自己吧！这年头，管那么多事干吗？各扫门前雪还扫不干净呢，谁管谁呀。

还别说，我是第一次与新头儿面对面。敲门时我虽然惴惴于心，但里边的声音却甚是洪亮——进！一个字。啊哟，果真一个领导一个样儿，不过人还是千人千面好，领导就一个敲门声后的反应也各有千秋。他一个字"进"，简单有力，外面也听得清楚，不像有些人在屋里，你敲门半天，听不到什么，于是可能估摸着推门而入，他还会问你，我说半天了让你请进，你听不见？

他当然不认识我。他估计不认识来找他的人还很多。刚上班一周，除了相关的部门主任，员工上百号，他不可能都认识。何况他就职的时候我还不在。另外，他就职后去各部门走动时，由副总编、办公室主任一行陪同，目的当然是让员工都认识他，而并非仅仅是他要认识一下员工。

我说，社长，你好。我是……

我没说完，他竟然站起来，并且立即叫出了我的名字。

不会吧？我的心里有点小小的震动。我这么一个无名小卒，虽然不算什么，而且在他上岗时准备离职，但在见第一面，至少是在他办公室的第一面，他能直呼出我的姓名，实在让我吃了一惊，一大惊。 或许这就为我的求离失败埋下了伏笔。

事后我才知道，这个社长曾做过县里的人事局长、组织部长，到了报社做的第一件事，便是让办公室主任把员工的一英寸照片，按部门的形式，分行排列，然后彩印打出，放在自己桌面案头。 几天下来大部分人员的姓名脸面已半生不熟个差不多。

我面对领导时常嘴拙，虽然采访起来思维敏捷，脑子转得比嘴快，嘴里谈此问题，大脑中另一个问题或两三个问题已设置好。 但面对领导就不行了，每次听领导滔滔不绝，就明白这是在他的王国，他说什么都有决策权，你争执也没啥意思。 有时你说完自己的想法，领导一句话或几个字就把你否了。 还有更烦人的那种领导，根本不听你说完，基本上你说几句，他否定一下，或是回给你个疑问，你觉得这样可以吗？ 同样否了。 那还有什么接下来啊，有点自知之明就不说了，由着他去吧。 时间已久，我基本上是那种不愿意跟领导打交道的人。 但此番是我个人的事，部门主任当然不能代劳前往，而且这种事，应该我本人先跟一把手沟通后，才能告知他人，包括部门主任。 否则，人还没走，有可能闹得沸沸扬扬，满世界尽知。 经验之谈，尤其是有些人想调至更好的岗位，因为闹得同事中不少人都提前风闻消息或被谁通风报信，弄不好别人便比他近水楼台或捷足先登。 最后他的事办砸了，不仅没调动成，还一下子成了他人茶余的笑谈。

是的，社长见了我，呼我的名字，热情洋溢地让座，且亲自走到饮水机前给我倒水，还问我喝茶还是白开。我忙不迭说，不喝不喝，不用忙了。领导还是比前任显得更加平易近人。见我制止，他一边望着我，一边接了半杯子纯净水说，那就白开吧！呵呵，他说白开，没有水，省略一个字。我突然觉得有些手足无措，但还是很灵醒地走向他说，那我来，我自己来。社长以手势及平和的声音道，坐，坐下来说。我一边答应，一边坐沙发上，事后发现自己只是屁股搭了个沙发边儿。结果，他出人意料地没有回到原位，就从那个大板台后面伸手拿了水杯，顺便坐在我沙发的另一侧。这样一坐，我们就平行成一排，我说话时不得不扭转身子面向他。

是的，在当时，我还没说辞职的事，几乎什么都未及说，社长先开了口。你是报社的元老，曾为报社的发展做出了极大的贡献，以后报社的工作仍需你出谋划策。我刚来，以前又不是做报纸的，业务不熟悉，许多事仰仗大家帮忙，当然你们有什么问题可以直接来找我。不一定非拘于级别，要先找主任再找我。有什么直接说，不用绕弯子。我这人是直肠子。有一说一，有三说三。哈哈哈。

新社长是一个喜欢说话的人？还是初来乍到，以此笼络人心？弄不清楚啊。时间是检验一切的标准，可我没时间了。

社长那三个"哈哈哈"声，朗朗的，爽爽的，很男人很干脆，给人尽是好感。所以，我一边听着他东拉西扯，虚怀若谷，一边想着如何启齿，同时，还要吭吭哧哧、哼哼哈哈，表示对他说的话或观点的赞同。

当时，社长说了一通让我好好干，家里有什么困难，工作有什么困难尽管说的话，而且表示若有什么影响上班，也可以请假。单位还要仰仗我们这批中坚力量，希望我能对他的工作多捧场，多支持。

总之，当天的谈话，社长首先"封"住了我要辞职的嘴。在我谈到姐姐的事时，他立马表态：需要报社支持，责无旁贷；如果个人要处理，可以请假；如果经济上有问题，报社也可以先借款。

我的心头一热，泪水含在眼眶。虽然我也算新闻界的老江湖，可经过这些天的折腾，突然发现自己其实什么都不是。什么尊严、名气、地位啦。不就一个报社记者吗？人家认你，你就是个什么；不认，就什么都不是。几天的心灵加身体折腾，时间和空间的消耗，社长这几句话，就是寒冬的春风，让我不知对他说什么好，手上拿的辞职信一时间不知所措，还没递出去。

真成问题。 其实，那一刻，我听社长说着什么，似乎又什么都听不见。 但我最后还是想硬着头皮说，即使如此，我还是要辞职。 这时又有人敲门——也就是说，我在社长办公室不长的时间段里，已有不少于四拨人敲门，听到社长喊了声，进……但他们见我在，便知趣地笑笑说，社长正忙啊，那我一会儿再来——大概多是对我视而不见。 呵呵！ 这一次随着社长一个进字，门口站的是广告部的田美女。

她的乌发长及半腰，从脸庞的左侧滑顺地舒展至腰际的那条细细的裙带。 古诗有云，"待我长发及腰，少年娶我可好？"古人大概是指及后腰，她的是及前腰，或许是怕放后面的话，前面人瞧不见。 不过，她早已结婚了，当然也不"怕长发及腰，少年倾心他人"。 与那些"待我长发及腰，遮住一身肥膘。 纵然虎背熊腰，也要高冷傲娇"的资深美女相比，她虽结婚了，有时看上去说未婚也未尝不可……

田美女甜甜地望着社长，间隙快速地扫一眼我，跟之前来的人差不多一个意思，笑笑说，社长忙哩，我回头再来……跟之前来人不同的是，她的俩酒窝也随着笑靥笑起来。 ——让你看着看着，那酒窝就有点旋转的感觉。 据同事们说，她拉广告时，这两个酒窝可以旋倒不少老板……

社长冲她说，没事，你来吧，这边就完了！

田美女很乖巧而听话地站在社长桌前，而且左腿往右腿前一交叉，落落有形，一副小女人的可人样儿。

我明白，社长这是在对我逐客了。

我终于没法子硬着头皮交出辞职信。当然也因为有田美女在旁边，这个头皮是想硬也不好硬了。万一被她传出去，毕竟不是个好事儿。

接下来，回部门工作吧，还能咋的？求离，也就是从那天起，只是我内心的事了，未付之行动。同时，自我安慰，再等机会……

当然，这于我而言，便是辞职不成的另一种可能，就再安心干一阵子吧！不管怎么说，新社长话都说到这个份上，辞职当然是不好的事。更何况，我也替人家社长想想，哪有新来领导，部下就提出辞职，这不明摆着，给人家上眼药。传出去，还是证明新领导不能服众，更没有容人的气量，就像有些领导总拿"不好好干，就走人"之类话来说事，那不叫水平，是二蛋。一个领导的能力与水平，不是总以下了别人的岗为口头禅而要挟撵人走，而是如何聚拢了人，按自己思路往前走。那种今天工作不努力，明天努力找工作的说法，纯扯淡。当然，新领导一般都要讲运气、讲风水之类，更不可能在自己刚上岗之际，放人走——这对他自然是一个考验。 如何形成以自己为核心的团队，团结一心，这都是他的上司观察他的细节。 尤其是新上岗，多少人的眼光都在盯着。

我说服了自己，先好好干吧。 是的，就这么简单，一个人跟自己的对话，往往很简单。 你说服了自己，就像说服了别人一样。

我真的想好好干的。 但报社的一切并不是因为我一个人，还有其他老资格的同人想干就能干好的。 现在的年轻人，已比不得我们刚工作时。 那会儿心里还有些集体主义观念，喝的都是整桶的纯净水，即使如此，没水了，也懒得打个电话让送水来，更不要提办公室的卫生。 一年不伸手打扫一次卫生的人有的是。 而取样报才是多大一点事啊，就是每天上班时从发行部门前经过，然后进入并拿几份报纸，回到办公室往公用报夹上一夹，大家需要时可以随手查询。 这是多么顺手的事啊。 你不会想到吧，现在的年轻记者都觉得自己工作很累，取样报的事也交给我们几位老同志。 有哪一天我们没有取，他们去看报时还可能咕哝，咦，怎么没人取报啊！ 你说这年头，整个一个180度，当年的青年多干，今天成了老人多干，当年新到单位的年轻人，手头勤快，手下利落，如今整个都掉了个儿。

　　我姐姐的事，很是麻烦。她起初只是看到一个流浪的孩子在家门口，便给了热饭热菜，吃了饭的孩子便走了。没几天，又回来了。敲门，还带了另一个孩子。姐姐又给了热饭菜。俩孩子高兴地吃啊喝的，这一次，饭后就坐在她家门口，不走了。晚上饿了，又敲门。

　　就这样，姐姐收留了他俩。或许是命里该吧，陆续还有一些智障孩子跟着来了。这些孩子大脑有问题，可怎么聚拢来的？姐姐也挺纳闷，难道他们也有相互联系的无线神经？

　　姐姐是那种很愿意怜悯别人的人，尤其这些智障孩子。她知道，这些孩子离开这里，就可能在别的地方饿死、冻死。既然来了，先住下吧。姐姐的生活本来就艰苦，却把屋里的床换成架子床，让孩子们好有住处，没想到这一着火，事大了，而且死了人。

　　我这几个月当然是家事、国事、天下事，事事都是工作，无奈啊。人到中年嘛，上有老、下有小，事事都要落在自己肩头。

　　可是没想到，我忙中还是出了问题。求离不成的我，再一次面临选择。其实，他妈的我是一个最不喜欢选择的人。如果只有一个目标，于我足矣。可是有了两个就要选择。这种选择于我是很闹心的事。就比如，你进了一个服装店，买件衣服，只有一个款式，买了拉倒。最好也就一个价格，不讨价还价。不打

折不优惠，实打实一个价。 可因为多了选择，人家可能估算了你
要打的价格战，于是加了多少价码，你心里没有底，而对方有
底，便给你打起马虎眼，要不说，南京到北京，买家没有卖家
精。 这选择是我头痛之事。

又扯远了。 人到中年，脑子想的事太多，一乱就乱出去十万
八千里。

我想说的是，在我求离不成的四个月后，在报社的员工仍然
是一副散淡的样子的时候，在年轻人还以为新领导在步前任的后
尘的时候，显然新任社长却不同于上一届，他是非媒体出身，是
管人的人事部门、组织部门出身，也不想想，如果他来了，跟没
来没有区别，那空头领导还当得有什么劲。 于是新的制度、规定
之类相继出台，包括一些奖罚任务、制度规定。 记者绩效考核也
有了新的变化，不仅仅是写了稿，发出来稿，还请了外来聘用的
人员为每一篇稿子打出九个等级。 甚至还弄了个末位淘汰的办
法，也就是说，无论你这个月的工作做得好坏，只要你在最后一
位，你都是末位。 这样的业绩连续两个月，一年有两次，对不
起，你要自动走人了。

看来，哪个领导的祭旗之刀都是同质化的，只是这次祭旗竟
然用了我。 没想到，根本没想到，真的没想到。

原因是我的一篇稿件，省委书记、省长都出席的活动。 发给要闻版，可要闻版的编辑考虑到这个新闻如果发就要发头条。 但作为行业报，上头条的应该是主管单位的老大，或本行业新闻，怎么办？ 现官不如现管啊。 于是他们私下做主，把我写的稿子扣下不发。 结果次日社长一看我的稿没见报，电话打来。 我说写了稿，交给编辑了，不是我的责任。

社长顿时发火。 为什么不给编辑叮嘱一下，是报社安排的?

我呵呵一笑。 用叮嘱吗？ 无论怎么说，一家省级报纸，不可能不明白省委书记、省长同时出席的活动其新闻价值的大小吧。

社长"啪"地一声挂了我的电话。 就这个事，多大事啊。可是，在新闻单位，有些事说是大事就是大事，说是小事就是小事。

这个事，这次在我这儿成了大事。 报社由副总编挑头成立了一个工作组，火速对此事展开调查。 你说动静多大。 本来事实明确，我交了稿，责任就到此，下来应该是编辑的事。

没想到责任采取倒追法，最后认定是我没把工作当回事，给编辑、副总编辑、值班人以处分，我不再是检查和处分了。

我很无奈，调查组最后谈话时表示，我可以引咎辞职，否则被辞退。

他妈的，什么事，这是。　这传出去，好说不好听啊！　无论怎么着，就是被人家开除了呗！

走在大街上，我想大声骂娘。

求离不成，竟然被离？　当然这两者之间是有区别的。　主动和被动的关系一样吗？　我突然想起来社长无意中说的那句话：我刚接任时，你不是想辞职吗？　现在辞了，也就几个月，也算遂了你的心愿。　不是吗？

我因此另想起一个问题。　我当初想辞职时，并未向社长亲口提起，他如今说这话是什么意思？　而且从那次找过他后，我再也没走进他的办公室，我想辞职的事，怎么就让他知道了呢？

再仔细搜索自己的记忆，我想离职的事，曾给谁提过？　仅仅三个月，就想不起来了。　三个月，不足百天，怎么我自己都忘了的事，社长竟记得？

社长亲口对我说的。

他当时就是这样在冬日的中央空调暖风下，吹了一口茶水上的热气，然后说，这下你也可以了却心愿了。　不是我刚来时，你想辞职吗？　现在也算是你辞了，但报社的开除决定，我没法收回。　这是组织决定，不是我一个人的意见。　好了，不说了，低头不见抬头见，以后我们还有见面机会，青山不改绿水长流，有空常回报社看看。 虽然你可以忌恨这里，但它毕竟是你为之奋斗多年的一段青春岁月的痕迹，抹也抹不去。 日后回忆的时候，只会多不会少……

我后来真的在求离不成而被扫地出门后，一次次回忆那个我工作了多年的单位。

关键是我求离的事是如何泄密的？

当然我不知道，在我找领导之前，我要辞职的信息早已传到他那里。 也就是说，我要辞职，社长知道是在前的事，我知道是后来的事。

难道是我在什么时候漏过嘴，还是我修改辞职信的草稿在电脑桌面被谁用我的电脑时看到？ 或是我的打印稿被谁提前一步注意了？ 总之，这个信息的泄密不是我所能知悉的。 社长自有他的想法，自己新上任，肯定是不允许有人炒他的鱿鱼的。 在体制内的人事组织部门工作是干吗的？ 不就是与人打交道？ 他上任之初，别人辞职，传出去好说不好听，什么理由都可能演化成他本身的问题。

突然想起来第一次找社长时，觉得他是那么喜欢说话的一个人呢，还是初来乍到，以此笼络人心？ 弄不清楚，便自语时间是检验一切的标准。遗憾的是，在这个时间检验之前，有谁为了向社长表忠心和以示亲近，以出卖我的信息为前提了。只要在我进社长大门之前早走那一步去通风报信，都算是他领功请赏。生活中以揭发别人的方式向领导献媚，从而取得领导的信任，这是某些人的为人之道。

这个世界上，许多人在关键时刻，大多是靠出卖别人才能进步的。就像女人们要想成为至密，是需要以交换秘密为前提的。如果你的嘴够紧，只听对方说某某怎么样，或是个人的私密怎么样，而不提供相对等的秘密，自然，你很快将被对方淘汰出自己的秘密圈。在 QQ 上的话，就是被屏蔽或拖黑。那年头，说拖黑，年轻人不知道的，一定很奇葩。

他妈妈的，他妈妈妈妈的，我算中招了。辞退和辞职，就一字之差，主动和被动的心情、心态、立足点差异大了。

不行，不行啊，大街上呢——这个女人的声音，我熟悉得不能再熟悉。

身心俱疲的我走向回家的大街上，正在用伤痛来麻醉和抚慰伤痛。但这个熟悉的女人的声音，使我不得不顺着声音去观望，于是看见那个女人半推半就拒绝另一个男人。男人一副死缠活缠的样子，终是双臂拥抱了她，并飞快地亲了一下她的前额——动作之快，像一只雄鸡发现了杂草里的一条虫子，敏捷而准确地伸喙一点……

女人轻推对方一把，男人便依势佯装要向后跌倒，女人早伸手去拉，男的便把女人一把扯进自己怀里——正好嘴对嘴，男人亲吻起女人来。

女人起先有些想挣扎的样子，也就是做了个样子吧，或许是矜持，但很快跟对方配合默契地互吻起来。

我愣住了，望着他们，全身都发紧，至少两分钟，一百多秒一动不动，凝固了似的。他们都不打算换口气？

或许是我看得太久，他们的亲吻被我的目光惊扰了。据说，人眼睛的余光比正视更敏锐。两人同时扭头朝向我。男的，不认识，没见过，一点印象都没有，很陌生。女人，我认识，很熟悉，熟悉到曾在一张床上共枕过半年多。我没有想到，我的下意识动作是，双手很响亮地为他们鼓掌。

女人先一愣，然后沉着冷静地对身边男子大喊，快跑，快跑，你个笨蛋……

那男人真是个呆鸟，还迷惑不解地问她，咋着了？咋着了？但是还是听话开始猛跑，并一边扭头问，到底咋着了呢？或许是突然意识到什么，他跑得很快，像股烟，会拐弯的烟，眨眼没了，也没留下烟的味道和痕迹。

女人杆子似的站在我迎面，大概担心我撒疯地去追，她便可以以身阻挡——她个头不高，身板也瘦小，站在那儿还真把自个儿当成一面墙了！目光紧紧盯在我脸上，眼里是焦急，不是负疚，有些想迸出泪花花，没有什么想解释的。但让那男人快跑的口气，像母亲护着干了坏事的孩子。当然，那个男人不可能是她的孩子。

这就是我在被离职走在大街上刚说服了自己接受现实时，再次遭遇了另一个无情、残酷，甚至逼迫生命的现实。

上帝啊，今天是什么日子？

亲爱的读者，你猜对了。其实，你真是太聪明和有预见性，你猜我的事怎么就比我自己都猜得对？我只能猜着前头，却猜不着后头。当你初见本文标题时，你猜测的意向是对的。

接下来，我要向那个女人提出离婚，但她坚持不离，说，他们其实什么都没做，那只是一个她的高中同学，当时喝多了酒……

他妈的，他妈妈妈妈的，谁想啊！谁信啊？

我只能求离，求离哎！

搓背少年

　　在此之前，我从未享受过付费性的搓背。至于今日，那也是我唯一的一次对搓背服务的消费，但那次搓背却让我每每想起来都倍觉不安和愧疚。

　　平日多是在家洗澡，那日因家里来了客人，有诸多不便，就去了一个街道办的澡堂。那儿人很多，雾气很大，而且声音嘈杂。不久我便发现了那个搓背少年，他好像在不停地找要搓背的人，但没有几人愿意让他搓的，大概因为他年龄小，力气不足，别人以为他搓不干净。

　　在我泡好了走出浴池准备自己搓洗的时候，他走过来说，叔叔让我帮你搓背吧，我很有劲儿，能给你搓干净的。看上去，他也就十三四岁，因长时间待在澡堂里脸被熏得红通通的。我微微一笑摇了摇头。他大概是误解了我的意思，急忙说不贵的，只收一块五，比别人搓背的价格都便宜。 我解释，不是贵不贵的问题，我不习惯别人给我搓背，何况你年纪这么小也不忍心让你搓。 他一听就急了：叔叔，求你了，让我给你搓吧。 今天我才搓了四个背，还不够给澡堂交的钱，我妈妈有病还要靠我挣钱买药呢。

我一听这话，心里便发起笑来，果真在"造假"，刚才就有人说这孩子在骗人呢。 不过现在这种利用人的善良骗人的手段已不算高明，人们似乎都知道了这是怎么回事，也不再容易上当。 但我并不想揭穿他，只是再次微笑着摇了摇头。 在我以为他还会纠缠不休时，他没有再说什么，只是点点头又去找别人了。

过了一会儿，我禁不住向他的方向望去——他仍在找要搓背的人，还是在来回地询问，没有活儿干。 想想他个小孩子怪可怜的，挣点钱也不容易，我的怜悯之情顿生，就算他母亲有病吧——于是我在自己快洗好时招呼那少年来给我搓背。 他十分高兴地说：没问题，你放心吧，搓一回你就知道了，保管搓得又舒服又干净。

他虽然动作幅度很大，而且很用力，但果真是力气不足。 不过我自己洗得差不多了，只是为了跟他聊一聊。 他说自己刚上初中一年级，本来这个寒假想回豫东老家看姥姥，但妈妈病了，他只好来干。 我是不大在意这些说法的，因为大街上你经常能看到那些小孩子向人乞讨，理由都够凄惨的。甚至有些人竟把一些残疾儿童摆放在街头，说些讨钱给孩子看病之类的话来行骗。这种事遇到得多了，人也变得麻木起来，如今面对这孩子大抵如此。

他说父母离了婚，他和小妹跟着妈妈过，妈妈靠在这儿的女浴池搓背来维持一家人的生计，但这儿每月要交 500 元管理费，每个月妈妈要给几百个人搓背才能付清。现在妈妈累病了，他只好偷偷顶替妈妈来干，要是被妈妈知道，那就坏了。听完他的话，我只随便说了一句，你小小年纪还怪有种精神呢！

在我准备穿衣服时，却出现了尴尬的事儿。来洗澡时，只带了五元钱，四元买了澡票，现在只剩一元钱，不够付搓澡费了。这怎么办？他一定会以为我故意不给他那五角钱，是个爱占小便宜的人……有次存自行车忘带钱了，仅仅为一角钱，我就被那看车女人损了一通，后来多亏别人垫付才得以解围。想想那次经历，我的脸憋得通红，生怕搓背少年说出什么难听话来。钱不够是吧？一直远远地望着我的他走过来说，不够就算了，有多少给多少吧。我忙说，我再给你送来。他说，算了算了，下次来洗澡，还让我给你搓背就行了……

出差在外地的宾馆洗澡时，突然又想起欠搓背少年的钱这档子事，于是一再提醒自己别忘了。二十多天后，我终于来到那个澡堂，才知道那少年已不在那儿。前些日，他母亲因病去世，他就再没有来过。 这让我愈发心里不安起来。 在以后的日子里，我总会在某个时候想起那少年。 那小小少年，不知如今身在何方，和妹妹怎样生活着。

原载《广西文学》2002 年第 6 期

变脸

一切都已准备好，就要跟儿子见面了。那一刻，他泪水不断流淌。

三岁的儿子，虎头虎脑，几乎在爸爸怀里长大，没有吃过妈妈一天奶。在艰难地生下儿子几小时后，妈妈无力而留恋地把最后一眼盯在儿子身上，撒手人寰……

儿子至今未问过他一次，妈妈哪里去啦，他也一直没有教儿子如何喊妈妈。每逢有妈妈的识字画片，他都巧妙地翻过去。跟小朋友一起玩时，儿子的目光有时会恍惚一下，做爸爸的当然能感觉到，但他觉得，还是等儿子明白妈妈是咋回事那天再告诉他不迟。

儿子跟他相依为命地成长，以至哪一天看不着他，都会极度不安。有次出差，怕惊醒熟睡的儿子，他悄然离去。没想到中午打电话过去，保姆如何唤儿子，他都不接电话，显然因爸爸早上的不辞而别在赌气。 他回到家，儿子仍不理睬，甚至不瞧他一眼。 令他既心疼，又伤感。

为让儿子开心，他带儿子去看变脸。 演员披风一闪，进退之间，面具瞬息变换。 看得儿子兴奋极了，小手拍得通红，嗷嗷直叫，早把爸爸的不是忘到九霄云外。

回家路上，儿子不断问，人家是咋变脸的，嘴里咋吐出火，甚至问他会不会变。 见他摇头，儿子十分不解，爸爸为啥不会？

昨天电话里，保姆一再表示，自听说要与他见面，还要看他变脸起，儿子便不断地喊着爸爸，盼着时间能过得快一些，明天早点到来。 为了这次见面，他准备了很久，特意找变脸大师学习变脸。 他要在最短时间内学会这门绝技，他知道残酷的时间大概不会给他过多从容和宽裕。

早已宣布不再授徒的大师，一秒半可以变三张脸，是这门绝学的传人。 当年在国外巡演时，为弄清这种技法，外国电视台十多台摄影机，跟着大师拍了几十场次，加之请了一批技师跟踪摹效，然后一帧一帧画面分析，也没弄明白子丑寅卯。 最终不得不提出以天价购买这一中国绝技，遭大师拒绝。 大师之所以退出，主要因为国内演出市场混乱，歌舞厅、桑拿房、洗脚城都在变脸，粗制滥造，损害了艺术本身。 但是，听说他学变脸的用意后，大师含泪毫不犹豫答应帮他完成这个做爸爸的心愿。

虽然学得用心，却并不顺利。变脸这种艺术，靠的是千锤百炼出来的快手法，他是心有余而力不足。好在，不是上舞台，只是以这种方式跟儿子见面。

那是一间由会议室改装的演出间。儿子雀跃而入时，大声呼喊爸爸，但他看到许多陌生脸孔，唯不见爸爸。戴面具的脸抽动了一下，在场的人们除了儿子，都能明显地感到他的激动。没人说话，静得能落针听响的室内，儿子终于把目光盯在那个戴面具坐在桌前的人——他怯怯地冲那脸模唤了一声——爸，爸?

唉……有些哽咽，他还是应答出来。

熟悉的声音显然鼓励了儿子，他立即向爸爸冲去。他的怀抱雁翅般张开，然后紧紧地圈抱了儿子，感受着儿子身体的温暖。

爸爸，宝宝想你啦……儿子噘起小嘴埋怨，你干什么去啦，爸爸，可多天看不着你。

乖，爸爸不是去学变脸了吗? 他的声调有些喘。

嗯，对啦! 想起来啦……儿子似乎立刻明白过来，高兴地去摸他的脸。

爸爸忙摆手阻止：不敢动，一动就不能变了……

聪明的儿子立即代以鼓掌并央求：好啊，好啊，爸爸，那就快变吧!

大师在身后提醒他，变吧，不要急，慢一点不要紧。

他轻声道，师傅，抱歉！急也急不了，手没劲儿，刚扯了几下绳头，扯不动……

大师不得不亲自去握他腰间的扣绳说，你把披风挡在脸前就行。于是，借着大师的力量，他的脸模开始变换——那是长坂坡的故事，赵云的脸谱因征战而红白蓝紫地从他脸上一一扯去，直至最后一张花脸。

儿子的小手拍得红红的，忘情地喊：好，好，手拍麻啦，手疼哟！

听保姆说变完了，儿子再次冲向爸爸，急急要把他那最后一张面具撕下，还撒娇嚷嚷，爸爸，你咋还不变回你的脸呀？这不是你，快变回来吧，宝宝想你啦，想你原来的样儿。

攥住儿子温暖的小手，他缓口气说，宝宝，爸爸也想你，可爸爸变不回去……爸爸没学好，等以后学好了再给你变……

他知道这个承诺兑现不了！他无法想象，这么小的孩子，出生后便失去母爱，如今再失去父亲，怎么承受得了？以后怎样生活？他唯一能做的就是，在自己走的时候，不能让儿子看见他因长时间化疗脱落了太多的头发，和那张惊人变形的脸。他不能让儿子留下他的这个印象，他在以变脸的方式跟儿子作别……

爸爸，求你啦，宝宝听话，宝宝再也不要玩具啦，再也不要好吃的，你快变回爸爸的脸吧！　宝宝想爸爸原来的样子。　宝宝再不看变脸啦……儿子的泪珠吧嗒吧嗒掉下来。

　　现场多名穿了便装的医护人员，望着孩子两只小手在尽力抓来抓去，一张花脸东躲西闪，竟一时间不知所措。

原载《小说月刊》2011 年第 2 期

西天红霞

　　冯松林无论如何也不会想到，他是在距离脱险地带仅二十多米的地方倒下去的，而且这一倒，再也没有重新爬起来的机会。

　　那时候，井巷隧道内满是滚滚的浓烟，翻卷弥漫，并散发出刺鼻的焦煤燃烧似的气味。 当人们在刹那的莫名其妙后，立刻有人意识到可能是瓦斯爆炸。 面对突如其来明知是九死一生的灾难，许多人狂呼乱叫奔跑起来，头顶安全帽的矿灯射出去的光束能见度不足一米。 在两三米宽的煤井机巷内，大家拼命逃亡，却不知到底该逃向哪里，于是来来回回打旋儿一般，时而各奔东西，时而聚在一起。 混乱中，冯松林清楚地听见身边咚咚咚倒地的声音，他知道那其中有因窒息而死的人。 他们大概忘记了戴上自救器；也有因紧张而摔倒再也无力爬起来的人。 他没什么办法，那一刻，唯一的念头是如何能制止大家的混乱，使更多的人侥幸地逃脱这片死亡之海……

虽然匍匐在黑色的井巷内，但冯松林闭眼那一瞬，却看到了红霞满天的傍晚：夕阳像血染了一样，光芒耀眼，后来慢慢变得温柔起来，祥和起来，轻松活泼起来。就在那个最为美妙的时分，他把杏儿抱起来放倒在开满各色山花的草丛里。

家乡的田野，淳朴得犹如未开垦的处女地，漫山遍野迎风摇曳的花朵，松软的青草，酥了筋骨的黄土地。杏儿平展地仰天躺着，闭着双眼，长长的睫毛微微抖动似微风过后清泉波起的涟漪，弯弯的黛眉如两瓣牙月。杏儿的脸绯红绯红，像西天的红霞一般，也是由起先血染般的颜色而后变得温柔起来，祥和起来，轻松活泼起来。她轻轻咬住自己的下唇，急急地喘气，胸脯上两座浑圆挺拔的峰峦剧烈地起伏，把粉色的真丝衣衫顶得抖抖索索。冯松林跪伏在她的身边，愣怔怔盯着她，似乎目光早穿透那薄薄的衣衫，如春风舔过她那雪白的肌肤和一道道富于线条的丘壑。一时间，他完全进入审美的状态，欣赏着丰满完美的夏娃女神，一动不动，思维也凝固在惊呆的女人活泼的河流之中。天空突然又一次迸射出刺眼的光亮，很红很红的，那就是落日，太阳穿透云层最后放光那一瞬，仍使得冯松林敏感地闭上眼睛。以后，据说他是为了躲闪那讨厌的光线，才猛地冲到草丛里的杏儿身上的……当然，他喜欢甚至渴望那讨厌的光线，因为那一冲，他的人生进程大大迈过了一步。

其实，那时杏儿已在家务农，而冯松林则是矿业学院三年级的学生。他本来约她出来，要告诉她，他与她应该分手，谁知却中了魔，与她在伊甸园偷吃了禁果。返校那天，他的日记中写道：既然偷食了禁果，即使是一枚苦果、涩果，也得独吞下去。果真，大学毕业到矿山工作后第二年，他娶了杏儿，使得乡亲村邻和他的高中、大学同窗们的预言全告落空。婚宴上，在局煤炭研究所工作的昔日大学同窗小四还拉着他的耳朵嘀咕："他妈的你真要娶个农村的？放着如花似玉的女记者不要？"冯松林微微一笑："你说呢？"

小四所说的女记者叫红叶，是他们矿院时的同班同学，长得虽不算很出众，也甚是可爱。不仅因为她当时全身洋溢着青春的活力和浪漫的气息，而且文笔好，不时在报刊上发表诗歌和散文。当然，这一切都是在同窗共学中慢慢发掘出来的。当她的人和文学业绩的价值显出耀眼夺目的光彩时，有些男生便对她平平的长相和某种情结推测琢磨起来，而另一些同学则悄悄向她发动爱的攻势。小四属于后一种，且攻势最为猛烈。直到有一日，红叶告诉他，她早有了男友。小四脸憋得血红，硬硬地问那人是谁。

红叶轻描淡写，一扭细腰说："是冯松林，怎么啦？"

小四惊得一咧嘴："不可能！　绝对不可能！　他家早订了媳妇的！"

红叶说句爱信不信，一甩乌黑泛亮的披肩秀发翘着红嘟嘟的嘴唇潇潇洒洒而去。

气得小四回宿舍要跟冯松林拼命。　当时，冯松林先是一愣，而后真的与小四厮打起来，很有点你死我活的味道，直到两人都鼻青脸肿口角淌血手背擦掉块皮无力抗争才双双罢手。　这时，被关在门外拼命狂喊住手开门之类的同学们才松了口气，原以为两人定要打死其中之一才肯停战的。

那次打架事件不久，大家便看到冯松林和红叶常常晚饭后并肩亲密散步的影子。　这更刺激得有些男生大叹怎么能让这么有魅力的女孩子在班里沉默三年。　三年呀，要知道，男生们这是犯罪啊！　太可惜了，如今花落他人之手，由不得他们妒忌、醋意一番。

小四与冯松林脸伤未愈已握手言和勾肩搭背重归于好。　小四说："你臭小子真会捡便宜，我费了九牛二虎之力竹篮子打水一场空。"

冯松林嘿嘿一笑，多少有些无耻赖皮的样子说："我请你喝酒怎么样，也算你没有白辛苦白忙活。"

　　两人在酒后约了红叶到学校大墙外的水塘边，小四指着蛙鸣声声的塘子逼着红叶说她到底爱谁，不然他就跳塘子。 本以为红叶会生气发怒或很冲动，至少有一丝羞涩，哪怕恐慌之类什么的，谁知她却用手一指冯松林说："他，就是他！"那情形好像她当众飒爽地指出了叛徒汉奸一般。

　　冯松林浑身激动起来，向红叶走近一步，并毫不犹豫拉起她的胳膊对小四道："喂，那个碍眼的人，你现在可以回避了！"

　　小四大声怪叫了一下，然后嘿嘿嘿奸笑起来，扭身踢着脚下一块小石头蛋高唱："我曾经问个不休，你何时跟我走，可你却总是笑我一无所有。 噢噢噢……"人和歌声很快走远了。

　　从那天起，红叶真与冯松林恋起爱来，且一开始便热火朝天，如胶似漆，大有信誓旦旦、海枯石烂、冬雷震震夏雨雪乃敢与君绝的阵势。

　　做了冯松林新娘的杏儿终于第一次踏进丈夫工作的山洼矿区。 在那以前，杏儿始终以为天底下无论哪里都是一样的天空，有山有水有花有草有农民有牛羊，家都是有院子有房屋。 她与松林哥从小一块儿长大，青梅竹马，两小无猜。 即使她中途辍学务农，松林哥下学后或一有闲暇都很习惯地来找她，两人一起说话做农活，直到几年后他考上大学。 送他走那天，一夜没睡着的杏儿满眼红红的血丝说："你学完了可要回咱家来呀！"

冯松林不解地摇摇头："恐怕不行，大学毕业了要在外工作呢！"

杏儿眼里涨起泪光，头低得只看自己脚尖，喃喃一句："你不回来……那，我可咋办呀！"

冯松林先是一愣而后轻轻道："接你走呀！"

杏儿抬头看他时，已热泪盈眶，咬着唇，狠狠地点点头，说："我等你一辈子。"

她果真等他，一直等到那个暑天她成了他的人，一直等到做了他的新娘。其实，从等待那一刻起，她就把自己的心和人全部交给了他，随便他什么时候接纳。女人在感情上往往如此，感情的赌注便是人生的赌注。杏儿一直为自己的命运而觉得欣慰，当乡邻一再劝她另寻他人，原因是她与一个大学生不般配，她始终报之以微笑，她绝不相信她的松林哥会不要她而娶了别的女人。她离不开松林哥，松林哥也一定会像她离不了他那样离不开她。

当那个血染西天晚霞的日子，他说有重要的话要对她说，在那山花烂漫的田野，她与他完成了人生的一大旅程。她为那一次造就了自己一生的幸福而流泪眩晕。那片西天红霞似一面旗帜永远飘扬在她的脑海里，那场景在她的生命中刀刻得很深很深，使她常常陶醉般回忆起来。

　　冯松林住在依山坡而建的窑洞宿舍。这种建筑又称护坡楼，其在节省空间的同时，对山坡具有一定的稳定保护作用。宿舍除了正面有一扇门一扇窗外，其他三面全是墙没办法进阳光，所以即使白天，屋里也要开着一盏并不很亮的橘黄色灯。三张单人床分据屋的三个角，另一角便是那扇早褪了漆显得无比黑脏的门。屋内的乱七八糟超出杏儿所有的想象。后墙上生锈的铁打弯钩处拉直的铁丝连接到门框，上面晾着几件气味呛人的工作衣，劣质烟草味儿，鞋袜的黑臭，让满屋充斥着男人气息。在杏儿还不能全部适应的时候，她的松林哥已开始把靠墙吊的那一堆子大布帘，沿着空中的铁丝拉开，直至把床铺两侧拉严实，以至布帘与两面墙体把床铺恰好地合围封闭起来。床铺俨然变成了一个独立的小舞台。

　　杏儿意识到，在这么个黑脏窄小的屋内，她将与三个男人同住，虽然她与丈夫同睡一张床。她的脸顿时红得发烫，心狂跳起来。她本以为是丈夫的玩笑话，谁知却成为真实！天哪？！这……

　　在故乡的小村，无论听丈夫怎样用语言描绘矿山，从来没出过远门的杏儿也想象不来。

　　那回与松林哥躺在新婚不久的炕上，他说在矿上三人合住一屋。 杏儿眨眨眼问："那要是谁的媳妇去了咋办？"

冯松林淡淡一笑说："在屋里拉起那道用来分隔视野的布帘而后各睡各的。"她抿嘴笑，只是不信。

他说，起初他也很不习惯，像王五魁的老婆去时，两人在床上弄得吱吱乱响，那女人还嘤嘤唧唧轻声叫唤，把他恼得直捂耳朵，浑身燥热，怎么也睡不着。 但时间久了，慢慢习惯了。 杏儿听得早羞红脸把头深深埋进他怀里。

冯松林说得很来劲儿，继续道："大家都一头沉，就是男人在外面上班，女人在农村种地；一般一年只有一个月探亲假，其他时间多是女人来，而且一来也住个把月或更长，到哪儿去找住处；再加上长时间不见，都有些受不了，谁也不笑谁，自然顾不得许多；矿区附近有些村里的女人一等工人开工资，就装作卖东西的在单身宿舍前后乱窜，只要进了屋，就可以很快挣到钱。"

杏儿忍不住制止他，别瞎说。

他强调，那是真的。 杏儿的泪涌了出来："那我就住在你那儿不走。 要不，你也找别的女人咋办？"冯松林哈哈大笑了半天才说："行，只要你愿意，我还没力气再招别的女人哩！"

如今最觉难堪尴尬的是，她和松林哥将怎样与另两个陌生男人同处一室？ 天爷呀！ 而且那一刻她在想，假如松林哥上了夜班，而与屋里的另两人或其中一人同住咋办？

好在那几天松林哥仍在休假，而同屋的王五魁和马小飞都上夜班，她和冯松林晚上可以轻轻松松地入睡。

矿区的下井工人是三班倒，先是早班从 8 点到下午 4 点，再是下午班从 4 点到夜里 12 点，接下来夜班从次日零点到上午 8 点。上工时间虽这样规定，往往难以照常执行，下班时间无法保证，不一定出了什么事或什么原因导致工作任务完不成，便要坚持干下去，这样常常推迟几小时才上井。 工人们为此发明了个词，叫"涝点"。 意思是正常的下班时间常常被延长的工作量淹没了。

王五魁和马小飞都三十五六岁。 五魁显胖，肤色偏黑，高个，说话粗声野气像跟人吵架似的。 小飞则白而瘦，偏文静显内向，话不多，爱笑，总像吃了蜜，满腹高兴事。 两人见杏儿来了，便想这媳妇头遭来，恐怕还羞着哩，于是晚饭后就借口有事去别的屋玩，或看谁是下午班便到他们床上眯一觉再赶夜班。

直到冯松林也要上班，杏儿稍松了一口气后又觉惶恐和不安。

"我怕，就是怕嘛。"她说。

松林抱住她轻轻拍拍她的头说："怕啥，没事。"

"要是你不在，我可咋睡呀！ 他们……"她还是要哭了似的说。

松林笑笑安慰她："没事，我们一起上班哩。 晚上你一个人睡，没事，没事。"

　　杏儿还是忧心忡忡愁眉苦脸。　冯松林亲了一口妻红润的脸蛋，又伸手拍了一下杏儿丰腴的屁股来缓解她的高度紧张："没事，真的，没事。　他俩的老婆来了，我们都是这样睡哩。　没事，没事。"

　　不论冯松林怎么说怎么劝怎么安慰，杏儿还是胆战心惊。　待到同屋的三个男人都去上班，她把门闩得死死的，还用凳子顶住，仍不敢脱衣服，就和衣倒在床上，一点睡意也没有，熬到实在困得不行才迷迷糊糊睡去。　慢慢地，自然成了习惯，她也不再那么恐慌害怕。　有一回王五魁生了病，杏儿不仅与他在一个屋里度过了那夜，还在夜间几回起来给王五魁拿药倒水，使这位老大哥十分感激。　那以后，杏儿基本适应了这种鸟巢似的特别生活。

　　当然也有尴尬的时候。　有一次开了工资，她和松林哥去外面买了东西回来，见马小飞的床被布帘裹着，里面还传出女人咿咿呀呀的呻吟声。　杏儿立刻红着脸扭头就走，松林撵上她，两人站在路边。　不管咋说，冯松林也是读书人，在这种事上要比另两位从山区招工来的粗人含蓄。　这两个家伙，不管是与自己的老婆，还是开了工资，听到门外喊卖鸡蛋的声音，便问鸡蛋有眼没有，就与进屋里商量买卖的女人做这种事，他们从不回避，即使白天也是拉了布帘便让床晃来响去。　冯松林和杏儿一般选择他俩不在的时候，待到晚上睡觉时则平平静静无声无息。

　　有一回五魁还问松林是不是有病。　冯松林嘿嘿一笑说："放狗屁，不像你们跟野狼似的。"矿区这种骂人其实是一种亲切的表示。　王五魁和马小飞一留心才发现原来两人做爱是避着他们的，越避越引起他俩的好奇。　两位老大哥硬是在门外偷听了一回，才嘀嘀咕咕算解了瘾。

　　冯松林无法知道那两位的妻单独与他共住一室的心情和感觉，他只知道杏儿在他上夜班后睡觉绝不脱衣服，无论屋里有无他人。如果屋里有了另两人或任何一人，她大概一夜都将睁着眼一动不动到天亮，直到他下班她才入眠。　不过，这种情况还是少的，因为大多时间三人上同一时间的班，除非谁休假谁外出或回家次日晨要走或从家里刚返回来，而上早班或夜班时，都可以到别的屋里将就将就，谁下午班是深夜一两点或更晚些回来则不好去敲别人的门。　这就是说，即使再适应这种"同居"的生活方式，仍是想着法子尽量避开，大家心情是一致的，谁都知道谁。

　　杏儿正是在这种环境中挺起了高高的肚子……

　　女记者红叶出访马来西亚归国的当天，从报社内参看到冯松林所在的煤矿发生了震惊全国的特大瓦斯爆炸事故的消息，一百一十六人遇难！　在这之前，红叶从未去过那个煤矿，因为那里有冯松林。

　　红叶与冯松林在大学曾有过三个月的短暂恋情。 当初，她喜欢这位爱看书肯钻研颇勤奋的小子，他很农村味很朴实很善良。但她直接表达喜欢冯松林，完全是小四逼急了脱口而出的，最后竟促成了他们的爱情。 当时她也知道冯松林在家里有个情妹，但她认为他与那个女孩是不可能的。 一个大学生和一个没念几天书的村野妹子大概不会有什么共同语言。 爱情不是单声道，它需要一呼一应，否则一厢情愿的感情的结局都将是悲剧。

　　红叶与冯松林的恋爱在热情的激跃中向第一百天挺进，却偏偏在第九十九天出了问题。

　　那天正逢假期后开学的日子，她满心欢喜地见到他。 孰料冯松林没头没脑地说了句："红叶，就算我对不起你了，我们分手吧！"说完，他没有征求她的意见转身就走。

　　红叶完全以为他在开玩笑，追上他说："你个狼心狗肺的，这么长时间不见，也不亲热一下，还说这狠话！"

　　冯松林悲哀地望她一眼，咬咬牙还是走了。 她起初还想怄怄气，很快感觉到那是真的，他说的那话是真的。

　　次日他俩最后一次约会。 一路上都低着头默不作声，沿着学校大墙外的小河畔走着，也不知道走出去多远，天空的太阳偏向天际。 冯松林抬头远望时浑身一激灵，犹如从梦中惊醒，心叫不好。 因为那一刻，夕阳血红血红，显示出令人无法抗拒某种诱惑的魔幻来，让他想起多少天前与杏儿迷乱在西天红霞辉映草丛的那一幕。

红叶从他身后抱住他抽泣起来："你真的不爱我了吗？"

他喃喃自语："爱！"

"不信，不信。"她摇着他说，"骗人，骗人，爱我为啥要跟我分手。"

他扭身捧起红叶挂满泪的脸长叹一声。 她扑在他怀里尽情地哭，简直哭得无力再哭了，才发现冯松林只是愣愣地站着，腰挺得板直，牙把下唇都咬出了血。 她惊叫着踮起脚用嘴去吮他唇边的血，两人紧紧拥抱着滚倒在河畔的草地上，疯狂地吻。 她的泪如雨一般控制不住。 在他的手从她的衣服下伸进去触到她热烈柔软的胸脯那一瞬，他竟然受了电击般倒向一侧。

她急忙扑过去问他是咋回事。 他痛哭流涕双手紧拽自己的头发说："我是个混蛋，蠢物！"

平静下来，他抹了一把鼻涕和泪水才望着惊呆的红叶说："我们到此为止吧。 我已经对不起一个人了，不能再伤害你。"她猛地冲向他，手抓他的衣领狂吼："这样，你就不伤害我了吗？ 就对得起我了吗？"

……从那以后，两人分手了，同学们是知道的。

　　毕业离校那天，红叶雄赳赳地走进冯松林的宿舍，当着同学们的面，指着正收拾行李的冯松林喊了一句："你以后会后悔的，记住！"那动作使小四想起她在他和冯松林之间做选择时那种指出叛徒汉奸一类的架势。

　　红叶因写作上小有名气，先分配到一家矿工报社当编辑，不久被一家更大的煤业报"挖"去做了记者。冯松林放弃了去一家好单位的机会而被分往这个煤矿当技术员，他对同学们扬言，那将是他发挥才能的地方，宁当鸡头不做凤尾！分别后，红叶再也不打听有关冯松林的任何消息，甚至连他那个煤矿的消息也不问不看。唯一的一次信息，还是小四告诉她的，冯松林和杏儿结婚了……

　　在那座矿山仍然笼罩着悲哀的气氛，仍然处于抢险状态，仍然有七名职工生死不明但估计生还的可能性不大的情况下，红叶住进矿招待所，进行为期四天的采访。她很失望，几乎没有谁愿意给她谈有关这次矿难的任何方面的情况，所见的人除了几个必须与她见面的某部门负责人挤出一丝难看的笑外，其余则严肃不安悲伤颓丧。矿党委书记及矿长在事发后第三天被免职，局领导和矿上的新班子仍以最大的精力抢险。据调查，当然是官方的说法，事故原因是某区队在放炮时引起某巷道超限瓦斯爆炸。仅此而已，红叶翻翻采访本，自语道："等于一无所获！"

红叶一直想问一下有关冯松林的情况，但她又不知该怎样开口。她绝对没想到冯松林的妻杏儿仍在矿上。同时，她很想见见那位了解事故缘由的区队长，但被矿上以找不到当事人为由拒绝了。

就在她到矿上的第三天深夜 1 点左右，那位被认为有重大事故责任的区队长敲开了她的门。来人宽脸粗眉，说话时常要咳几下，似乎喉咙里总有什么东西粘着。他有连续四年被评为省市局劳模的荣誉，也是安全生产标兵。他说："记者同志，我知道你要见我，其实我也要见你，但我处于特殊监控下，是想了法子才见到你的。"他点燃了烟，以最精练的语言和偷偷写成的材料向红叶叙述了事故的真实原因。

红叶听呆了，多亏床头的录音机仍能平静而不懈地工作。

把事故原因归在他身上的人完全是为了保全自己，否则一百一十六条人命和重大的经济损失，谁担得起？他毫不退让地否认了，而对方则说他是党员，应该在这种特殊情况下从大局出发舍己为人。"党员最根本的原则是实事求是，讲真话！"他激动地辩白。

他明白最后的最后他很可能屈服，因为从矿方到局里都是如此统一的说法，好像对事故原因的调查已经定案。他想对红叶说的原因只有一点，不是他，不是他使最为要好的矿友冯松林没能爬出来……在纷乱中他和冯松林各带工友突围……他说着说着哭起来。

次日，红叶向矿方提出要下井看看，立刻遭到拒绝，原因是下面仍处于危险期，他们负不起责任。红叶无奈地走到井口望了几眼井架和罐笼。她不会想到，几天前杏儿恰站在她现在站的位置！

那天，冯松林本来是约好晚饭后与妻一起去田野看夕阳的。杏儿已怀孕近五个月，需要多活动活动，冯松林还逗她让她回忆有个最甜蜜的夕阳的日子，杏儿顿时羞红脸直嘟囔他坏。就在那时，矿上通知冯松林临时倒班下井，他前一天夜班干至上午 9 点多才上井，至此与杏儿在一起待了不足六个小时，但他二话没说。马小飞回家探亲，夜里将剩下王五魁。本来五魁有些不舒服，上午到医院开了病假，但坚持要跟冯松林下井。冯松林瞪着他说："你还真怪怪的。"

当那声沉闷的爆炸在井巷里传出去很远时，冯松林正与五魁说着什么，但松林判断发生了瓦斯爆炸。他的头皮一紧，首先想到死亡和杏儿。他几乎呆在那里一动不动看人群乱叫乱跑。王五魁狠命地扯起他随大伙跑，他才醒悟过来，大喊："大家不要乱，这只是几十米的大冒顶，不要害怕，听我指挥。"他不知道哪里来的勇气，但他明白那一刻大概只有不乱才有逃脱死神魔掌的可能。

在浓重的烟雾中，他和区队长组织大家戴上自救器迎着烟雾跑，否则烟雾会很快吞掉与它赛跑的人。但是有些人却被烟雾冲回来。冯松林在无法确定区队长带的工友是否已冲过烟雾的情形下，只好带着大家往回跑，在刚才聚积的地方有两个几米方圆的侧巷，先躲过这浪浓重的烟雾再说。这时他听到身边不时有谁跌倒的咚咚咚声，实在无能为力。

突然传来微弱的喊声："冯师……救我……"他低头看，是技校来实习的学生小宋。

冯松林急忙蹲下，才发现小宋的自救器不知是没有戴还是跑掉了。瞅着满脸是泪的小宋，冯松林心一横把自己的自救器摘下来给他戴上并尽力扶起他。

王五魁转身来拉他，他大喊："王哥，快扶小宋！"王五魁立即把一双大掌伸给小宋。

其实，小宋是过于紧张腿部的肌肉直抖再加上烟呛而摔倒的，自救器的供氧和五魁的力量使他立刻拼命向前跑去。

冯松林企图用手捂着鼻嘴，但他刚才喊话时，已吸入足以使他跌倒的一氧化碳，奔跑没几步便倒了下去。黑暗中，他的眼前出现了杏儿温柔的明眸和隆起的自豪而骄傲的肚子。 他伸出左手攀着粗糙的巷道向前爬，爬，爬。 他似乎听到五魁的喊声……是的，王五魁又返身回来，他不得不摘掉自救器大喊。 他终于也倒下来，在距松林两米的地方。

五魁的心里在坚持，必须找到松林，把他救出去，一定要救出去……他果真抓住了冯松林的手，尽力想喊，但不过是发出了低如蚊蝇的声音："我，弄了……杏……"他的头耷拉下去。

冯松林想咬牙也没了力气，只好在心里骂了一句：狗崽子！他的眼前突然蹿上一抹血红的晚霞和漫野灿烂的鲜花……

王五魁那一瞬是想举拳像那夜一样再捶打一下自己，没能实现……有个多雨的夜晚，他终未抗过布帘的诱惑侵犯了邻床的杏儿。

当杏儿寻死觅活时，他举起菜刀说："还是我死吧，我不是人，是畜生，真的。"他的刀没能砍到自己头上，杏儿拼命抓住他的手腕。 在电闪雷鸣中，他与她的所有声响都被吞没。 她后来只是默默无声地流着泪瞪着他。 他跪下来，举起双拳疯狂地捶打自己的头和脸，直打得头晕目眩、嘴鼻出血。 他求她饶恕他，就是用他的命做代价也行。 杏儿又扑在床上哭。 那夜他们定了唯一的契约就是此事永不提起，至死！

当救护车的长鸣划过矿山的夜空时，杏儿与许多家属奔向矿井附近。保卫人员和护矿队早把各路口防守得严严实实，而杏儿还是挤站在最前面。

直到凌晨3点多，第一批脱险上井的十七名工人跑出来时，杏儿才急问谁见了她家松林。有人有气无力地说："冯松林，就在我们后头！"

杏儿禁不住一阵狂喜，泪都涌了出来。那一刻，她不由得伸手抚摸着自己的肚子，去感受另一条生命的心跳。她似乎又看到血色晚霞在山谷消失那一瞬，漫山遍野的花朵和草色的气息。她有些发醉，昏昏然倒下去，像躺在柔柔的海滩上。她多么想让松林哥带她去海边玩一次，去感受一下沙滩和海风，她好像就那么感受到了。只是海风并不是她想象的那么温柔，还是家乡山野的风舒服。

她一点也不觉得冷，一双泪眼紧紧盯着井架上飞转的天轮和乌黑的铁罐笼，凝固得宛若一尊雕像。

有一批批穿着黄色衣服和白色衣服的人，拿着她叫不上名字的器械匆匆忙忙又下井去了。杏儿等待着，用手抚摸着她那已挺得很高的肚子在满怀希望和焦急中等待着……

原载《京九文学》1999 年第 2 期

吴一枪的两枪

在吴一枪的刑警生涯中，一直隐藏着一个秘密。 最令他后悔和遗憾的是：让近在咫尺的一个练就了"百步穿杨"枪法的黑道杀手逃之夭夭，而公安部门与此人相关的所有线索全然崩断。

对吴一枪和他生活的那座城市来说，那是一个永远都难以忘记的日子。 一夜之间，市区连发七起恶性案件，均为抢劫。 当天上午公安局才召开了表彰大会，市领导表扬全体干警的努力，全市治安状况取得不小的成绩。 吴一枪属于表彰中的头号人物，连政法委书记都禁不住赞赏的口气，在主席台上右手高举说，吴一枪真是只一枪，我们有了这样的神枪手，歹徒不胆战心惊才不正常……

市局深夜两点紧急开会，已接到五起报案，被抢对象分别是骑电动车下班的女士、一对河边的恋人、行车的政府官员、出租车司机、一家小卖店。开着案情分析会，又报案两起，一家二十四小时营业的饭店和一个五人在家的住户被抢。

明摆着给公安"点眼药"。你白天开会，晚上电视新闻还说一片大好，这不，天下大乱了。吴一枪就在这时接到电话，对方要提供线索，但只对他一人说，而且必须按他们说的做，否则就不报了。

本想给领导汇报，又怕真的失去线索，吴一枪决定铤而走险。

车至百里外的山下小镇，按对方电话提示开始步行。站在一条窄不足一米而长过百米的巷子口，吴一枪已明白此行要遇到一个什么样的对手。事后几年，想起那条夜幕下的巷子，他都禁不住会捏一把汗。

那是当地居民的传统，盖房时两家各让出一尺或一尺五的宽度共同形成一条通道，如此相连，便成了闻名的"仁义巷"。这么狭窄的巷子，若有人暗处放枪，纵有通天的本领也躲不了。或许是要试他的胆量，可是万一呢？他下意识地握了一下裤兜里的枪，让自己镇定片刻，然后双手整理好衣领，借机感觉了一下从警以来第一次外出腋下携带的另一把六四手枪是否安全，便坚定地走进小巷……

接着进第二条巷子。一次次转来转去，穿过一个个这样的巷子和小巷尽头的至少七个十字口，终于站在一座高大门楼的老宅门前。

至此，吴一枪已心静如水，嘴角甚至露出一丝淡淡的笑意。能走过这样黑暗的巷子，接下来面对什么，都真的可以心静如水了。

院内比想象的要开阔。站在门房下，吴一枪迅疾地观察夜色笼罩的院子，二进门两侧各燃一支食指粗细的蜡烛。通过院内两个天井，门房距大厅正房三四十米，不知二进院内两侧的情况，一进院的东西两边都是三层高的小楼。

正房和他身后的门房两侧，突然同时燃起两支蜡烛。他左右两侧竟是两台开着机变换了屏幕的电脑，一边显示他和身后的环境，另一边是正房的情况。虽然暗淡，屏幕上的一切很清晰，没想到，连高科技的红外线摄像头和遥控装置都搬到这样的小镇，今天的对手绝非一般。

"久闻吴先生大名，今日无非是想开开眼界，本人'露一手'。"声音清脆地从里间传来。吴一枪从右侧屏幕上看到，对方坐在室内方桌一侧，手把茶杯，背景正墙是中堂大画，一副对联挂在左右。对联两侧分别挂着一个双肚子葫芦和一把装饰漂亮的佩剑。

吴一枪太知道对手了，原名陆天雨，江湖人称"露一手"，意思是说，只要他一露手，对手就没机会。 而且黑道还有个潜规则，无论谁，就是舍了命，也要保"露一手"，因为他的枪法出神入化，可以阻止许多江湖事件。 所以，虽然线索不断，公安屡次抓捕，总有他人替身……

这时，吴一枪听到"噗"的一声轻响，身后的一支蜡烛像被风吹灭一样熄了——江湖玩法，如此暗的光线较量枪准。 这意味着吴一枪同样要打灭对手身后的蜡烛。 对方说"穿两枪"时，吴一枪身后的另一支蜡烛瞬间也熄灭了。

瞥了一眼放在电脑桌面的一把装有消音器的手枪，吴一枪说："抱歉，江湖的事，我就不接了；我是警察，出了这门，再进来，你就走不了了。"

对方一阵哈哈的笑声。

吴一枪扭身要走，对方说，不开枪恐怕这门是出不了。 这时，已有两人在门后各伸一臂挡住他的去路。 吴一枪稍作停顿，并不答话，突然握枪连发两弹。 一阵稀里哗啦声响，正房的两支蜡烛丝毫未损，光线依然。 稍后，里面传来无奈之声："不送了，走好……"

吴一枪出门后立即拔枪破门而入，终没能找到"露一手"。不久，市局收到据说是"露一手"让交来的几十把各种枪支，其中不少是改装的。 大家一头雾水。 从此江湖上再也没人听说过

"露一手"。

多少年后，一个在建筑工地看大门的老人，听别人说电视剧里谁的枪法多么准多么神，微笑着问，有没有听说过，在黑得只有两支蜡烛的光线的夜幕下，手枪可以击断四十米开外悬挂在墙上的佩剑的丝线，而且两枪在墙上洞穿的是一个枪眼？

别人就撇嘴说，不可能，吹牛……

老人笑笑，也不说什么。

原载《北方文学》2007 年第 4 期

金毛猴王

　　四年一届的猴王争霸，在三十多个挑战者被击败纷纷出局后，终于成了真正的王者对话。 数百只猴子，啸聚山石林丛之间，围观连任两届的金毛猴王与最后一位勇士喹喹的血拼。

　　蹲立在山中最高一块岩石上的金毛猴王，摆头抖动一下脖颈上那圈金子一般油亮的黄毛，深深凹陷的颧骨下，镶嵌着一对血红而威严闪光的眼睛。 舒长的臂膊，宽阔的两肩，一张奇大无比的嘴巴，处处显示着王者不凡的气概。

　　一个多月的王位争夺，山野林间，峭壁沟坎，血迹斑斑。 被撕咬下来连着腕子的整个猴掌，或被打断的一截儿猴尾，不是躺在乱石草丛，便是悬挂在树枝上随风晃荡。 漫天飞舞的各色长短不一的猴毛，有时甚至是连着肉成片成片的，混合着一种猴类特有的腥臊气息。

"呜……"金毛猴王突然一个声震长空的呼啸，几乎周围的树木都被惊动。 群猴三三两两挤作一团；或一只只孤独地缩在枝叶下，浑身抖抖索索；幼猴更是瞪着惊恐而黑亮的小眼睛，大气也不敢出一口。

倒立在猴王不远处的喹喹，浑身上下直至尾巴，金色中混合着红灰色，虽然外形看上去比猴王小一号，但不甘示弱的它，在战败了数十只对手后，终于可以怒目炯炯地对视居高临下的猴王。 这时，它一个龇牙咧嘴，回应猴王一声挑衅似的"唧……"，扮着鬼脸，把尾巴旗杆一样笔直地翘向天空，尾尖弯曲，示威似的左右摇摆。 它甚至把自己已被撕去一块肉而鲜血淋淋的屁股也撅向对方。

面对同类中最不敬的挑衅，猴王只是以骄傲而霸气的冲天阔鼻，发出一声轻蔑而短促的——哼，然后仰首苍穹，舒展双臂，再次长啸，引来山间林风震荡，飞沙走石。

喹喹却不甘这样较量气势，突然迎着对方的啸声箭一般射杀过来，灵敏地飞身腾空，四肢轻点一道道笔立的岩壁，瞬间跃至近距猴王的一块立石。 它并不停歇，足尖一点，发出一声怒吼，整个身体腾空撞了过去。 这是一个拼命动作，也是一个玩命信号。 就是说，比比身体的强壮和力量，要么是你被撞下去，要么是我被反弹回来。 弄不好其中之一就可能被撞身亡。 围观的猴群惊得发出整齐划一的低叫："唧……"

当这只除了毛色外，与自己没有别样的同类飞撞过来的时候，猴王全身聚力于左肩，双眼死死地盯着对手空中全部打开的身体，称王八年一次次击败对手的它，虽已近十五岁高龄，但身体和技术绝对不比对方弱。 年幼的对手右前爪进攻时，左前爪为推动全身前蹿而摆向背后，身体最薄弱而不堪一击的腹部便全部暴露给对手，这是多年来猴王立于高石上领悟的妙招。 猴王可以高举自己的利爪轻而易举地把对方的腹部整个豁开，或者一爪击中或是扯断对方的雄性命根，瞬间制胜。 今天它没有那样做，因为对手是它与四妃的血脉，它不想让年轻的孩子一生就这样宣告结束。 对决前，四妃一边亲密地给它梳理毛发，一边呢喃撒娇地哀求，千万不要废了喧喧的性命。

猴王稍一犹豫，眼前便腾起一阵血雾，是儿子的利爪重重地拍打下来，它那有着钢针一般长长的眉毛的眉眶顿时鲜血飞溅。它不得不全身力聚双掌，跳起上托，喧喧立刻失去重心从它头顶一闪而过，在空中转了几圈，伴着"嘭"的闷响，两只猴子双双从岩石上跌下来，痛得龇牙咧嘴，并迅捷地起身怒视对手。 谁也没想到这种结果。

仅仅片刻，喧喧再次把屁股冲向猴王，拉出一粒屎，然后飞身上树。 猴王一抖全身的猴毛，四肢摆开，发动了迅猛的追赶。

速度成了较量的主题，霎时林间枝杈飞舞，叶落如雪，群猴尖叫，或拥挤战栗，或突然四散。 从没见过这般血腥阵势的巴掌大的猴崽儿，整个身子贴在母亲腹部，一眼也不敢再看。

再回到巨岩，喧喧背上已露出白生生的肉来，气喘吁吁，腹部一隆一收，尖牙紧咬，双眼血紫。 它或许根本没明白，从年纪上占绝对优势的自己怎么斗不过已走向衰老的猴王。 体力、速度之后，喧喧还是舍命一搏，这一搏显示的是体力透支后的智慧对决。 不可能轻易言弃，如果不能最后击败对手，意味着又要等四年，那时它已九岁，而别的猴子也会有更多的机会。

在一夫一妻制的猴界，只有猴王是一夫多妻，而且拥有优先的进食权，有保镖开道，昂首阔步。 与众猴的尾巴拖地行走相比，猴王尾巴上翘，甚至尖部弯成半圆，八面威风，其他敢上翘猴尾者被视为挑战，轻者遭众猴围攻伤残，赶离群体，重者致死。 王者之下设二猴王、三猴王分管猴群事务，猴王具有最终的决策权……这一切都让年轻的挑战者充满向往而激动。 在猴界，任何一只成年的雄猴都可以，也必须经过残酷的搏斗才能排出座次。

群猴再次聚在林间观战，喧喧已占据了最高一块王者的岩石，它把相扑的最后一击作为对付猴王的唯一砝码。 从第一次身体火并，它已看到自己明显的优势，拼至最后，只能再次回来借助这块岩石天险实施一次可能的绝杀。 出乎喳喳意料的是，猴王并没有攀上它对面的那块稍低一些的立石，也没有像它起初一样旋风般冲杀过来。 一下就看穿了喳喳意图的猴王，为避免身体完全暴露给对方的危险，平静地等待对手在岩石上的各种表演达到得意忘形之际，突然从地面跃起，身子腾空整个贴在喳喳所立的巨石半壁，利用这种违反常规的方式使对方不知所措，钢鞭一般的尾巴扫了过去。 在喳喳本能地跃起躲避时，猴王迅猛地重新占领制高点，用自己肥厚有力的巨掌一下就把喳喳击落下岩石。 随之，一声振聋发聩的长啸后，猴王顺势跃下，压在喳喳身上，双掌狂风般打得对手阵阵哀鸣。 不远处登高远眺的四猴妃，尖叫着在岩石间跳上蹿下，急似火烤，却不敢近身。

猴王终于罢手。 只是，它没想到，喳喳竟急聚一口气，瘫软的身子突然从它胯下溜脱，并出其不意地咬住了它的尾巴。

金毛乱颤，惨叫惊心，猴王疼得四肢乱抓，却无法用力……终于，经验丰富的猴王还是利用一个虚假的左扭身动作，突然扭向右侧，一掌回扫，喳喳的半拉脸鲜血横飞。 这并没有让喳喳立即松口，直到对手象征王权的猴尾被彻底咬断。 喳喳利用最后一点力气攀上巨石，伸出舌头舔着嘴角流出的鲜血，气喘吁吁，大汗淋漓，双眼充满杀气地俯瞰乱石丛里左右翻滚的猴王。

群猴齐上，围着猴王一阵拳打脚踢，继而在喳喳蹲立的尖石下欢呼跳跃……

　　如血残阳，落寞的悲壮，猴王带伤的背影，一瘸一拐地消失在莽莽林间。它的生命从此暗淡，依照猴界的自然法则，它不仅失去了王权，而且开始离群索居的孤独生活，一直到死。

　　据说，几天后，金毛猴王的毛发已失去光泽，倒挂在树头风尖，眺望远方，似乎能听到昔日子民的"唧唧"打闹声。不久，它的尸体整个窝躺在一棵老树枝杈间，直到被一位猎手发现……

原载《民间故事选刊》2007 年第 8 期

月姐

月姐根本数不清有多少求爱者，信收了一沓沓，足有几尺厚，有的信洋洋洒洒就是十多页。另外，诸如舞厅、卡拉OK厅，甚至当街向她表白的，也屈指难数。大概哪种方式中都离不了对月姐美貌善良的称颂和赞扬，其实月姐心里清楚自己的长相。

人们都知道月姐如今是大富姐了，自己买了房，又骑高档摩托，一头披肩发，戴副茶色眼镜，颇有气派的都市女郎样儿。只是不管她穿得如何多彩，但相貌确实不尽如人意。眼睛不大而长形发展，眉毛浓黑短粗，头发长而稍显稀黄。最恼人的大概是头小而躯干宽大的身材。月姐十分明白自己天生而来的实力不强，无法说什么丽质窈窕、柳眉樱唇。她曾在一机关单位工作，名字是月洁。因为近三十的人仍没出嫁，一些小年轻亲切而习惯地称她月姐。

　　月姐如今在一家高档人像摄影室做化妆师，外人总摸不清她月薪多少，但谁都知道那家摄影室日日有排队等待的主，生意兴隆。你说人怪不？几百元一套的照片还这么拥挤去照。当然这家摄影室服务的项目十分广泛，结婚照、美人照、明星照、补照结婚照，甚至儿童化妆照应有尽有。而且他们还有更绝的服务，什么拿破仑组照、蒙娜丽莎组照，即穿上上述主人公的服装，手拿道具，站在主人公富有历史性纪念意义的背景布景前摆姿作势。在这家摄影室总会让不同年龄的男女老少找到新拍照的新感觉。

　　据说摄影师是位大报社的摄影记者，曾留过洋学习摄影艺术，有许多精美的摄影作品在国内外极有影响力的报刊上发表或大赛中获奖或展览中收藏。而今他不过是下海游游泳。瞧摄影室外的玻璃窗里那些他拍的影视界明星照片，对他的生意发达起了不可低估的作用。

　　又据说这位摄影师的妻长得天仙般漂亮动人，是丈夫许多获奖作品的模特。这摄影师既有别墅又有小车，你说富不？月姐没有住别墅，有人说她是单身族，不想住，并不是住不起。总之，对月姐的传说众说纷纭，谁也说不准，只尽管发挥想象猜测。

　　追求月姐，向她示爱的人不断增多，但月姐仍未归谁所有，依然是闲暇时独身出入卡拉 OK 厅、舞厅，却不唱不跳，明白人说她就喜欢那环境，听音乐。 有人说，月姐此生也不会嫁人，是身子有病或心理病。 当然还有说，月姐是眼头高挑花了眼。 女人到了该出嫁的年龄仍未出嫁，会让许多人寻着话题数落个遍。

　　月姐孤身十数年，小时候便没了妈，她十八岁那年父亲也离开人世。 父亲单位给她安排了工作——因年龄小又是女孩子，在机关做勤务员。 月姐在办公室里勤快数第一，几年如一日，早去晚走，擦桌拭凳，打水拖地，各种琐碎事务一应俱全。 她还利用业余时间参加自修，取得一纸国家承认的大专学历。 她的工作量已近于其他五六人之和，除了杂务还起草文件、印刷、装订、送发、取报等，而别人则看报喝茶品烟，女人谈论衣料电视剧。 可以说月姐工作独当一面，深受大家之好评，谁知单位搞机构改革精减人员却偏减了她。

　　何处安身？ 多年来默默无怨工作，她本想自己的一生就在办公室繁杂的事务中度过。 从青春期至退休，哪怕自己累死、同事闲死。 做梦也想不到，竟有一天连这份工作的权利也给剥夺了。她一时间陷入极度痛苦之中，前景一片渺茫。 办公室已把她的关系转到单位人才部，美其名曰"蓄水池"，等待哪个部室重聘，否则她只有待业，单位给支付一定生活费。

月姐难以接受这种现实，气哭了。

办公室小胡给她透露，听主任说裁她的原因，主要是因为她是个未婚女人，以后结婚生孩子之类将占去许多时间。小胡劝她别着急，反正他也不想干了，他找主任再说说，把他裁了留下月姐。

月姐感激地笑笑说，不必了。

事后，小胡真的找过主任，可主任说不行，小胡走不走，月姐都不能在办公室待了，原因又是未婚女和许多说不清楚的东西。小胡气得背后大骂主任真他妈不是东西。

其实，这其中的原因，月姐明白得不能再明白，但她没法说。之前主任跟妻子吵架后曾到她单身宿舍坐了半天，还约她去跳舞，她以身体不舒服为由拒绝了。主任仍不走，还坐着蹭着靠近她，直到动手动脚。眼看比她大十多岁的主任不怀好意，月姐倔劲上来，硬把主任轰了出去。事后两人谁也不提起，平时上班低头不见抬头见，主任跟没事似的，仍像往常那样人前安排她做这干那。月姐也就从心底原谅了他，认为那不过是主任作为一个男人的一次意外的冲动。

　　躺在床上想了几天才理出头绪，月姐清楚被裁是不可改变的命运，于是开始对自己的未来进行缥缈的想象。 以后该怎么办？医药费、住房，甚至退休等日后事情一股脑使她对前途一片迷茫，但目前最重要的是要尽快找到工作，不仅是为了自己的生计，另则意义是向别人表明自己并不是百无一用而被裁员。 当然也想借此向你个狗主任示示威。 唉，人生如此险恶，若那次她在屋内叫喊非礼，恐怕你个狗主任的乌纱帽早不知飞哪里去了，送你进大牢蹲大狱都有可能。 现在却反被狠咬一口。

　　这期间，办公室的小胡来看过她几回，鼓励她勇敢地面对生活，世界之大怎会没有容她的地方。 月姐苦笑一番，心说，你小胡是国家堂堂大学毕业，可以这样毫不遮拦说话。 其实你在办公室又怎样？ 不就是个小职员嘛！ 唉，又一想，自己是否有些变态，连别人的好意也不领情。 这或许与她几年来没有父母亲朋的关心爱护对谁都存戒心有关吧！ 总之，她面前只有一条路，即离开单位寻找新的生活，可她能在社会上再求得一种怎样的生存环境？

　　生活中恰恰是不幸中有幸，幸中有不幸。 比如说对于经商下海，有些人可以大展雄才，如鱼得水，一猛子扎得深，游得远，赶到浪花飞溅处，四仰八叉，而有些人却一筹莫展，望洋兴叹。精简裁员后，有些人没有出路，生活与精神上痛苦不堪似突然没了娘的孩子。 甚至堂堂一大老爷们儿，躺在家里冲老婆孩子发脾气，也没有外出闯闯的勇气和能力。

离开工作了多年的单位十分不舍，即使被单位抛弃，她还是哭了一场。 很快她频繁出入各种人才交流市场，即便电线杆或公交站牌或马路边的墙头、垃圾箱上张贴的招工广告，也不放过。令人沮丧的是，一连几天也未能如愿。 大凡招女性，多是十八九岁，而她已接近三十。

那日黄昏在一家商场外的人行天桥上，眼瞅桥下水流似的车辆和人海，她心酸极了。 她多么希望能像他们一样有一个明确的目的地去忙碌啊。 她甚至想一闭眼，一头栽下去，一了百了。突然，她发现了右手把扶的栏杆有一贴招工广告。 一家摄影室招化妆技师，性别年龄不限，需本市户口。 月姐思谋半天，自己虽然不是专业的化妆师，但平时常看一些化妆类书籍，对照各项条件，基本合适。 尤其是本市户口一条，她比别人优越。 也不想想，多少人在城市里折腾，却无法把农业户籍转进城来。 钱只代表钱，不能代表你就是市民。 再有钱，你还是要到城市的派出所去办暂住证。 否则，你可能面临罚款，至少办事诸多不便。

月姐抄了地址找到那家装修豪华的人像摄影室。

原来是一家夫妻店。 年轻且貌若天仙的老板娘仔细打量一番月姐，又问些她个人情况，然后说，好，就要你了。月姐迷糊了，招化妆技师怎么还未看她化妆的技术如何就草草而定。可怜她一把年纪，还是孤身无着的下岗女工吗？是同为女性同性相怜吗？月姐十分不解，问女主人来应聘的人多不多。女主人笑笑说，多是多，唯有她最合格。

老板兼摄影师，生着一脸毛茸茸的大胡子，出来瞧瞧月姐，问她化妆水平怎样？女主人抢答，没问题，要真不行，送她去学习半个月，反正人就这样定了。月姐急忙道，如果你们信任我的话，可以试试。再说，对摄影的化妆能否令你们满意也只有试验试验。大胡子吸了口烟，努着嘴吐了几个烟圈，觉得她说得也对便不言语了。女主人干脆把自家小保姆找来，月姐尽最大能力为自己平生第一件"作品"进行了化妆，结果女主人很满意。小保姆甚至有些丑的脸形已显出几分活力。大胡子撇撇嘴说，还要培训培训，让她了解摄影化妆。于是，月姐幸运地在丢掉工作不到十天后重新上岗，且工资比原单位高出三四倍，外带奖金，只是很辛苦很累。

月姐绝对想不到自己能受聘化妆师的真正原因。人生需要机遇，如若没有这次机遇，月姐的命运会是怎样太难预料……女主人十分漂亮，但丈夫大胡子仍与女化妆师眉来眼去。女主人气愤不过，为此，几度辞过化妆师。她决定寻找一位年龄稍长，且长相只配做她的绿叶的女性，像她雇的保姆那样，偏偏应聘的没有她心目中的样子。 终于来了月姐，女主人立即决定留用。

月姐从次日开始上班，一周后，被送到外地培训，此后在这里一干五年多。

月姐的生活在这五年中发生了不小的变化，经济收入可观。尤其是买了房子从单身宿舍搬出，令许多原来的同事咋舌。 这毕竟是许多家庭梦寐以求而难以实现的，于她怎么就一蹴而就呢？

但她的感情仍未找到可栖之树。 求爱者可以说是成群结队，趋之若鹜，但她却从那一张张令人作呕的脸上看到钱的威猛。 几年中，她看透人情世故，她的心冷冰冰的。 人比任何一种动物更热情，也更冷酷。 人比任何一种动物更势利，大概是因为人的生存决定了这种不可避免的性格。 月姐决定在没有找到真正的爱情之前，绝不凑合地爱什么图她钱财的人，哪怕一生一世不嫁。 调休日或哪天晚间下班早的话，她喜欢出入卡拉 OK 厅、舞厅消遣，那里有她生活的一部分。

月姐用自己的双手装扮了别人，也装扮了自己。 虽然面貌不能被自己装扮成什么样子，但辛勤换来的财富却极好地化妆了社会性的她。 有人又传说起她的新话题，除了她的感情就是她的钱，说她把手里的钱投资到什么公司，或是在别处做着钱生钱的买卖等等。　要不然，她凭什么富到今天这个地步？　人们开始称她富姐。　月姐以笑置之，富不富她自己心里清楚。

　　忽一日，月姐有病且重，住进医院。　大夫要求病人家属来一趟。

　　月姐十分难过地表示，这世上她没有一个亲人了。

　　大夫沉思一会儿说，没事，没事。

　　这期间，月姐收到许多鲜花和礼品，多是示爱者的天使。　她不怕孤独寂寞，但怕自己陷入别人的糖衣炮弹之中成为生活的失败者。

　　同病室住一女记者，据说病情十分严重，却颇乐观。　她给月姐讲述了自己走访山村乡下的故事，看到许多因贫穷而失学的孩子。　月姐才知道这女记者是为了采写"希望工程"而累病的。

　　月姐真羡慕女记者天天收到一封封来自乡村儿童的信件。　正因为女记者的奔波，才有了许多写信者的就学机会。　月姐受到极大的触动，社会上总算还有一丝人间的温情。　一位老大爷走了几十里山路来看女记者，更是感动得月姐落泪。　听女记者说丈夫也是记者，搞摄影的，也在为山沟和贫困地区的失学儿童能上学而奔波。　他已很久没有回家，现在人在哪里，她都不知道。　说这些时，女记者眼圈泛红。

　　月姐想，人家夫妻多么幸福啊！ 他们虽然活得辛苦，但十分乐观和充实。 女记者常违背医生的劝告，偷偷借着灯光看自己的笔记本，还写着什么。 同样是活人，女记者活得那么有劲有生气。 女记者说她也三十多岁了，想要一个孩子都没有要，是为了能让更多失学孩子重新受教育。 想想自己，除了挣钱、花钱外再也没有什么需顾及的，月姐刹那间感到心里空荡荡的。 虽然如今不愁吃穿，却似一草芥，在这社会上无牵无挂，也不被别人牵挂。 人这样活着不是可有可无吗？ 自己怎么活得如此可怜？

　　六天后，女记者告别尘世，没有留下一句遗言。 月姐难以接受眼前的现实，仅仅几小时前，女记者还斜倚在被子上，把笔记本放在膝盖上写有关山村孩子的文章，怎么说死就死了呢？ 她的丈夫在哪里？ 他知道了吗？ 她为什么连个别也没跟他道就自己悄然而去，留下多少遗憾未了事。

　　月姐知道人生最大的悲哀莫过于壮志未酬，女记者正如此。月姐流了很多很多泪水，以后的几天，近似痴呆一样。 她感到自己的病情也在加重，从进医院起就预感到什么，而今女记者去了，她更清楚了。 这些天，她眼前总闪回女记者的笑容和夜晚偷偷写文章的样子。

　　仍有令她生厌者送花之类，月姐想他们若知道了她的病情该做如何惊讶状。　有一日，他们发现自己追求的是一场空，没有钱，没有多得足以令他们不断做虚伪状的钱时，他们才会惊讶后诅咒痛骂一番。　于是，月姐笑了，但笑着笑着又哭了，哭着哭着又破涕为笑。

　　那天，从月姐老家来了一老一少，她才知道还有这房亲戚。老者是月姐母亲的舅家的儿子之妻，论辈分，月姐应该称她为舅妈。　丈夫因病早逝，她守寡带三个女儿。　随她来的是小女儿翠翠。　月姐不解地问舅妈怎么来的？　她太疑惑两人了，天上掉下来似的就出现在她面前了。

　　翠翠抢着说是月姐单位的胡叔叔接她们来的，胡叔叔说月姐病很重，没亲戚照看，心里十分难过。　月姐才想起来可能是办公室的小胡。　月姐无法知道小胡为找她这家远房亲戚费了多少周折。　舅妈说，两家多年不走动，又因自家在农村家穷，孩子吃饭有时都吃不饱，不敢与城里的月姐家来往，两家断了线，以至月姐父亲去世她们都不知道。　老妇人不停地抹泪，翠翠吃着月姐给的糖果瞪着眼紧盯手里裹着花花绿绿包装纸的糖块。　月姐很满足，在自己病中能见到家乡的人，无论关系远近，何况还是亲戚，算是很欣慰的事。

　　在她春风得意时，亲戚没来；如今她躺倒病床，亲戚却远道而来，照料左右。　这份古老而永恒的爱多么令人感动！　月姐生出一串串叹息。　她问这十多岁的翠翠上几年级了。　舅妈顿时满脸愧疚说，家里实在没办法，只让老二上学，翠翠根本没进过一天学校的门。　月姐的心尖似被扎了一下，她想起女记者，泪水顿时盈满眼眶……这一老一少连日来陪伴在她周围，月姐又一次感到了类似父母般的亲情和不寂寞的滋味。

这期间，小胡一直没来，她想对小胡道声谢却道不成。　只是女记者的丈夫，一个留着长发穿牛仔服的男人风尘仆仆来到病房，详细询问了女记者的日常生活、言谈举止。　他默默地听着，眼圈红红的，刚毅的脸上明显在抑制、在强忍。　听月姐说完，他向月姐道谢，并用力握紧月姐的手。　他为没见最后一面的妻流下歉疚的泪，乃至泣不成声。　片刻后，他突然止住，再次向月姐致谢。

泪眼模糊的月姐，心乱如麻，不知说什么可以安慰这痛哭的男人。　他的目光落在那曾躺过自己妻的病床上，久久不移，大概想从那里再找到哪怕一丝一毫女记者留下来的气息，但病床上已易其人。

男人转身离去时，月姐叫住他，并向他提出一个要求。　对方呆怔半天，才如梦中醒来，恍然彻悟又一次握住月姐的手涕泪滂沱道，谢谢你，我为我的妻而骄傲……

当月姐明显感到自己的生命之灯将燃尽时，她不想让亲戚守在自己身边难过。月姐把一笔钱放在舅妈手里说，感谢你们照顾我这么久，我即便死了也没什么遗憾。多年了，在这茫茫人海的城市，我独自生活，看似自由自在，其实一言难尽。人如此之多，城市如此热闹，却与我不发生任何关系。唉，不说了。总之，十分十分感谢你们娘俩儿。稍停顿，月姐继续说，最近，我感觉自己好多了，你们家里又忙，还有老二在上学，你们收拾一下回去吧！

带着月姐托她带向家乡的问候，舅妈与翠翠走了。月姐发现她们没有带走钱——那捆钱被舅妈偷偷放在她的枕下。月姐的泪又下来了，又一次被无私朴实的亲情击中心坎。

处理完各类挂碍，尤其把此生最重要的事托付给女记者的丈夫，月姐安心地等待黑色的降临。死，并不可怕，它可以让人把世间的炎凉统统抛去，可以把一切烦恼和不幸遗留下来。死后与父母团聚再不分离，死后可以找到女记者与她一起求得更深刻的生存意义。

近日，已没有什么爱的使者到来，鲜花早失去光泽和生动而枯萎下去。月姐知道这些人看到了什么或听到了什么，有关她的。　月姐笑了，让那些人的灵魂在自己眼前这么明朗地曝光，她不遗憾。　一切的一切，终将放下。　她默默地等待着……

正在报社写稿的男记者接到电话疯一般赶到医院，他知道将发生什么。　然而，在急救室门口，他站住了。　月姐床前站着一个男人，手拿几份报纸。　记者看清了，那份报上有记者写的月姐把所有遗产三万多元捐给家乡孩子助学的报道。

那男人把一捧鲜艳的映山红插在月姐床头的花瓶里，眼望月姐苍白的脸庞痛苦地说：月洁，有句话一直压在我心底不敢说，现在必须对你说……月洁，我爱你。

月姐闭着的双眼慢慢张开一线缝隙，好像在说：小胡，感谢你，在我生命的最后一刻，我得到了真正的爱情。

那男人抓住月姐的手失声痛哭。　男记者看见月姐脸上竟有一丝难以察觉的微笑，那细线般的眼缝在转向床头生机勃勃鲜红胜火的映山红时，突然分开很大，露出一对光亮洁白的晶体。　她的眼里充满对生的渴求和遗憾，只一瞬，便暗淡下去……

月姐死了。

原载《建筑文苑》1996 年第 2~3 期

给你一把水果刀

谁也没想到，我根本不是热线记者。 但那天我的手机一响，是报社值班总编打来的，让我临时顶替一下，去金水路王子大厦，那里有一个女子要跳楼。

这就是我们常常说的机会。 机会其实在我理解，就是你一生中遇到不多的那种失去了就不可能重复的事情。 做了八年记者，能赶上采写别人跳楼的新闻，这就是机会，这一辈子我也就遇着这一回。

我是打车去的，一路上没有太激动，当然是因为我久经沙场。 在新闻行当这么多年，什么口什么线儿没跑过？ 比如说经济，比如说科技，比如说旅游，比如说体育，比如说计划生育……

男记者为什么不能跑"计划生育"？ 这行当里工作的许多国

家干部还是男的呢！这项工作最大的难度在城市周边的农村。许多人家的田地被征用了，没事在家干吗？生呗！一胎，两胎，三胎，都不过瘾，有的人家敢生四胎、五胎。最巧的是一家生了两个女儿决不罢休，结果再生竟是一对男性双胞胎，这一下子让全村只生女孩的人家看到希望，人家那地咋那么丰产，咱能比别人差？生，坚决生，咱也生他一对儿双胞胎，当然是男仔儿！

　　这些年来，最累、最危险、最刺激、最不想干的就是负责公安线儿。深更半夜被公安局宣传处的人通知要执行"零点行动""狂飙一号"什么的，正逢午夜香梦，或是去"扫黄"，或是去"打拐"，或是去抓捕持枪歹徒，或是某某地又发生强奸杀人案、碎尸无头案。太阳当空朗朗乾坤也难得闲，有人打来电话说在某商场装了炸药不按时准备五十万就要引爆，某宾馆车站有人贩毒或是逼迫少女团伙卖淫……危险着呢！

　　有时我想，没有手机多好啊！刚到报社那阵子，通信手段还没有现在发达，既无传呼机更没手机，单身宿舍当然不装电话，下班后看书看报看电视至半夜，然后一觉到天亮。现如今不行啦，报社要求二十四小时开着手机待命，弄得新闻记者比公安还公安。

　　到了。司机提醒说。我早知道到了，离很远就望见王子大厦围着那么多工作加看热闹的人。 公安、消防、医生护士、酒店服务生、行人、民工、收废品的、时髦女郎……好家伙，里三层外三层。 大吊车的巨臂高高地伸向半空，好像有人站在上面说什么。 地面铺着吹鼓起来的气体垫子，就等着人家从空中跳下来呢。 也不想想，要真是想跳楼，怎么可能照着你那垫子上跳？白痴！ 蠢！

我分开人群往里挤，不防被谁一把推了出来。 那人还说，挤什么挤？ 净瞎凑热闹，有啥好挤的……

我没发火，还是笑眯眯地对人家说，我当然要挤的，我是记者呀。

那人把头上的大盖帽往上推了一下，态度显然比刚才的凶巴劲儿友善了些，问我是哪儿的记者。 我说是晚报的。 他又看看我，好像不相信地审视了几眼，还皱了一下眉头，让我拿出记者证瞧瞧。 我就给他，他才对我很生硬地一笑说，记者也不能硬挤呀，多妨碍执行公务，为何不早说是记者呢？

没时间给他"拼"嘴，要是那女子一跳，我的新闻就没戏了。 我必须赶在她跳楼之前见到她的样子，听到她最后的喊声，最好目睹她如何跳下去。 那镜头会不会像只展开双翼飞向天空的鸟儿，很轻飘，很美，很优雅飒爽，当然也很理想，很浪漫。 不过，划着抛物线然后加速落地的身体肯定惨不忍睹……

许多事情都是如此，过程远比结果更有感觉和欣赏性。

高举记者证冲过警戒线，像兔子一样，不行，兔子跑得并不快，应该像一只野鹿，跳上几级台阶，穿过一楼大厅，冲向电梯，几分钟后就很严肃而紧张地站在事发的楼顶平台。

掏出手机一看，从接电话到赶到现场花去十六分钟，不算快也不算慢，虽比不上119，也够神速。王子大厦不算高，称大厦是因为它很有些历史，十年前绝对是这座城市不多的高层之一。为啥叫王子，那就不知道了。大厦呈碑式设计，有碑身与碑座，也就是有主楼、裙楼之分，加一起共十层。我很清楚，原来跑消防时学来的，不管遭遇多大的事，就是特大火灾，如果在三层以上，就别指望跳楼逃生，跳也白跳。所以，从王子大厦楼顶往下跳，肯定没救。

大厦楼顶平台站的一帮人中，公安、记者、酒店的各类人员好像都有。一名公安远离大家与当事人相隔十来米说着什么。我被堵在人堆里，踮着脚也听不清，想挤到别人前面，没料又被公安划拉到一边。我是记者！我几乎是在喊。人家听都没听很凶地瞪着我呵斥，安静！

站在隔离线外有点无奈，凭啥电视台的记者就可以扛着机器往前去，报社记者只能远远地眼巴巴地观望，也听不清公安与那女子说些什么，表情如何（不仅有些距离，而且公安背对我们）。

不搞清这些，还叫什么首席记者。 明天整座城市最细致、最深度、最全面的这类新闻就寄托于我们晚报，社会新闻没有谁拼得过我们。

女孩子的脸部虽看不清，但她的样子却在哭，肩头一抽一抽的。 她站在楼顶的边上，离真正要命的边缘似乎一尺左右，弄不好一个闪失就可能掉下去，而不是跳下去。 要搁平时，估计让她站到那儿，肯定头晕。 公安与她的距离是她一再喊着要跳楼不让别人往前走的临界，公安当然不敢轻举妄动，怕万一再靠近，她一急失足就下去了。

女孩子的秀发飘逸地在风中时起时落，把她远远地勾勒成一副英雄样儿。 白色的裙子，粉色的无袖短衫，二者之间却被一段肉色若隐若现地隔断。 显然是那种露脐式的时尚装束。

虽然挤到人墙的最前排，我眼近视，能看到的就这些，只好向身边人打听。 一家新闻单位的记者小妹妹告诉我，那女孩是被男友抛弃了要跳楼轻生。 傻瓜！ 记者小妹妹最后还评价了自己的同类这么两个字。

后来，好像那女孩在向我们这边眺望。 这群二十多号人都预感到可能有事情要发生，紧张地齐刷刷地盯着他俩。 不久，那个警察背对着我们退着步子，并朝那女子大喊，没问题、没问题，你能不能再往里走一点……这声音我听到了，因为警察退到离我们不远时还在重复地喊着。 接下来，他转过身冲我们走来，准确地说是冲着我。 这，咋回事？ 嗨，嗨，还真是冲着我哎！

他问我是干什么的。 我说记者，他一笑，那就好，干了十多年了吧，也是一老手？ 我赶紧摇头，没那么老吧，离十年还差七八百天！

是我那一尘不染的白上衣在周围深色服装的人堆里很扎眼，找我的吧？ 咱自小好干净，不是洁癖，但衣服换得很勤，夏天有时一天几换。 对自己要关心，虽然是文人，做着这忙乱的工作，生活却不像文人做人那样不拘小节，我不能不照顾自己。 这世界上有谁还能比自己更了解自己，更关心自己。

下面就看你啦，那女孩说她相信你，让你过去跟她讲话。 你可记住，说不好就是一条人命，要沉着冷静，尽量稳定她的情绪。 要让她相信你，要想办法让她往里边挪一点，哪怕是一点点，最好给我们创造安全营救她的机会。 如果你能更靠近一些，一把抓住她最好不过。 千万不能做没有百分之百把握的事……

一头雾水，敢情是让我去上演英雄救美。 本以为她纵身一跳，楼下一片尖叫，采访采访公安，大街上问问围观的人，今天的事情就结了。 怎么可能让我与那女孩对话，弄不好，她跳了楼，尽成我的责任。 这可是人命关天的事啊！

我说，我什么也不知道呀。

就因为你不知道，她才可能给你说说，这不就可以拖延她了吗？时间一长，她的情绪或许就不再那么激动……

哎呀，这是真的，我真的要与那个要跳楼的女孩子近距离地接触？天哪，这么多人她怎么就选中我？就相信我？自然是有喜有怕，胸口狂跳，血压升高，头部脸部都烫烫的。或许这就是平时说的"脸红脖子粗"，那都是被气堵的。而我此刻是急的，急得不知所措——事后，才知道，那么多人中，只有我一人戴眼镜。她自小就对戴眼镜的人有好感。

我的双脚虽然有些不听指挥，可耳边还是公安们告诫的话。大家都在尽力，不能让一个活活的生命在我们面前消失。但我们也不能阻止意外的发生，大家只是努力，你不要有任何心理负担，轻松点，再轻松点，他甚至最后好像还加了一句，权当去会你的女朋友……

女孩子长得挺漂亮。站在离她不到十米远的地方，也就是刚才那公安站的地方，她就指着我让我站住，否则她就要跳楼。她的脸上沾着泪水，很伤心的小可怜样儿让我顿时感染了难过的情绪，嗓子都堵得出气不畅。

她嘴噘了一下，好像吧，接着是"嗯"的一声，然后她又哭。伤心透顶的那种，双手把自己的发梢攥在手指上缠来绕去，嫩弱的肩头无助地抖动，好像又触及自己最委屈最伤感的神经。

接着就是她边抽泣边伴随着的自语，他咋就……就……就……不……不……跟我好了，我们一块……来的城里，他……他……他咋就……就就跟……跟别人好了……呜呜呜。

她当然不只"呜"了三声，而是很曲折很有节奏地拉长。

我尽量克制地劝说，别哭，别哭，我是记者，我能帮你些什么？

……停了一会儿，她抽了一下鼻子说，你去把他找来，我要当面问一问，他咋就跟别人好了。这话都有些狠狠的劲儿，好像是从牙缝里挤出来的。

不知何时已尾随在我身后的两名公安急忙说，已经派人去找了，很快就到。我急忙像鹦鹉似的也不甘落后地学说了一遍，直怕她听不清，一激动就往下跳。我的心比她紧张多了，整个如擂战鼓，虽然是老记者，可谁身临其境过这阵势？

她突然又有些情绪失控，指着我身后的公安喊起来，你们都在骗我。你们站住，不许再往前走，你们都在骗我，我不信，他不会来的，你们根本就没去找他。

她的最后一句话是喊出来的，右脚也随之狠狠地跺了一下地面。

瞧着她这样子，不知怎么搞的我竟没忍住给笑了。

傻丫头，信我的不是？你要信我的。我告诉你，他们真的派人去找了。 你别着急，千万别着急……

她吃惊地盯着我，带着疑惑的口气说，你咋也叫我傻丫头？他就是这样叫我的。 她的头和嘴都在质疑中做出了可爱的女孩那种撒娇样的撇动。

我一下子好像找到了感觉说，傻丫头，你为什么就找我呢？因为你相信我，对吧。 这就是我们的缘分，对吧。 你想，这世界如此之大，为什么就让我们在这儿见面了呢？ 这就叫缘分。只要你相信我就好。 就像我相信你，你一定是个好女孩，对吧。佛说，前世修行五百年，才可以换来此生擦肩而过。 你想，你今天与这些人都是前世有缘的。 我是个作家，不只是记者。 平时我写小说。 你看过小说《你不理我，我偏要理你》吗？ 那就是我写的。

她皱皱眉，吸了一下鼻子摇摇头。

你看过哪些小说？

我平时……看小说不多，只翻翻杂志……你真是作家？

她说话显得比刚才理智多了，而且我发现，作家的身份又一次显出力量。 以前曾帮朋友去谈事，出人意料的是人家一听记者，简直退避三舍，要不社会上怎么流行着"天天防火、夜夜防盗、时时刻刻防记者"的段子。 极度尴尬的时候，朋友向对方介绍说我还是作家，真没想到，这些商人，虽然不看小说，却对作家的感觉仍然很好、很尊敬，很当回事。大家一下子成了知音似的。

我真的是作家，记者是我的职业，写小说才是我的爱好。不过，咱是写着玩的，不当真，没压力，想写啥就写啥。出过几本书，是自费的，自我安慰呗！都是身边的朋友出书闹的，一帮附庸风雅的家伙，害得我也风雅了一回，出了书卖不出去，见了朋友就签名让别人雅正，也不想想谁有时间给你雅正。再说，如今还有几个人能静下心来读小说？网络报纸上的新闻、怪事、奇事翻着能过眼瘾就行啦……

说这些只想拖延时间，也就是完成公安兄弟交给我的尽力挽救一个花季少女的生命的任务。佛说，救人一命胜造七级浮屠。你想想，救人的差事，一个人一辈子能摊上几回？

你真是作家？

她的小脸平静下来，好像还有些想笑，把头一歪，手中的头发一放松便呈"小马尾样"自然地甩向脑后，自由地摆晃起来。一副可爱而清纯的小女生样儿。我当年就因为妻子这个"典型动作"而向爱情彻底缴械。可惜，婚后几年，我饱尝了妻子对我的背叛，终于不得不与她分道扬镳。我那可怜的四岁小儿跟着她生活，谁知她竟那么快又嫁作他人妇。唉，男女之间为什么总是如此多的悲情？

她大概能看到我眼中含而不落的泪水。

我真是作家，我也经历过感情的背叛……

哦？　她那对好看的大眼睛罩着泪雾瞪着我。

其实，别人都背叛了我们，我们为什么还要为他们去死去活的？　我们自己为什么就不能好好地活下去？

天哪，这不是有点声讨般的慷慨激昂嘛！

那，那，她是怎样背叛你的？　她似乎有些同病相怜地追问。

回头吧，回头我请你吃饭，再好好聊……

你真的是作家？

真的。　写小说，赶明儿我送你两本我的小说。

真的，不许骗人。

谁骗你谁是小狗……

她"扑哧"一声连哭带笑了。　仅仅是笑颜之后的瞬间，她突然又恢复了委屈的表情，话语里拖着哭腔质问我：你说，他咋就能跟别人好，我有啥不好？　听那口气，我就是背叛了她的那个男朋友。

你挺好的！　打眼一看就知道你是个好女孩，谁见了你不喜欢就是他瞎了双眼……

她竟好像露出些许羞涩，脸上掠过一丝难为情，低声呢喃：我哪有你说的那么好……

　　就在这时，连我都惊呆了，一名公安竟突然出现在她的身后，以我即使近在咫尺也没观察清楚和反应过来的速度，把那女孩一把搂住，再借双臂之力拖拉向楼台里面安全的地方。

　　公安就是公安，我俩说话的时候，他们已发现她心理上的麻痹，抓住时机一举了断。

　　她显然受了惊吓，明白过来想挣扎，却被公安死死地抱住，想跳也跳不了。

　　我当时蒙了，大脑轰隆隆像跑火车。那位公安跟我握手，说感谢，好像还有什么你真行，立了功之类的话，我没听清。电视镜头对着我直拍，几个话筒递过来，同行们好像要采访我，一个漂亮的女记者还笑盈盈地问我话。我却反复地问，他们要把那女孩带到哪儿去？眼前似乎是她充满仇恨的目光，是对我的，她像被我欺骗了似的。我要找到她，给她解释，我只想救她的命……

　　那天的新闻我写了，不过写得并不理想。但老总很满意，因为我把这件新闻做成了我们报社的新闻，当晚的电视、次日的报纸都报道了我。你想想，记者智救轻生少女，这多有新闻卖点啊！

　　报社给我嘉奖，不仅下了红头文件，还开会表彰，当然就有五千元的奖金进账。看来，好事还是要做的，既得名又得利，这种名利双收的好事我以前咋没想到？

那女孩后来由公安送到医院，当然是看护性的治疗。可我想，那能行吗？她过几天再跳楼咋办？

公安说，那就等事发再解决呗，谁也不能预料事态的发展，做公安的只能处理正在发生的事件，总不能钻到别人脑子里去阻止人家想犯罪吧！

说得也是。

写稿子之前，我弄清了，那个女孩叫吴梅。家是农村的，跟着自己青梅竹马的男友一起出来打工，没想到男友告诉她，他遇到另一个女孩，才知道什么叫爱情，他对吴梅更多的是兄妹的感情。吴梅受不了，村里人都知道她跟他的关系，而且两人出来打工也是要挣了钱回去结婚的，临出门时村里人都在背后议论，他俩这一出门可能就把婚提早结了，不钻一个被窝才怪呢，弄不好还抱着个娃娃回去结婚……可她与他在城里还是各住各的。本来是要回去结婚的，怎么一下子她就与他不是爱情，是兄妹感觉了呢，她为何没这种感觉呢？

她狠哭。以前一哭，他就会一切都认输，先是哄呀劝呀，接下来自己捶打自己说自己错了彻底错了，再就是拉着她的手去打他，让她解气，她就气笑了。但这一次却不同，她狠哭，他也不劝她，只是让她好好想想。她怎么可能想，她就是不答应他跟别人好。他没法子留了一张纸条与那女孩走了，说是要去外地。

吴梅找了两天找不到他们，就决定跳楼，一惊动公安肯定能找到他。 在跳之前还是要见一见他的，如果他能回心转意，她就不跳了；要不然，她活着也没意思……

本以为这个新闻像诸多流水的事件一样就这样流走了，我的奖金请朋友、同事吃了喝了玩了花了个精光，还略有倒贴。 出人意料的是，那个女孩子后来找到我的报社。

吴梅呀吴梅，她是给我们晚报送新闻来了。

我们的摄影记者早把镜头大炮一般对准了她。

你来了？ 我措手不及地问。

嗯。 她只这一个字就不说话了，静静地站着一直盯着我。让她坐，她摇头表示不坐。 我只好坚持说，你还是坐吧，有话坐下慢慢说。 她还是把目光盯在我的脸上一言不发。

先是莫名其妙，慢慢地有些发毛，我是有过恋爱经历的人，对女人这样的目光并不陌生。 我的背部渐渐流过一丝寒意，心说，坏了，这要是真的就彻底地坏了……

总编听说后亲自过来看望这位不速之客，他伸手给人家，吴梅握手是握手，正眼都没瞧他。 老总有点尴尬，但老总毕竟是老总，立刻化尴尬为轻松，批评似的让我赶紧招呼客人坐，倒茶。

我这才逃一般躲开她如炯的目光手忙脚乱起来。 她还是不坐，眼睛跟着我转。 有的同事看出端倪窃笑起来。 老总安排的两位女编辑已经走上前来，做出一副亲密无间的样子，硬是把吴梅连搂带抱地按坐在椅子上。

接下来，我是这样开口问她，身体好些了吗？ 不再找男朋友了吧？ 说完，我就后悔了，平时一个明白人怎么这事上犯糊涂，哪壶不开提哪壶，这话也敢说？

她却平静地摇摇头说，不找了……

轮到我吃惊地"嗯"了一声。

想通了？

她不解地瞪着我。

其实，爱情这东西说不清，是吧。 他喜欢上了别人，你再强求也没意思是吧。 就算你们结了婚，他不喜欢你，两人在一起都很难受，最后也可能离婚，是吧。 你还这么年轻，又这么可爱，还有很长的路要走，还要好好活人，是吧……

这怎么像做报告？ 本来是劝解的，怎么就成老师上课、领导讲话，只有大道理了。 好像也说不了别的什么。 人有时就这样，你满腹经纶不一定什么时候都能发挥出来。

她突然发问，我真的那么好？

我疑惑地点点头，并随口"噢"了一声。

那你愿意跟我好吗？

"咚……"简直是遭遇了海啸地震火山爆发，或是青天白日被人蒙了麻袋一通乱棍打劫，或是身边一声低闷却惊心动魄的炸雷，我被震得晕头转向，找不着北摸不着南，这是哪儿跟哪儿，这是？

什么是哭笑不得，这下我算明白了。

你说！

有的同事笑出了声，有的甚至笑得忍不住跑到一边去了。

这个初中都没毕业的小女子在城市没几天就变了样，在表达感情上竟如此大胆、如此直接，让我吃惊之余大脑有些缺氧。

我结舌，你听我说……

我以目光向老总求援，可他的脸上也是淡淡的笑意。他似乎很愿意让我把这个独家新闻经营下去。他的脑海中一定是明天的报纸，以如何的版位、配怎样的图片、做什么标题、加印多少份，甚至以此新闻找到一家气派的企业在同版面配发广告，如此等等。

千古不变英雄救美的故事，一点都不稀奇的美人以身相许的结果，一旦加上男主人公是一记者，是晚报的记者，就是咱报社自家的新闻，谁抢得去？

陈旧的故事，赋予新的内容和环境、和结果、和未来、和对象，一切都呈现出前所未有的新鲜和耐嚼来。

我再想说你听我解释这样的话，却没说出口。敏感的吴梅已读懂我的表情，她的泪很气愤地憋在眼窝里，脸色通红，扭身就想跑……

这下我是有经验的，大喊一声，拦住她。

同事虽有些反应迟钝，好在人多，她穿过了身边的几人还是被另外的记者拉住。这时，吴梅的激烈显出了她的拼命，又跳又挣，甚至把我们高大的体育记者的左手咬了一口。她大喊大叫，放了我，让我去死……

我冲到她面前脱口而出，没说呀，我啥也没说呀？

我当时的意思应该是，我没说什么呀，何况你问我的结果也还没明白表示呀，你这要死要活的。我到底是啥意思，我也说不清楚当时的意思。我绝对是想先稳住她，不能让她从我们报社出去又去跳楼。

人们其实面对突如其来的意外事件，往往起初都是束手无策的。

没想到，听了我的话，她突然安静下来，目光盯着我问：你说，你喜欢我吗？她放松以后，立马穷追猛打。

急中生智的我说，容我想想，容我想想……这事，别急，别急……

有同事小声起哄，反正你也离了，这个女孩不错，娶了她吧……

　　吴梅脸上竟飞过一片羞红。 老总很严厉地制止同事取乐，让大家别乱说。

　　那，那你啥时能想好？ 她好像突然失去了刚才的猛烈，变得有些吞吞吐吐。

　　我，我……比她还吞吞吐吐张口结舌。

　　她盯着我，几乎是等着发急，我当然不能再给她机会，便说，我对你还不了解，我们能不能先坐下来谈一谈……

　　不。 她很坚决地回应。

　　那，过两天，行吗？ 我几乎是可怜巴巴地乞求，虽是缓兵之计，可是要演得比真的还真。

　　她以镇定而大度的口气说，好吧，就两天，今天十四号，十六号这个时候我再来。

　　你，你……

　　我没说完，她就转身推开人群往外走，有的同事想阻拦，见我和老总都没发话，便闪开路让她出去。

　　大家都不笑了。 这事当真了，接下来怎么办？

　　是的，不能欺骗人家姑娘呀，也不可能与她恋爱呀。 什么原因，没原因，就是不可能。 赖好也受过高等教育，把一个陌生人往面前一推，这就是你的对象，谈去吧，去恋爱吧。 简直荒唐荒谬，不可思议，不可想象，不可理喻……这女孩子是要跳过一次楼的。 那次是为别人，若为我再跳一次，而且这一跳恐怕就不那么简单了，事搞大了，一命呜呼，我这辈子还怎么在圈里混？ 当然再婚连门都没有，谁敢嫁一个"逼"得女孩跳了楼的男人呀？再说了，这新闻成了绯闻，是要跟我下半辈子的。 何况自己内心还有致人非命之嫌，后悔愧疚劲儿自然也别提了……

怎么办，谁能替我办？ 坐在办公桌前，我傻了，真傻了。

两天里，报社在老总的主持下召开了一天接一天的专门会议，研究出来几套方案，连公安也被请来出谋划策。 一番番争议，一轮轮否定，最后时限到来，老总把大家的意见汇总起来，竟然是"解铃还须系铃人"——真废话，两天时间白费了。

在万分煎熬中，我这个系铃人迎来了解铃的日子。 两天后的阳光说到就到，像没什么事儿似的，仍然透过玻璃窗大大咧咧地躺在办公室的地毯上。

虽然翻来覆去一夜无眠，但一向对穿着很讲究的我，还是换上了干净凉爽的白色冰丝 T 恤，淡白色的休闲裤，在炎热的日子先让自己的衣着清凉如水。 同办公室的一男一女两位记者也早早坐在办公桌前装模作样办公，伏兵一般与我呼应，以备不测。

我们是做了"充分"的准备，连便衣警察都坐在可以一目了然办公全貌的走廊沙发上给予配合。 办公室喷洒了好闻的空气清新剂。 沙发的茶几上还特意摆放了女同事专门弄来的鲜花，和老总专门关照待客的西瓜（要是平时，早被瓜分得以"手指大压小"决定谁去倒瓜皮了），一切收拾得即使单位检查卫生也没有过的干净和整洁。据说，舒适而优雅的环境对稳定人的情绪是有帮助的。

吴梅准时到达，前后不差五分钟。

不过，她一来反把我们都镇住了——她的轻松与微笑超出了我们的想象。没有化妆，她这样的年龄，青春逼人，这就是美的资本。加上她本来长得很清纯又很漂亮，那一刻我险些把以前的想法推翻——如果不是有过一次婚姻经历的话。

让座，她这回没反对，顺从地坐在我对面的沙发上。

她穿着一件绿色鸡心领的背心，胸口绘着白色的卡通图案和英文字母，浅色的牛仔裤和白色的运动鞋，双肩后背一个棕色系带半圆形小包，加上一头染着淡淡黄色的秀发，一切都显示着年轻、鲜活和时尚。

劝她喝水。她就抿一小口面前纸杯里的水，她一言不发只等我开口——看来，这个执拗的女孩子只要答案，别的什么都不管不顾，似乎什么样的结果对她来说并不重要。

她那孩子般的明眸里，已经找寻不到一星半点曾有的灼热、炙烤，偶尔流过一丝稚气，是那样的澄澈和无瑕，犹如山涧的泉水镜泊林湖，透明见底，湿润而波澜不惊，同时又内含灵性生动。

她只注意我，好像屋内只有我俩，绝对旁若无人。若不是早知她从乡村走出来不是太久，如果我们在另一个场合相遇，这样的相对，我会把她认作一位修炼到家的谈判高手，甚至是天才吗？她在以自己的静心、定性压迫着对手亮出无处可藏的底牌。

我是想绕着弯来说的，便按照我们商量好的想法慢慢开始，缓缓向那个主题靠。

我问她的家里人来了没有。

她摇头。

我问她家里还有什么人。

她淡淡一笑，查户口呀？

我也笑了。

你这几天好点了吗？

这是什么问话呀，都不知道是怎样弹出了我的口。我的脸上是在笑，其实这么简单的话，我说得很难，没想到这么艰难，坐在空调下的我开始感到额头有汗珠渗出来。

老总及时进来，大概感到我有可能把事情说糟，连我都预感自己要把事情再一次弄糟……

老总老练地客套一番，便夸张地张罗小刘快去切西瓜，双手抱起面前的西瓜像救命道具一般。

很快，小刘就咋呼着西瓜来了，像酒店服务员一样把切好的西瓜整盘端过来摆放在茶几上。老总借机往吴梅手里递着西瓜，劝她先吃先吃，解解暑，凉快凉快，吃了慢慢说。

吴梅迟疑了一下望望我，又看看老总，很不在意地说，西瓜切得太大了……她把接在手里的那块西瓜又放回盘子。

老总先是一愣，接着不好意思地笑笑说，也是，也是，小刘拿水果刀来，我再切切……

后来，老总坐在吴梅斜对面，亲自操刀分切小刘切过的一块块西瓜，然后才把一瓣两指宽的西瓜递给她说，小吴，你吃，快吃。

吴梅接了，说声谢谢，慢慢地小口吃了起来。

小吴，今年多大啦？老总没话找话很长者似的问。吴梅就像西瓜一样甜甜地一笑说，二十一。

老总还算记得另一个主角，也递给我一块西瓜。虽然吴梅吃得很放松，我和老总却吃得如嚼棉花般无味无觉，心里却越发紧张。

吴梅吃了两块西瓜，在老总还自夸这次买的西瓜不错还挺甜的真是"红沙瓤赛冰糖"时，她已灵巧地把瓜皮慢慢地扔在废品篓里。我和老总劝她再吃一块时，吴梅已从自己放在沙发上的皮包里掏出一包纸巾，抽出两张，展开，对折，轻轻地擦拭嘴唇。

她摇摇头说，不吃了，不吃了，好了……

再后来，她把纸巾捏作一团，有些不屑地迅速扫了我一眼说，你们也别说啥了，你们的意思我明白，我懂。我又不傻。我傻吗？

我和老总不约而同地急忙点头，然后又连忙使劲摇头，生怕晚一点她就认为我们以为她傻。

你是不愿意跟我好的，对吧？

这句话虽然说的声音不大，也很平静，可我的心跳已猛然加速。还没来得及对阵，就让对方识破了。看穿了，阵脚不乱才怪呢。

此时她的镇定和放松、不动声色，让我们在座的人都失去了想象力。似乎她早料到这个结局，与前些日子的冲动、激烈相比，简直判若两人。

或许这两天她也想了许多。看来，是时间起了作用。时间可以改变一切，时间可以成就一切，我们失去的是时间，我们争取的也是时间。感谢时间啊！

当然，人类中的许多事情也是最经不起时间考验的……

她站起来的时候，只是说，你们出去，我想跟他说一句话就走，再也不来烦你们。她当然是对着屋里除了我以外的别人说的。

这太突然，老总本想说些什么，可犹豫了一下，最终还是将信将疑地向两位同事摆摆手，大家一起慢慢地走出办公室。

她没有关门的意思，外面的人可以直接地看见我们，我也不可能让那救命似的门关上。

她说，你能不能抱我一下？ 就一下……

她的脸色很平静，说出这样的话，竟没有一丝少女的绯红和羞赧。 她接着说，你救了我，却不愿意跟我好。 我知道，你不想跟我好，可是你救了我呀……

心里虽有点莫名的害怕，但没空多想，一个女孩子在自己不能被爱的时刻只是向你提出来抱她一下，这个愿望不算什么吧？她或许从此就离开这座让她伤心透顶的城市，找一个可以生存下去的地方漫长地活下去。 或许她还可以找到自己的爱情，也可以很幸福地度过以后的日子。 她甚至还愿意回忆起这段轻生的故事，发笑说自己当初很傻，如果真的死了，哪还能享受这后来的幸福呀……

见我没拒绝，她直直地走过来。

我注意到，她连自己的小包都没拿——那是我们重点防范的对象。 小皮包老老实实躺在沙发上，像一个小宠物，静静地注视着自己主人的一言一行。

我本来是想说点什么可说不出口，只得身不由己被动起身站到茶几的另一端。　她坚定地走到我的面前，与我不到一尺间距才停下来。　我的目光没看她，而是穿越她的头顶望到门外——老总用手势制止了同事们想进来的冲动。

我们相对而立了片刻，随着我心跳加速，她果断地付诸行动，张开双臂猛地抱住我，是穿过我的双臂下方，双手成虎口状搂在我的背后。　她的头慢慢地靠在我的胸口，她本来看上去高挑的身材处在我的怀里竟变得整个人都弱小了。

我能听到自己咚咚的乱了频率的心跳，也能感到血管涨得粗犷充满了血液的回旋和咆哮。

她摇了摇满头丝丝明晰的淡黄色的头发，仰起头望着我，那束"小马尾"又一次在我的眼前以我最喜欢的"经典动作"摇摇摆摆。　她的身体微微颤动，愈发搂我搂得用力，脸上是悄无声息的两行清泪……

我几乎窒息，想喊，没喊出声。

她喃喃地说，你救了我，可谁让你救的？　他伤害了我，自从他离开我，我就发毒誓，要么我死，要么一定要找一个比他强一百倍的男朋友。　你让我刚想活下去，又伤害了我……

说这些话，她嘴里的热气我都能感受到，因为我们的嘴离得很近，以至于我突然有股子想去亲吻她那红润而潮湿的嘴唇的冲动。　就在这时，我感到腹部有一道从未体验过的痛，接着一股热乎乎的液体裹着全身战栗的剧痛，迅速分流，蹿进我单薄而松散的裤腿，裤筒瞬间就粘在腿上。仍不罢休的血红，继而内外同时灌入我雪白的袜子，再渗透至皮凉鞋里……

她十分安详地仰视着我，宝石般的黑眼珠回映着一个男人的影子；雪亮的眼白，连一丝杂质都没有，衬托得眼珠更加深邃。这是一对如何生动如婴儿般的明眸呀……

吴梅把手中的水果刀顺时针在我腹中转一个圈的时候，我终于喊出了声——很惨烈的号叫，我自己都能听到。大家纷纷冲进来，我的血已从皮凉鞋的一个个透气孔涌挤出来，像蛇似的蜿蜒在地板上……

两位公安同时喊道，没见她动包啊……

老总后悔不迭，是水果刀，切西瓜的水果刀……

我是在疼痛不已的呻吟声中倒下的。模糊的视线中，是俩公安一左一右架着吴梅，她很平静，目光随意地跟着大家的忙乱，好像这一切跟她没有什么关系。

那时候，最让我放心不下的还是我那不满四周岁的儿子。次日就是周末，是我每周唯一能与儿子一起生活的快乐时光。我怎么能指望我的前妻与另一个男人在一起时，能像我对我的儿子那样好……

救护车什么时候来的已不重要。我知道，第二天的报纸又将出现一篇有关我的新闻，满街的报童或是下岗再就业的报嫂高举报纸，大喊看报、买报，特大新闻，看我市晚报发生血案……

　　但，我永远看不到了。

原载《莽原》2006 年第 1 期

打劫

　　那一年，他十七岁，是个有三年工龄的"老"建筑民工。

　　春节前老板赖着不给工钱，找人来放大篷电影，许多民工一时间被瓦解了。他在大篷里看的电影中就有《天下无贼》，想起来总想发笑。天黑时，身板瘦小的他想到打劫，跟俩同乡说了，两人先是吓了一跳，很快一人拍着他的肩膀说，娘哩，中！俩同乡，一个与他同岁，另一个十八。

　　做梦也不会想到，两天后在警察面前，两个同伴会像上学时那样，遇事首先向老师告他的状，并异口同声指着他对警察说，是他让我们干的。

　　确实是他让他们干的。他们说了打劫的第二天，在大家还扎堆围在老板门前讨薪时，他从工地上找到三根拇指粗的钢筋棍。三人见面一句话都没说，一人点燃一支烟，走出工地。

出租车！ 三人一对视，便决定抢出租车。 事后在拘留所，面对警察一再让他们交代当初是如何计划的，为什么要抢出租车，三人总是在警方要求"老实交代"的恐吓下，没有一次能交代统一。 那一天，他们真的没商量，也没计划，就胆战心惊地干了。

出租车停下时，三人突然有些怵，相互推搡对方先上车。 最后他说，算了，不坐了。 司机别着脖子骂了一句，神经病。 一脚油门，车飞速离去。 三个人就那么对视呆愣起来，每人眼里都有俩人影，大口地吸烟……

又一辆出租车过来，鸣笛，车速减缓，司机勾着头望他们。还是他，把手伸向空中，车就停在他们身边。 他的手握着车门把手时，司机已热情地从里面把门打开，他坐进了车。 同伴接着坐进后排。

去哪儿？ 司机把计价表压下时，侧脸望着他问，几位先生去哪儿？

去哪儿？ 他接了一句，是的，总要说去哪儿吧。 郊区……

什么？ 郊区？ 具体哪儿？ 司机警惕地问。

那，就去马庄吧！ 十八岁的同伴接话。

对不住几位，那儿，我不去，太远。 我本来想回家呢，看着几位以为是同路就捎着走。 要是去那儿，你们得换车。 这一段算我白捎了，不收费。

车停在路边。

下车后，有些沮丧。 吸烟，一人一支。 出租车一辆又一辆从他们身边经过。 天，下起了碎雪。 三人都感到冷了许多，腿有些抖。

又是鸣笛，一辆出租车向他们示意。 十八岁的工友横向摆摆手，车靠边减速并未停下，又加速汇入车流。

三人同时心想，女司机吧！

一辆黄色面的打着"空车"字样经过，他急招手，司机没看见。 十七岁的同伴急喊："面的，面的。"出租车靠边减速，闪着右转灯停在二十多米前的路边。 三人小跑到车边，司机急催："快上车，快点，这儿不让停车。 警察抓住要罚哩！"

一个胖胖的女司机，短发，像男人，说话也粗声瓮气。 他们最后确定是女的，是从她的胸脯上判断的。 这是事后说起的，一说三人都笑得不停。

不等问，他就说：去小刘庄。 那是个都市村庄，出市两三里。 司机笑笑说：这么晚了，要是别的司机肯定不去，我家就是那儿的，路熟，走吧，送送你们。

三人心里有点打鼓，都没言语。

我刚接的车，老公回家吃饭，接了他的车开一会儿，就遇上你们。 还可以回趟家……司机啰唆时，见他们不说话，也就不说什么了。

　　不知怎么办，他回头看十八岁的他，见同伴把铁棍从后腰拿了出来，他急忙扭头看前方。 事情发生在二十分钟后，司机的传呼机响了，她一边单手驾车，另一手去翻看传呼信息，嘴里嘟嘟囔囔地念的谁也听不明白。

　　车这时拐上小刘庄的路。 突然一个小坡，没开上去，熄了火。 赶紧刹车，把传呼机扔到一边，打火，踩离合，挂挡，踩油门，车头一个猛撅，还是没上去，车身斜在小坡中间突突地叫着。

　　十八岁同伙的铁棍准确地砸在女司机的后脑勺上。 坐在副驾驶位上的他，双手急卡司机的脖子，十七岁的同伴抽上去一棍，司机整个想挺起来的身体一下子就软了……

　　女司机身上仅有一百多块，十七岁的同伴虽然不熟练，还是把车开上高速公路，先回家，再卖车过年。

　　高速上，他再一次把手放到女司机的鼻孔感到没了呼吸，才把她推到路边的沟里。

　　下高速已后半夜，交了过路费，只剩二十多块钱。 约了明天商量卖车的事，各自回家。

　　早上七八点，十七岁的同伙就开车接他，车开得跌跌撞撞从镇派出所门前经过，里面的警察正点名——春节前"严打"。 有警察跑出来吼，咋开的车？ 望着车歪歪扭扭的背影，骂了一句：找死哩！ 点完名，那警察发现车停在一家饭店门前，不是本地车牌，走过来隔窗一看，车里好像有血迹，就找车主。 十七岁的同伙出来一见警察便说：不是我，是他让我们抢的车……十八岁的同伙几分钟后在自家床上的梦中被上了铐子。

三人被拘，警察一讲宽大政策，几个人争着抢着竹筒倒豆子招供经过。

电视台记者来了。 传唤他时，记者吃了一惊，这么个小个子、瘦身板也能杀人？

他这时对警察发起火来：不是给你们说好了吗，不能让俺家人知道。 电视一播，家人知道了咋办？

那时候，十八岁的同伴已知道，他将被判极刑。

原载《天池》2008 年第 4 期

白纸黑字

　　决定去一趟那座小城，虽然平日指尖一次次抚摸地图上那个圆点，实际上她对那里一无所知。 是一张神秘的纸条，把她像个小点似的与那个圆点连成一线。 纸条的神秘不仅是它的出现方式，更主要的是犹如救命般的及时。

　　爹、娘、她与小弟，四个人没有谁心存丝毫怀疑，一张写了黑字的普通白纸，像几世相承的珍宝，在他们手中欣喜而小心翼翼地传递。 最后，爹以她从未见过的严肃神情说，咱不能就这样随便地麻缠人家，不到万不得已，不能走那一步。

　　纸条出现的那天，爹做农活时摔断一条腿，他打上石膏就离开了卫生所。 就这，还是拖欠了一屁股花费。 学校又一次催她和小弟交学费，开学都一个多月了。 一家人正为钱犯愁。 晚间，试穿那件别人捐赠、由学校分配给她的棉衣，手伸进衣服口袋，触到一张折叠的纸条。 很普通的白纸，展开是几行字：收到纸条的同学，如果上学有难处，跟我联系，我会帮你完成学业。 落款"姚国庆"。

全家人顿时一扫近乎绝望的悲情而乐观起来，纸条传达的信息，足以成为抵挡困难的最后屏障，再难，家还没到砸锅卖铁的时候。 重新振作的爹表示：只要他还有一口气，决不让一个娃子断学。

上镇中学时，本已负债累累，不幸却再次降临她那百孔千疮的家，小弟在上学途中因雨天滑落山崖。 娘一病瘫在床头……她决定退学，与爹共同支撑起这个再也经不住风雨的家。 双手抱头、隐忍丧子之痛的爹，气愤地把粗厚的巴掌平生第一次掴在她的脸上，小弟搭上一条命，如果她不能读出书来，对得起谁？ 剩下的三口之家伤心欲绝。 爹用他那一条腿，苦苦维护家的尊严，堵塞了她又一次动用纸条的念头。

六年后，她如愿地考上大学，父亲却含笑离世。

纸条夹在小学四年级的课本里，已有些泛黄，捏在手上，汗水在手心一层层地外浸。 母亲长叹一声，唉——八年了，也不知写字的人还承认不？ 这个地址还管用不？

她怔在那里，是啊！

没办法，只能把命运交给这张纸条……八年的精神支撑，随着一个普通信封寄走了……心里空落落的，她每天都在寨口的老树下，俯瞰那条石块铺就的盘旋而上的山路，渴望能看到邮递员和驮了邮包的马儿。

一天，两天，十天，二十天，一个月，两个月……没有回音。在煎熬中撕去了开学那天的日历，泪水一脸一脸地打湿夜的枕头，一张穿越时空的神秘纸条，并没有给她带来神奇。母女再次相拥而泣，而后任由媒人择日与男方见面。这，就是她未来的生活。

几天后雾气没散的早晨，门前响起清脆的马铃铛，邮递员大喊她的名字。在灶头烧水的她，手握尚在燃烧的半截儿柴火，夺门而出。

有信件，还有汇款。信上说，几经周转，收到她的信晚了，让她快去学校报到，以后会准时寄钱给她。天爷啊，天爷啊，她高声重复着："我可以上学了。"一头匍匐在地……然后向远方连连跪拜，口中喊道：恩人哪，恩人哪……

四年大学，一刻不敢倦怠。从接到第一次汇款，她心里默默许诺，工作后拿到第一个月工资，一定要去探望恩人。这个诺言，如今就要兑现了！

找到邮政所 3019 号信箱，没有具体地址，向汇款窗口的工作人员打听，对方大吃一惊，反问她是不是那个被资助的大学生。这下，轮到她惊讶了，是她在这儿有名，还是姚国庆有名？

邮政所几乎停止办公，大家七嘴八舌围过来……

一切都明白了，是一个大娘给她寄的钱。起初，邮局还奇怪，她一个捡破烂的怎么每月都要寄出两份钱。一份给在外上学的儿子，另一份是以姚国庆的名义寄的。原来，姚国庆是她丈夫，几年前因病去世，可她收到一个陌生女孩来信，纸条上丈夫熟悉的字迹让她泪水涟涟。虽然单位破产，她下了岗，但不能让丈夫昔日白纸黑字的承诺化作一纸谎言……

在一个依墙斜拉的低矮的破旧帐篷前，电视台记者见到长跪不起的女孩子。围观的人争相介绍，哭了一个多小时啦，都成泪人啦，人能有多少眼泪啊？可她还在不停地抹泪儿。

扛着摄像机，围着旁若无人自管哭泣的女孩，记者一圈圈地拍，又拍了现场围观的不少镜头，只是那个供俩孩子上大学，甚至把住房都卖了的女人还没出现。据说，有的热心市民已四散去寻找。

现场观众焦急地把目光投向街道，那女人咋还不回来？记者的镜头更是急切地扫来扫去。所有的人都在期待那个女人到来，大家心疼哭了那么久、跪了那么久的瘦弱女孩，也在构想另一个女人的模样，或她出现的场景……

原载《文化月刊》2009 年第 12 期

出卖

日子在水滴穿石中一天天平常地磨损，消失在瞬间的觉悟里。　即使你过问又能奈何，还不是水流花落去。　只是平常与不平常，取决于你自己某一天是否与前一天的类似或重复。

那个对于别人极平常的机械重复的日子，本来对于余克平来说开端也像往常度过的无数个那样的日子。　然而重复到不足三分之一，他的生活便开始了让他一生都无法忘记的不平常。

虽然早晨一切如昨，可是当天夜晚他却把妻子和她腹中突然中断生命的孩子永远地出卖了，同时出卖的还有他再也找不到落点的心！　以后重复的水滴穿石的日常生活里，他一直在想象，她和那个孩子被他出卖后会置身何处？　梦魇一次次惊醒他，在浑身汗水中或是静谧长夜里。

没有任何征兆……

　　7 点，生活十分规律的外科大夫余克平，像往常那样有条不紊地起床，洗漱，煎蛋热牛奶，用早餐，换上笔挺的灰色西装，系好领带并左右校正一下，然后提了皮包准备上班。临出门，又折回身提醒妻子多睡会儿，下午他陪她外出走走，不许她独自出门！

　　若云撒娇地扮个鬼脸道：遵命！皇上吉祥，路上无人护驾，自个儿小心点。

　　小心什么？难道孤还能在路上做什么坏事……余克平没说完，早被从床上扑来的若云一个"啵"的吻打住，惊得他连连埋怨，干吗干吗你，小心咱的宝宝！若云一努嘴，就知道你的太子！他爹不在的时候，俺会狠狠地揍他的。丈夫扶她回床时，她故意用手轻轻地拍打着怀了七个多月身孕已隆起的腹部……

　　在医院走廊上遇到护士纪梅，余克平明白这小姑娘是故意的。她肯定来得比较早，然后生着法子在走廊上磨蹭，目的是在第一时间让他看到她。起初他没多想，觉得小护士不过为了在他面前表现表现，新来的嘛！后来觉察那种表现不仅仅为了工作，他毕竟是结了婚的人，小女孩的那点把戏还能识别出来。从感觉到这一点，便有意无意躲着纪梅了。这种事的解决，一是慢慢地疏远，且不给她哪怕一星点的希望；二是等她明确表了态才能坐下来两人好好谈谈。

余老师，早！纪梅湿漉漉的眼睛水灵灵地盯着他问候，不像别人称他大夫，她一直用"老师"这个称呼。

早！他回答时漫不经心地发现她又换了一双鞋，金色的，滚了白边。鞋面上装饰有蝴蝶结，鞋跟儿尖细尖细，一触及铺了瓷砖的地板，嘎噔噔地脆响。护士上班只能穿平底鞋，只换了白大褂，纪梅好像还没来得及换下高跟鞋。余克平心里有底，知道那是为什么！

一切都是常规性的。外科门诊室前病人早排起队。余克平没有太多的话，别人跟他打招呼，统统一个"早"字便回了。进了诊室，不急不慢在里间换好干净的白色大褂，坐到办公桌前，第一位患者已在桌前坐定等待。一天的工作就这样多年如一日地重复着又开始……

余克平在这家医院工作了十多年，因为患者多，每天出诊时连水都不敢多喝，尽量减少去厕所。从上午 8 点忙碌到下午 1 点，下午休息，晚间再值前半夜的三个小时的班；隔周倒过来，上午休息，工作时间是从下午 1 点到晚上 6 点，而后再值后半夜三个小时的班；另外两周在住院部值夜班。不过，这样的时间也并不是一成不变，一旦遇到手术，他的出诊时间可能被无限延长。跟许多行业类似，余克平的年龄处于单位的中坚，不得不超负荷工作。 医生都明白这种透支意味着什么，他们总是劝诫病人要早睡早起生活规律之类，自己却没法规律。 实在没办法，多少年来他也没想过别的办法。

给患者诊治期间，纪梅又在他眼前晃过几晃，有一搭没一搭没事找事地问他，余老师，有啥事我跑腿啊。 余克平略微向她淡淡笑过回答，谢了，没事。 她以前跟他的班，现在协理隔壁刘大夫。 跟余克平的护士望望他俩这一个，再瞅瞅另一个，心说啥意思嘛！ 俺多余，还是你太无聊了。 当然很愤愤不平，当然是冲着纪梅。 明眼人看得出来，不明眼人也看得出来，纪梅才不理她那醋醋的小样儿，该来还是来，虽然换了平底鞋，脚上没了节奏，但翘翘的屁股却左右上下扭得上了劲。

余克平忙起来没有停下来的空隙，病人一个接一个，病历本一本压着一本，只露出病人的姓名算排了队。 一个患者答着话刚抬起屁股，另一个怕被别人占了先似的早坐在桌边的方凳上，嘴都半张了急急地想说自己哪儿跟哪儿不舒服。

9 点半左右，纪梅再次过来，是一步三跳叫喊着风风火火冲进来的：余，余，余……老师……

她的喊声吸引了一屋人的目光。

那是一张年轻漂亮的脸，眉毛特意修过，弯弯的，月牙般清秀；直挺的鼻梁，白皙而小巧；湿润的唇薄薄地呈现分明的线条，至嘴角上下唇线交会后再向两侧微微挑去，与两个小酒窝呼应似的，把少女那抹儿羞涩丰富地展现在别人眼里。 应该说，除了一丝丝稚气，这实在是张令人禁不住赞叹连连的美人脸，如春天绽放的桃花，该红的地方红，该粉的地方粉，尤其那含了露水似的眼睛望了别人，多少纯情和羞赧含在里面，让你有种与她交流并呵护有加的冲动和忘我。 当然，这张脸也是多变的，有时梨花带雨，有时阳光灿烂。 就算几滴珍珠儿似的泪挂在脸上，含着幽幽的忧郁，透出一种压也压不住的伤感，同样是美的。 那种无辜无助、有事藏在心底的样子，是少女时代如云似烟的走神儿，常常无形地就打动了别人。 纪梅是医院的一道风景，在医院四处白色的地方，她的容颜和一双双变换的鞋子，透出那份生动和盎然，令许多女性妒忌。

但是，现在出现在余克平眼前的纪梅，却是焦灼到说不完整一句话的僵硬。 她甚至伸手去拉正为患者听诊的余克平的胳膊，胸口剧烈地起伏，嘴里喘着气，像有什么东西咽不下去似的。 余克平一下甩去她的手，很不满意地狠瞪她一眼，举起放在患者胸口的听诊器说，把衣服往上掀一点，再掀一点，然后吸气，深呼吸！

纪梅一愣，还是不管不顾地去拽他去扯他的胳膊，口里还是：快，快，余，余大夫，快呀……

余克平简直不能忍受，并不是因为纪梅急不择言叫了声余大夫，他严厉地呵斥，喊什么喊？ 没见我正忙？ 这是医院，不是你家，大呼小叫什么？ 瞧你成什么样子？

余克平的怒不可遏惊吓住了纪梅。 她只能眼看余克平继续让患者吸气呼气。 她知道这是制度是医院的规定，大夫给病人看病时不能打断，尤其余克平。 她眼睁睁急得一头的汗，真恨自己说不出来一句完整话，泪含在眶，任凭余克平不紧不慢耐心向患者解释着什么。 直到开具了诊断书和药物，并对患者一一说明种种药品的用法后，他才把目光转向纪梅，却发现纪梅身后站着两名公安干警。 纪梅拉起他，还是那个字，快，快……

一位警察此时走近他说：快点，跟我们走！

什么？ 余克平有些迷惑，跟你们走，凭什么？ 为什么？ 有什么事？ 没有解释，没弄明白怎么回事，另一警察与同伴一边一个架起他便往外走。 瞬间大脑因缺氧而一片空白。 到了诊室门口，他才想起来大声质疑：你们一定弄错了，肯定弄错了！ 为什么抓我？ 放开我，放开我！ 快点，听到没？ 你们弄错了，抓错人了，知道吗？ 你们要为自己的行为负责。 知道你们在做什么？ 啊？

他一反常态地狂呼乱喊时，并没有看警察，而是把目光草草地投向警察身边的纪梅脸上。 一向沉稳的余克平也有急了的时候，纪梅傻呆呆地望着他们，不知所措。突然她喊道：余克平别急，先跟他们去！

事后很久，纪梅都想不通自己当初说不出话时，怎么可能喊了那句怪怪的完整的话来！

警察拽了余克平朝外走，同时表示不是抓是有急事要他去，没时间解释。

不是抓，这样扭着我？他奋力挣扎，两只胳膊想挣脱警察有力的手，脚尖撑着地面以减缓被拖走的速度。

他的喊声让警察一怔，稍微放松了一下抓着他胳膊的手说：好吧！不扭你，但你要配合我们工作，快走……

余克平反而来了劲，企图完全挣脱警察，拼命反抗：你们的手续呢？证件呢？你们是真警察还是假冒的？

走廊上射过来无数只眼睛。许多病人似乎一下子忘却了疾病的痛苦，纷纷起身伸着脖子想弄明白发生了什么。

乱了方寸的纪梅，一会儿回身想应该找谁，院长或是主任？一会儿又觉得还是先劝余克平跟警察走。她在走廊上跑来跑去，最后是穿着一只鞋追到门诊大楼外的，警车早鸣着警笛冲出医院大门了……

有的医生在问病人是咋回事，当病人说自己这儿跟这儿疼或不舒服时，他们说，我问的是刚才余大夫为啥被抓……

　　向来过惯了平静而有条不紊，甚至慢腾腾的从容淡定生活的余克平做梦也不会想到，自己一生的不平静，从此像三国大戏一样"哗"地拉开帷幕。

　　将近9点，拖着有孕的身子上街买菜的若云回到小区。她的腹部鼓得像反扣了一个小锅，走路吃力而缓慢，在楼下，歇了好几歇。走路对于如今的她来说，已是件并不容易的事，有点累，还有些乏力。不过，她心疼丈夫，天天工作很忙，又要忙家务。虽然他一再不让孕后的她涉足家务，但她还是做一些力所能及的事，比如把菜洗好等他回来切，擦擦桌子，拖拖地板。买菜原来是由丈夫下班再去，有时她觉得自己能去就省了丈夫在外的时间和辛苦。

　　那天上午她很想吃西红柿，特别想吃，可家里没了。以前也有过类似现象，丈夫曾一再安慰她，想吃什么就吃什么，孕妇都这样；再说了委屈自己，也不能委屈小宝宝。余克平边说话，边亲切地拍拍她的肚皮。那亲昵的样子，让她心底一层层泛起甜蜜。当然，也不仅仅为了西红柿，主要还是想出去走走。瞧瞧街上的人，也让别人看看她。走在街上的感觉与闷在家里很不同。

　　她是那个小城的美人，一头乌黑的飘逸长发柔顺地垂落在背后，明眸皓齿，杨柳身姿，皮肤白皙嫩滑，一拧一汪水似的。 即使怀孕，也没有掩蔽这种美，反而因母性的光辉，显出一种耐人寻味的美丽。 有些男人甚至说，像她这样的女人，不应该那么可惜地只嫁给一个男人，还有像电影演员关之琳、许晴，应该把她们都做成标本，永远地留存在世界上供人们观瞻——瞧瞧我们人类多么的漂亮！

每逢听到这些话，余克平只是宽容地一笑，好像自己贪了天大的便宜，别人说说，他心里则浸满了幸福和得意。 妻子怀孕后，他决定不让她独自外出，虽然从专业角度他明白，怀了孕的女人应该多走动，但他怕出意外。 他怎么也想不到，妻子的意外竟发生在自己家里。

经过三次短暂的停歇，终于上到三楼。 若云先放下菜，然后捧着从脖颈上取下的一串钥匙，几乎把成串的钥匙转了一圈才找出其中一把，打开防盗门。 她尽量把门推得敞开，以便自己宽了的身子能轻松地进入。 双手后叉腰侧弯身一手去提菜篮子，仅仅是刚直起身子面对铁门，一只脚轻抬将要落在门内的一刹那，她觉着自己背后受了一推，笨重的身子被什么卡住，脖子上已袭来一股寒气……若云没能喊出声！ 那一刻，她脑海里翻江倒海不知所措，先是尽量侧了脖子不让刀刃伤及自己，同时，本能地双手护着腹部，甚至还想以最短的时间克服惊慌，怕惊吓了腹内的宝宝，动了胎气。 防盗门"咚"的一声闭死了。

她有些急喘，明白自己被人绑架了。 可为什么要绑她？ 虽然惊慌，她还是觉得最关键的是要弄清这事发生的原因。

电话在哪儿？ 她听到一个很清楚，但不是想象中的凶神恶煞的中年男人的声音。

快点啦，电话在哪儿？ 带我去！ 见她愣怔，对方再次催问。

在刀的逼迫下，她与他似连在一起移步到客厅一角的电话机前。

打电话报警！ 男声冷静得像对自家人说话。

她疑惑地想回望一眼，却被对方手中的刀威胁着没法扭头。弄不清对方说的真假，她只好低声嘀咕：我……不报警……

对方用刀制止了她，急促地警告：少啰唆，照我说的做！

有些发晕，男人再次催促，若云才迟疑地伸手拿起电话，试探性地拨号，并问了一句，是打 110 吗？ ……是吗？

几分钟后，一片警笛声中，若云住的那栋楼被警察包围。 她长出一口气，只要警察来到，自己就有救了，宝宝也会安全的。

对峙在极短的时间内进行。若云被对方用刀逼到门前，打开防盗门的里层，隔了外层门上部的栏杆，男人对警察说，都不要乱动，我要见我老婆和女儿，她们在麻绳街 12 号院 3 栋 4 楼东户，请你们快去给我找来。否则这个孕妇就会没命——这可是两条人命！

一切都有些出人意料……警方很吃惊。

这样吧，你能不能先把刀放下，我立刻派人去找！一位警察安排手下记住地址立即出发，再回头对他说，你能不能……

警察的话没说完，铁门关闭了。开门后的紧张随之消失，若云觉得屋内安静得像她独自一人。平时喜欢这种静，可以自由自在地晃悠在厅室之间，看几页书或翻阅些杂志，永远想不到电视里惊险的画面有一天会出现在她家。说不出来是紧张还是担忧，被歹徒绑架她的目的搞蒙了。那会儿望着门外一支支黑洞洞的枪口，虽然劫匪说话貌似冷静，实际上他的手和身子明显发颤，她立刻意识到某种意外。现在门终于关闭了，已经失去先前那种对警察的强烈盼望，腾空的心忽然落了地，她觉得还是关了门不与警察对峙，自己才真正安全。

令警方失望的是，绑匪妻子两年前因他一再赌博离开他，先住回娘家，以后又去了南方打工，目前跟家人失去了联系。

　　静静地等待，若云明白了对方为何绑她，突然因为他对亲情的渴望，心里甚至流过一丝感动，看来对方不会真的伤害她。 你想想，一个这样的男人，仅仅为了见一面妻子女儿，做出极端的犯法的事，他肯定被逼得实在没招。 这样的人，怎么会真的去杀人？ 若云这样一想，便不再像先前心脏急促跳个不停，全身放松了许多。

　　防盗门再次打开，歹徒并没有如愿见到自己想见的人，门外还是一层层荷枪实弹的警察。

　　你能不能先把刀放下，有话慢慢说，你的妻子和女儿现在不在家，我们正全力寻找。 你要给我们一些时间，要相信我们！

　　门里的人没有什么反应。

　　你瞧，她是个孕妇，一旦有什么麻烦，你的罪就大了。 听我说，先把她放了，有话慢慢说……

　　觉得警方有意拖延时间在寻找时机对付他，突然绑匪右手猛地收紧，锋利的刀刃划过若云白天鹅似的脖颈，一股钻心之痛让她"啊呜"一声尖叫。

　　全退后！ 全退后！ 听到没？ 他疯狂得近乎咆哮，给我全退出大楼！ 不然，我现在就杀了她！

你冷静点，冷静……好，好，别乱来，我们撤，我们撤！ 警察一边退后一边不忘威严地发出警告，你要保证人质安全，否则我们会现场击毙你的。 明白吗？

若云的脖子流血不多，看来绑匪只是象征性地威胁警察。 找到药棉，面对镜子擦拭伤口，若云终于看到身后这个男人，高出她一头半，面无表情，两眼死盯着镜子里她的双手。

轻点行吗？ 弄疼我了。 她试探性说。

没有回音。

你一个大男人家，我还怀着孕，又跑不了。 你松一点，我快喘不过气了。 大哥！

还是没有回音，稍许，她觉得勒自己脖颈的胳膊明显地松了一圈。

若云心底一震，微笑道：大哥，看你也不像坏人……

当然不是坏人！ 他果断地截了她的话头。

可一绑架我，你就犯了法……

不这样，我见不到她们！ 他几乎喊了起来。

室内的空气简直要凝固了。

若云故意停顿下来，放慢节奏问，谁？

当然是我老婆和女儿……找到她娘家，她爸说她们不在，还说不知道在哪儿。 你说说，你说说，天下哪有不知道自己的女儿和外孙女在哪儿的？ 明摆着不让我见人嘛!

你绑架了我就能见到她娘俩？ 小心翼翼地发问。

哼！ 他大概从心底笑她白痴。 我盯你好几天了，绑孕妇，警察肯定重视，他们总要注意社会影响吧，我当然容易成功。 他为自己的小聪明禁不住有些得意。

大哥，这样吧，你放了我，我想办法帮你找到她们。 我最喜欢帮助别人的!

对方没回答。

她再次试探，行吗？ 大哥，你看……

闭嘴！ 他发狠地喊道，你不知道我这些天多么想她们，都快疯了，睡不着觉，吃不下饭，今天非见着她们。 不然，我就杀了你……

杀了我，你就能见到她们？ 大哥，你这样做很可能搭上一条性命。

他冷冷地一笑，死也要见她们一面!

若云的眼窝竟然有些潮湿，心窝也软软地湿润了。 她不知道自己为什么会产生那种感觉，但她确定自己是对一个绑匪做的事动了心。

　　她与他你一句，我一句，平静得有点像叙述家常，劫匪甚至讲起自家以往的过去。正如每个家庭，虽然有矛盾，但留在人们印象里更多的还是些美好的回忆。他说起自己的女儿，扎着两只羊角辫，圆圆的脸，说话总喜欢小脑袋一晃一晃的，脸蛋上两片红像熟了的苹果。有时女儿嘴含小指头想着什么，一本正经的样子，像个小大人……

　　窗户"哗啦"一阵爆响，连玻璃带木框整个倾倒进屋内，炫目的阳光投射出一个黑色的人影，裹着旋风一起轰隆隆飞进窗口。

　　劫匪说话的嘴还半张着，眼里的惊慌甚至都没来得及表现出来，意外让他收缩身体把若云搂得更靠近自己。几乎同时，"啪"的一声枪响，射穿了室内突然凝固了的空气。劫匪手中的利刃也深深地陷入若云雪白的脖颈，鲜血如泉喷射而出在白墙上划了一道弧线，而后向下曲曲折折流淌。端枪的黑影呆了一秒，听到短刀落地的锐利脆响，也听到一个男人的喊声："哎，哎，我可不……想杀你……"

　　"啪，啪……"枪声接连响起……

　　令狙击手没想到的是，在他撞进来的瞬间，屋内目标离开了警方测定的方位移动了半米。加上室内光线不足，第一枪打偏了——子弹从歹徒肩头穿过，反而惊动歹徒全身收缩，致使刀刃突然发力深深地切入人质的动脉……

事后受到处分的狙击手说，自己本以为劫匪只是想见见妻女，罪不当死，却忽略了劫匪遇到意外而伤害人质的本能反应。更令他痛心的是，因为感情用事，忘记了对于狙击手来说，其实每次只有一颗子弹的机会……这实在是血的教训！

余克平弄不清楚自己怎么度过的那一天。

当卫生厅的领导和院长与一家医学研究机构的专家站在他面前时，他麻木地坐着，一动不动，整个人像丢了魂，大脑根本无法思维。接下来的谈话，让他一下子从混沌中清醒过来，继而怒火顺着血管里的液体红红地点燃，汇成一股烈焰直冲头顶，根根发丝硬硬地带了刺一般奓起来。

虽然院长的神情尽量平和，表达尽力地慢声细语，但对于余克平来说，还是晴天霹雳。这家医学研究机构竟想买下妻子的尸体……

余克平觉得自己的拳头连带动了全身，甚至几十年成长聚集的力量和一个男人的血性，狠狠地砸向对方，而且左右挥舞，面前所有的人风扫落叶似的倒得稀里哗啦，伴有玻璃器皿之类的落地或飞起来撞墙的爆碎的刺耳锐利声。他两眼一黑，被别人围成圈了搀扶着才没栽倒。 等清醒过来，他才明白自己的拳头显然没有打出去，全身软得似没了筋骨，只剩皮囊。 多年来几乎都不会骂人的余克平，实在想找一句最恶毒的话，出口时却化作一声大喊，你们，你们……便再次瘫倒。 余克平真想手捏一把手术刀，给这些人一人一刀，凭他的技术，肯定可以一刀致命，刀刀见红。

院长随即建议先不要说这事，稍缓一下。

厅领导叹了口气对他悄声说，不行啊，如果能晚一些时间，我们何必这么着急？ 另一位专家也说，院长，我想还是给他说清，需要多少钱都行。 再说，作为大夫，他比别人更清楚他妻子腹内保存完好的胎儿的医学价值。 在科学上，我们是否应该有些献身或牺牲精神……

院长用手制止了他，一脸痛苦不堪的表情。 他也清楚，可他为余克平，也为那两个突然中断的生命而难过。 前些天，他还遇到这个美丽的女人，还给她开玩笑，还……院长觉得自己的双腿似灌了铅，离余克平仅两步之距，却走得沉重而艰难。

一切都过去了！ 虽然那个夜对余克平来说，走了半年才迎来黎明。

妻子的尸体最终被出卖了！ 多少年来，想起"出卖"这两个

字，他心里就像刺进万把利器，以致后来如果心窝不痛，反而会
觉得自己生活得有些不真实。

专家们说要用当今最先进的高科技来保护"她"，让"她"成
为医学上的骄傲，成为人类的骄傲，从此永远地留存于人间……
但余克平只看见对方的嘴在飞快扑扇着，像什么翅膀之类，闭了
张张了闭，什么声音也听不到。他甚至觉得面对的一群人全是心
存险恶地算计着他，明知这一切却无力抗争，像一个无能的人冲
着别人明摆了的套儿就跳了进去。

到底听了些什么，或是想了些什么，余克平都没了记忆。他
稀里糊涂签下自己的名字。半年后清醒的日子，他骂自己恨自己
甚至把胳膊咬出一排排牙印，回想妻子揣测那个没有任何凶象征
兆的日子。他企图不停地说服自己，因为是医生，是医学院毕业
的，他比谁都清楚，他的妻子，突然中断妊娠，健康地保存完整
的腹内婴儿的价值。是啊，他不能这么自私，不能就这样让她们
消失。至少她们未来还存在于这个世界的某一隅，而且永远地存
在于这个世界，不用化作云烟，比他还长久……或许当时对方类
似意思的最后一句话，或许是他自己的这种退局似的想象，突然
如黑暗中的一闪儿光亮，从某个狭窄的缝隙有力地透射进他的心
底，成为他可能找到的唯一的一丝自我安慰。他还想到，如果当
初不学医，不做大夫，不关心医学研究，该多好，至少妻子不会

最后走向另一种结果。 但这样的结果，就真的是他所需要的吗？

可爱的若云，你能原谅我吗？ 余克平不知道多少次这样自问。 岁月在自问与恨与悔中分分秒秒化作细流，悄然水般流逝而去。

纪梅的美丽，是有些艳的。 当若云离去后，余克平一下子觉悟了纪梅的这种艳。 虽然小护士纪梅极尽自己的关心和仅有的年轻女性的经验，希望能博得余克平的好感，以填补若云突然离去造成的空白，院方也有意撮合。 令人遗憾的是，纪梅始终未能走进余克平的心里。

纪梅后来已不能顾及女孩的矜持和羞涩，直白地表达了对他的爱慕，余克平挤出来难看的生硬的一笑，盯了她的脸片刻摇摇头，此生不再谈这类事……纪梅的泪吧嗒吧嗒掉个不停，珍珠似的，牵扯疼人的心。 余克平把脸一侧，半句安慰的话也不吐口。

以后纪梅的努力是点点滴滴的，她倔强地认为只要努力就会有结果，可是花儿并没有如愿绽放。 一年后的某天，当年护校的同学——已从医学院读研究生毕业到邻近城市工作，在熙熙攘攘的人群里把纪梅找了出来，回忆当年对她的爱慕，却因为在校时的自卑险些错过花期，读研时什么没学就是练了几年胆，现在是来找她去结婚的。 天空似乎一道彩虹，纪梅没想到，在消毒水的味道中，那束鲜艳的红玫瑰在满天星碎小的花瓣及张扬绽放的百合花映衬下，瞬间收获了她的芳心。

纪梅多少年后还在怀疑，自己对余克平的努力像弹簧将达弹性极限，如果不是那位同学的及时出现，或许可能要超过限度。手捧满怀抱的大团儿鲜艳的玫瑰，一股香气逼醉了嗅觉，望着青春盎然的男孩子，纪梅心说，天哪，这就是传说中的白马王子？一尘不染的衬衣领口和袖口翻边，笔挺的裤子连侧缝都直线到地，洁白而富有弹力的运动鞋，满面春风，帅，真帅！当年怎么没发现有这么一个帅气的同窗？她先是浅浅地笑，继而在医院走廊上，在病人家属医护人员穿梭过往的通道上，笑声慢慢地水波一样传递开来，令许多人驻足观望。人们发现，有一个女护士笑出了满脸的泪花。

纪梅终于明白了，余克平是不属于她的。如果再继续延长，她如何走向崩溃连自己都无法想象。最后一次走进余克平家，纪梅提了两兜子不同颜色的鞋，高跟儿、中跟儿、平跟儿，皮制、布料，甚至草料的，尖头的、方头的、圆头的，系带的、吊带的、侧带的和没带的……简直准备开鞋店一般。余克平像往常一样平静地让座，倒茶，一言不发。

沉默的时间并不长，纪梅就开了口，这些鞋那时都是为了让你喜欢我才买的，我终于知道我们成了真正意义的两个世界。　我走不进你的世界，你从来也没想走进我的世界。　你以前的生活，将成为你一生无法抹去的生活，无法改变的生活。　你坚持一个人生活，其实是怕别人的进入让你回到从前，重复以前，再想到以前。　我理解，我退出！　我以前做了些蠢事，请你原谅，余大夫。　但我不后悔，永远不后悔。　再说了，谁不曾年轻过，是不是，余大夫？

纪梅离去后，余克平把那些鞋统统装进黑色的塑料袋，提到楼下扔进垃圾箱。

后来余克平能想起来纪梅的，是那次她急急地想吻他。　她没想到他会用那么大的力气猛地把她推开。　她愣怔在他对面，一时间不知该怎么办，脸上的红是紫青色中透着暗红，甚至呼吸都中断了片刻，堵堵地憋着气。　那个画面让余克平一直内心滋生出该给纪梅道个歉什么的，却终未实现。　女孩子当时那种无辜的眼神，深深烙进他的心房，令他每每夜深人静突然在大脑中回放那一幕，心儿混乱得一塌糊涂。　正如当年人家在他身边絮絮叨叨用科学论证要买走他妻子和那来不及出世的孩子时，他最终由愤怒变得无助无奈，他的心底十分的委屈和无辜……

人在委屈时，在无辜时，想做些什么？　余克平那时签上了自己的名字，十多年从医他签了多少回自己的名字啊！　可那一回签得一笔一画，有些力透纸背。

　　余克平的鬓角怎么花白的，他一点都没察觉。 一个人的日子，医院与家里两点一线，从不参与单位工作之外的活动。 在相当长的年月里，除了工作时思路清醒，医术越发优秀外，其他时间精神一放松，余克平常常会变成另外一个人。 目光硬硬的，盯着一个地方可能很久地走神。 电视也不看，书报杂志也不翻，只有一个爱好——喝工夫茶，小壶小杯，挑剔茶叶的品牌，从不减少哪怕任何一道程序。 他从不请别人同品，没有茶友，也没有其他朋友，只有病人和上了班见个面点个头不咸不淡的同事。

　　水滴石穿却穿不透人那一颗肉做的心灵，软弱有时比坚硬更坚硬！ 余克平的心，在多年的水滴石穿中反而被磨得包裹起一层又一层厚厚的老茧。 除了上班，他几乎与外界隔绝了。 大家多年来都没见过余克平笑，或许早忘记了他笑的样子，或许觉得他这个大夫根本就不会笑，就连他自己也发现自己的脸部肌肉僵硬得除了冷峻之外已不能笑了。

　　一个七月的夏季，院方觉得余克平多年把外出开会旅游的机会让给了别人，这次外科专家研讨会，如果他再让的话大家都很过意不去。 无论如何得让余克平去，从科室到医院，各层面领导频繁出面，甚至外科为此召开了一个专门会议，还进行了一次表演式的投票，余克平最终接受了这个安排，到千里之外的东北参加学术会议。

六天会议，其实只有第一天算是学术研讨，中间四天旅游，最后一天上午自由活动，下午参观当地一家在全国颇有名气的医学院。 研讨会开得很随意，一些代表在会上发言照稿子念，虽然主持人规定了每人的发言时间，但没有一位发言者不超时的，别的与会人员则喝水吸烟窃窃私语交头接耳，甚至闭目养神想心事或干脆打瞌睡。 反倒是会后大家的聊天比研讨的气氛更热烈。每人都领到一本研讨会上发表论文的红皮证书，至少以后评职称之类有些用处。 其中主办方之一的当地医学院的年轻副院长，给余克平留下深刻的印象，虽然四十多岁，却干练有加。 他主动与余克平搭讪，说对余克平那座小城还算熟悉，以前曾在那座城市的邻城工作，后来因妻子无理由非要来这里，便跟着调动过来。而且对于外科研究，他很有见地。 余克平觉着他与自己当年倒有几分相似。

旅游时人们兴高采烈。 长白山、千山、第一汽车制造厂、大连的老虎滩、旅顺口之类，大家玩得不亦乐乎！ 余克平感觉自身好像有了什么变化。 很久没有这样，没有工夫茶喝，不得不一次次与别人点头面对，不得不一次次把目光投向那些说着跟他根本不相干的话的人的脸上，他觉得自己真的变了，至少脸部肌肉松弛了许多。

最后一天上午的自由活动，大家或是拜会朋友或是去会议上没安排的自己情有独钟的哪里再游游，余克平哪儿也不想去只在宾馆耗时间。10点多门铃音乐轻快地响起。他答着话去开门，见是那位副院长，忙说请进。副院长微笑着点头说，我妻子想来见下你！余克平一愣，门外走廊上才出现了一个女人的身影。余克平说着欢迎欢迎，自己先退进屋，让座。待到把两杯水放在客人面前时，他从女人的脸上读出了熟悉。岁月无情，当年的纪梅如今已人到中年，卷曲的头发，精短而利落，有些发福的脸，仍然眉清目秀。两人谈了些什么，余克平后来几乎回忆不起来，但他只记得纪梅好像说，他会不虚此行的！

下午主办方特意安排参观医学院标本展览室，令所有参观者惊叹的是那件"镇院之宝"：一个女性身体的腹部半侧被立体分层地切开来，与另半侧隆起的形状相对应，可以清晰地看到皮肤、肌肉、脂肪、骨盆，尤其引人注目的是她那被胎盘膨胀起来的子宫里孕育成形的胎儿。小家伙斜身躺在妈妈的体内，双眼微闭，鼻梁挺挺，嘴唇饱满，一双胖乎乎的小手带着一连串的肉窝随意地摆在自己胸前，两条肉嘟嘟的小腿交叉蜷曲，可爱的小脚丫更是像模像样地迎向观者，整个呈现出一副睡美人似的优雅安详……

　　随着一双双震惊的目光，余克平同样无法相信自己看到了什么。他的全身一阵寒战，头皮发紧，闭了片刻的双眼再次睁开，他已听不到别人在议论什么，或是有人在介绍什么，作为外科医生的他，能够清晰地发现女人脖颈上那道缝合过的疤痕。近二十年过去了，以科技手段保护下来的女性的面部，竟延续着当年留在他眼里最后的表情，一切是那么平和，没有惊慌，没有疼痛，除了肤色外，他的妻子还像当年一样美丽。然而，这种美丽是伴随着一个女性最私密的地方向人类永远地敞开……当年因为穿着稍有暴露都羞涩和脸红耳赤的妻子，如今只能一丝不挂地昂首望着远方，站在一个圆形台座上，双手交叠环绕在腹的下部，永远地保护着静静睡在她体内的婴儿，怕动了胎气似的。

　　余克平想对女人摆摆手，去吸引她那仰视的目光，双手却软得毫无抬举之力。他对她说了一通话也只在自己心底，因为他根本失了声，只有泪像决了堤的水肆虐横流。

原载《延河》2011 年第 5 期

手机·梦魇及其他

——读奚同发小说《那一夜，睡得香》

郑积梅

一

　　手机，作为一种工业化产品，既是当代城市社会的象征，也是重要的信息载体之一。 手机在现代人的生活中成了一个不可或缺的组成部分，它不但是时尚的体现，也使人与人的沟通变得快捷与方便。 可是，手机也会给人们的生活带来麻烦，甚至产生梦魇及危机。 青年作家奚同发的小说《那一夜，睡得香》讲述的就是一个由手机引发的梦魇故事。

　　都市白领乔晓静和朋友、同事在生活和工作中平时大多通过手机联系。 一次，因为手机遗忘在美容院，服务员把电话打到她家中，老公替她取回了手机，在同事多次打她电话的情况下，老公替她接了这个电话。 在和同事的交谈中，乔晓静得知了老公接听自己电话的事情。 乔晓静原本以为手机一直在自己身边，狐疑老公怎么会接了她的电话，她便开始了各种猜测，怀疑老公复制了她的电话卡而对她实施监控。 这种监控堪比性质恶劣的强奸，完全是在强奸她的个体生存空间。 在一种愤怒的情绪之下，乔晓静原本正常的生活秩序被打乱，开始了一场梦魇之旅。 在那个再也睡不着的不眠之夜，她开始反思自己的婚姻生活，怀疑老公的不忠，但思来想去却不得要领，甚至想到要以毒攻毒去复制一张老公的电话卡对老公进行反监控。 后来证明是一场虚惊之后，那一夜乔晓静睡得香，但清早醒来心里还是对婚姻有隐隐的担忧。按照弗洛伊德的心理学理论，人的主体就是自我，这个主体在取得基本的口腹之欲后，就要寻求更高层次的安全需求和情感满足。 现代都市人物质层面的生活需求已不再是问题，可是要达到精神层面的真正快乐还有很长的路途要走。

二

　　手机是小说的叙事载体。《那一夜，睡得香》是一个由手机引发信任危机的梦魇事件，在乔晓静睡得香与彻夜难眠之间的转换中，她作为社会主体一分子纠结痛苦以及回旋往复的心路历程得到了彻底的展现。手机事件折射了人与人亲密关系的改变，甚至心与心之间的扭曲。乔晓静的手机事件总是会让我们想起刘震云的那部《手机》，这两部作品都是以手机引发的意外事件展示了现代人的情感信任危机。"手机"的文化符码能指的是现代科技技术，不幸的是，这样的现代科技技术却成了瓦解现代人心灵情感的助推器。《那一夜，睡得香》以隐喻的讽刺手法和批判的视野，对科技时代下的社会信任危机进行了深刻的剖析，以此表达了作者对当代社会生命个体身心创伤的关切。

这种关切不仅体现在奚同发写出了乔晓静的梦魇，还体现在他写出了这种手机梦魇的普遍性。"手机"表征的是物化，手机梦魇表明了手机对人的绑架，其言外之意是物欲对人的身心挤压，尤其是精神压迫更是苦不堪言。乔晓静是芸芸众生的一分子，是我们中的一个代表。我们都有这样的情景记忆，开车的人在用蓝牙耳机通话，工作中的环卫工人也在打手机，那么多行人拿着手机打电话、刷屏，饭桌上聚会的人们都在各自玩手机，甚至夫妻俩躺在床上都各自玩手机。他们都患上了手机强迫症，这几乎是一个全民被手机操控的时代。这种"手机控"现象会让我们想起网络上那张疯传一时的合成照片：左侧是大清王朝的长辫子们躺在榻上，手握烟枪，吸着烟泡，烟雾缭绕；右侧是当下人们拿着手机半卧的姿态，无论是依着床铺或沙发，他们的神态和表情，虽然相隔了百年，却出奇地相像。 在这里，手机被想象成另外一种形式的鸦片，压迫着早已脱去长袍马褂、剪去长辫子的现代人的心灵，他们被以手机为代表的现代科技所操控，这是现实生活中的 "你""我""他" 的手机梦魇。《那一夜，睡得香》的隐喻写作的深刻及批判视野的广阔由此可见一斑。

三

由手机引发的信任危机，不单单是乔晓静一个人。 读奚同发的小说《那一夜，睡得香》会让人不由自主地想起 2004 年冯小刚导演的贺岁大片《手机》。 电影取得了 5300 万元的票房业绩，并且也在社会上引起了相当大的社会反响。 电影根据河南籍作家刘震云的同名小说改编，幽默、诙谐的剧情其实讲述的是一个悲剧故事，既有婚姻的悲剧，还有社会的悲剧。 手机是贯穿整个影片故事的一条主线，故事情节的发展与男主角最终的事业和家庭的悲剧的产生，都直接或间接地是由手机所引发的。《手机》里的世界充满了脱口而出的谎言与习惯成自然的欺骗，那是一个缺失了诚信的现代生活浮世绘。 影片其实关注的是"手机" 这一现代通信工具所表征的现代人的异化以及深层的社会伦理危机，影片在带给我们幽默和笑声的同时，更多的也促使我们对现实社会生活进行更深层次的思考。

在这个谎言陷阱泛滥成灾的时代，哪怕是社会名人，一旦被发现失去了诚信底线，都会招致公众对他的信任危机。不可否认，手机这一现代通信工具的出现在某种程度上拉近了人与人之间的空间距离，但也拉大了人与人之间的心灵距离。在面对面的人际交流时，人际沟通是整体性的，说谎需要很高的技巧和很强的心理承受能力，才能进行不动声色的谎言表达。稍有不慎，哪怕只是一个不自然的眼神，马脚都可能露出来，都有可能被对方识破。而在使用手机进行交流时，对话的双方不具有在场的情景性特征，这就为说谎提供了便利，同时也设置了陷阱。《那一夜，睡得香》采用了"据说"这样道听途说的方式，讲述了一个著名的贾作家利用手机说谎又被当面戳穿表明他失去了做人诚信底线的事情。虽然他的日常文章总是劝人行善、厚道、诚实，但他自个扯起谎来毫不逊色于他写美文、写小说。当谎言当面被戳穿，他还能脸不改色泰然处之。作家掉进了手机交流的陷阱，难怪采访者对其人品产生怀疑。在这里，手机的使用很大程度上降低了说谎成本，说谎者不再受通话时表情和动作的限制，就可以轻松地蒙混过关。手机在某些时候使得人与人之间的关系混沌化，谎言也更不容易露出马脚来，也使其在人际沟通中的掩饰性功能尤其突出。因此，飞速发展的经济，日新月异的科技，这些虽然也给人们带来一定的和谐、幸福与快捷，却也会带来人性中阴暗面的泛滥肆虐，上文中的诚信这一人类优秀的传统美德被科技工业文明推向了万劫不复的深渊。

四

手机作为"掌上工具"的广泛使用，表明现代人不同生活空间的相互入侵，手机普适性的使用深刻地影响着现代人的社会生活。 不受时间、空间限制的手机交流，使得现代人的生活呈现出碎片化、片断化和浅表化等特征。 手机成为现代人嘴巴和耳朵的延伸，借助于手机这个支点与杠杆，人们讲出的话语传得更远，人们的耳朵也能听得更远。 各种品牌形状却冷冰冰的手机代表着的是物性，这种物性又时时刻刻压迫着现代人的身体和心灵。 手机不仅窥探着他人的隐私，还记录着自我的恶行。 此所谓"成也手机，败也手机"。 少年为了买一部心仪的手机，竟然不惜几千元卖肾。 这样的新闻让人读来如此的触目惊心。 果真"成也手机，败也手机"吗？ 其实不尽然。 因为手机本身并不会撒谎，手机只是撒谎的被动载体，撒谎的是使用手机的人。 当人们在使用手机撒谎的时候，手机事实上成为一种隐秘的心理空间，它也因此具有了伦理学意义。 正如金钱作为一个等价交换的流通物一样，金钱本身是没有善恶之分的，当金钱成为社会中价值与道德水准的衡量标杆时，金钱就具有了伦理色彩。 人们在指责手机的时候，不应该停留在表层的工具性层面，而应该探求以手机这种现代通信工具为表征的人的异化与社会伦理危机。 手机在现代社会生活中就像一把双刃剑，它不再只为使用者服务，也可能毁坏使用者的理想生活，包括那赖以使用手机的身体，人的异化与社会伦理困境也凸显出来。

乔晓静的手机事件是小说的一条叙事主线，《那一夜，睡得香》采用了红线穿珠的写法，反思当下社会生活的悖谬，这也是作者奚同发的高明之处。"段子是手机时代的产物，也是这个时代人们生存的特征之一。""全民娱乐至死的时代，连多少我们以前的英雄和历史人物都被重新拿来娱乐。 比如，谁的手机里能没有几条段子，玩笑一下政治、历史、英雄、国家领导人，继而玩笑一把身体或性呢? "这样的手机段子直接的效果是幽默与搞笑，初看会莞尔一笑，但很快就会让人觉得匪夷所思，这些段子其实是对正义、严肃的消解，也表明了现代人思想的贫瘠与生活的匮乏。 段子内容本身缺乏对人、对事、对人的尊严及情感与价值的尊重。 当过度压抑人欲时，国人集体地摧残人性; 当释放人性与欲求时，国人又不知克制与检点，再次深度地伤害人性。 曾经的英雄和历史人物现在成了被赏玩的对象，成为一种消费符号，他们被消费、被用以营利、被娱乐的被动性质很明显。 这是一种将历史消解为物质载体而忽略精神载体作用的悲剧。

《那一夜，睡得香》也对现代都市一些人"手机控" 的生活方式进行了批判。 办公室咫尺之间的交流却还要通过 QQ 等方式，小小的办公室格子间隔开的不仅是物理空间，还有人与人的心灵交流。 便捷的现代通信方式改变了人与人之间的交往，但也拉远了心与心的距离。 冷冰冰的网络通信无法触摸心灵的孤寂，而末位淘汰的竞争机制直接导致了年轻记者的坠楼，甚至他的同事对他坠楼身亡前的所思所想都漠然不知。《那一夜，睡得香》的现实指向性与现实批判性非常明确，批判的是那种片面追求高科技的不良风气，也尖锐地揭示了在一些所谓的现代生活方式的机制下，人与人之间的冷漠，优良传统道德的沦丧。 技术是一把双刃剑，既能造福人类，又能给人类带来灾难。 技术把人与人之间的距离拉得很近，但又把人与人之间的距离推得很远。 信息化技术越来越发达，但人与人之间心灵的交流与沟通却变得日益困难，信息化社会里的情感交流变成了一个难题。 这也是信息化社会里的人们正普遍经历的一种尴尬境地。"文学的性质之一义，就是应该思考人类关心的永恒问题。"[1]《那一夜，睡得香》在反思科技语境下现代人的异化生活，心灵家园不该荒芜，人类的精神世界更不能失去信任。

　　"囚徒困境"是博弈论中的一个著名例证，即甲乙两个同案犯被隔离审讯，审讯的结果原本会有三个。 第一，两个都不招，因为证据不充分，2 人都只判 1 年。 第二，一方招了，被认为是立功表现，功过抵消，无罪释放；而另一方属抗拒从严，判 10 年。第三，2 人都招了，则各判 5 年。 结果是两人都争先恐后地招了，最后也实实在在地各判了 5 年。 这个例证让我们看到了人与人之间彼此信任的价值。 当信任缺失的时候，人与人之间很容易就沦为孤危的个体，因信任缺失而招致的危害也必将接踵而至。

　　"在步入后现代社会的今天，以至于科技理性膨胀、人与自然紧张对立、人文价值失落、道德沦丧、人际关系疏离、传统价值系统不断解体。"[2] 按照弗洛伊德的心理学理论，人具有主体意识，主体意识调节和抑制着欲望。 而在这个被喧嚣与怀疑充斥着的时代，现代人的内心无时无刻不在发生着剧烈冲突。 物欲与情欲就像太极图中的阴阳鱼相生相克，被各种欲望所裹挟的现代人就在欲望的围城中左冲右突。 中国人几千年的传统文化中建立在道德基础上的信任感正受到前所未有的巨大冲击，对金钱和欲望无止境的追逐让太多的人不择手段，价值理性被抛弃，谎言满天飞，人们之间的信任关系被极大地破坏。 欲望的肆意妄为和价值理性的扭曲、断裂，使现代人的主体意识也日益贫乏化、碎片化，他们的文化精神领域发生着前所未有的震荡，曾经的社会伦理与价值体系经受着日新月异的挑战。

<h1 style="text-align:center">五</h1>

海德格尔说："人应该诗意地栖居在大地之上。"我们需要一种信仰，需要构建一种新的价值伦理，需要一种精神归宿，我们的内心在焦虑、迷茫、彷徨、不知所措、苦闷难言的时候，需要有一个以信任为基础的可以安放心灵的花园。手机给我们的生活带来了诸多便利，它不该成为一个危机四伏的"手雷"，作为现代都市人的我们不需要小说主人公那样焦虑难眠，我们不仅需要一夜睡得香，更需要夜夜都身心放松睡得香。"天将降大任于斯人也，必先盗其QQ，封其微博，收其电脑，夺其手机，致其焦躁无聊，只能专注学习，使其不挂科也！"这样的微信段子的调侃应该仅限于调侃，在理性享用现代高科技所带来的快捷便利的同时，我们还要有清醒的自省意识，在现实生活的异化危机面前，我们要突破现代困境，抛弃指责与谩骂，重新唤醒我们自己的主体责任意识，信任彼此，相互扶持。这样或许会让我们获得身心的诗意栖居。

参考文献：

[1]曹文轩.二十世纪末中国文学现象研究 [M].北京:作家出

版社,2003：442.

　　[2]石义华,赖永海.工具理性与价值理性关系的断裂与整合[J].徐州师范大学学报(哲学社会科学版),2002,28(4):100—103.

　　　　　　　　原载《河南理工大学学报》2015 年第 2 期

　　(郑积梅,女,华东师范大学文学博士,现工作于郑州师范学院文学院,主要从事中国现当代文学研究)

我们都没有活成自己的理想

——奚同发小说的新新闻主义特征

李少咏

一

在今天的大时代背景之下——如此强大的商业硝烟笼罩了我们生活的每一个角落，当然也包括小说写作与出版，找到我们真正想读的小说是一件奢侈的事情。不是没有，是你很难在浩如烟海的书山中正好"遇到"你要找的那一本。作为一个比较资深的小说读者，我是比较幸运的。我虽然在读书方面是一个比较自私的人，却也不想独自拥有这一份幸运。所以，我把这一份幸运公之于众：就像张爱玲说过的，在时间的无涯的荒野里，我在一个普通的地方，凭借一个普通的机缘，读到了奚同发先生即将素颜面世的小说集《你敢说你没做》。

在我的阅读印象中，客观地说这并不是一本被我归入文本经典的大书，却绝对是一本值得读读的好书。 因为，它有让自己从浩如烟海的中国小说中卓然独立出来的几个特征。 概括说来，里面的多数作品，体现出一种可以贴上奚同发商标的特征，一种只有一个有着深厚的职业素养和人文良知的新闻记者才写得出来的奚同发牌新新闻主义特征。

再具体一点说，奚同发在他的小说写作中，有意无意地打造了一把样式也许笨拙了一点却如被古老中国的巫师施了魔法一般犀利无比、灵性慑人的手术刀，足以从随便一个角度一个方位切入时代灵魂的秘密之中，把它巧妙地描绘出来向我们展示。 对于始终想要别人站在和我们同样的视角看待世界的我们芸芸众生来说，这实在也是绘出了一幅幅我们自己灵魂的画像。

二

每一个时代的人，其实都不可能站在另一个时代人的角度去看问题。 所有的信仰，或者没有信仰，都还不是最可怕的，最可怕的是人们之间失去了相互理解因而也失去了宽容与彼此尊重。一旦出现那样的情状，历史将无从读写。 避免这种情形出现的途径之一，是在我们的文学艺术作品中尽最大可能保有一份真实与淳朴。

20 世纪六七十年代，一种重视对话、场景和心理描写，不遗余力地刻画生活事象的小说频繁出现在美国的《纽约客》《乡村之声》和《老爷》等杂志上。 汤姆·沃尔夫、诺曼·梅勒、杜鲁门·卡波特和亨特·汤姆逊等人，由此声名鹊起，主导了一个时期的美国文学走向。 这一浪潮被人们称为新新闻主义小说浪潮。这个浪潮最初是从新闻界发轫的，上述几位今天已经被奉为经典作家的小说家，无一例外都是新闻记者出身，有的还是终身新闻从业者。 他们的出现并非上帝拇指的偶然灵机一动，而是生活和历史的必然。

就美国而言，随着现代社会生活的不断变化，上个世纪中叶的广大美国读者已经不满足于传统新闻报道对于何时、何地、何事的回答。 为满足读者了解新闻事件来龙去脉的要求，有些作者开始在写作中杂糅进故事情节、人物形象、情景描绘、心理活动等传统文学的固有手法，甚至把电影、戏剧、音乐、绘画等艺术手段都调动起来，形成一种别具风格的小说。

诺曼·梅勒于 1968 年出版《黑夜的军伍》，以小说的方式，记叙美国好几十万人民齐集华盛顿举行反对越战大游行的经过。 他自称这本书的本质特点是把"历史当小说，小说当历史"。 与传统小说相较而言，传统小说往往是虚设一个亦真亦幻的艺术世界，而梅勒他们这样的非虚构的作品则重在叙述具体的事实。更为重要的是，它们在写作过程中被作者巧妙地插入了自己的灵魂，更能够引发读者对于我们的生活世界的思索与追问。

所谓新新闻主义小说写作特征，在奚同发的创作中主要体现在这样几个方面：一是描写戏剧性的场面，使得小说情节更加生动引人注意；二是用相当篇幅描画人物的服饰、表情、眼神、手势等以及人物所处环境的细部，画面感很强，读起来不时有身临其境之妙；三是叙述视角的自由转换与拼合，应和着我们这个时代的生活情状瞬息万变的现实，最终自然而然地提出一个两个社会问题，引发读者做更深入的思考。

作为一个新闻从业者，奚同发在他的小说创作中有意无意地打造出一把锋利的手术刀，游刃有余地切割、解剖，为我们画出了一幅时代灵魂秘密的真实图景。

三

小说《那一夜，睡得香》的女性叙事人乔晓静，是一个和现实中的作者奚同发同行的、受过现代高等教育的女记者，而且是一个工作做得风生水起的优秀记者，有着让世俗中不少人尤其是新闻业内同行们艳羡的行业标签——首席记者。 这样一个算是成功白领的职业女性，当然不会缺乏独立自主意识。 却由于一个偶然的事件，引发了对丈夫的猜疑，为自己的生活不由自主地抹上了一份色彩斑斓却绝不是自己所喜欢的类型的生活暗影。 这样的故事，当然少不了一系列的心理活动与纠结，还有叙事人对往事的要么甜蜜要么疼痛的回忆。

依照以往的中国小说阅读体验或者说叙事常规，我们很容易推测出故事的走向，最终的处理最多的可能会简单化甚至媚俗化。 但是，"狡猾"的奚同发让我们惯常思路下的期望与推测落空了，他没有沿着我们惯常期望的思路去营造一个逗我们一咧嘴的故事。"老奸巨猾"的奚同发大概也很明白，对于一个真正有自己的艺术追求的小说家来说，解决问题并不重要，重要的是提出可以成为问题的问题。

身为省会一家重要媒体的首席记者，乔晓静的聪明能干自不待言，业务能力更不必说。 一个不用到场便能够把一场重要的会议报道写得花团锦簇的小细节的展示，便让她工作的得心应手、游刃有余翩然由纸上来到我们面前。 这样一个妙人，经济上的独立不说你也明白吧！ 小说中没有明确描绘作为女主人公的乔晓静的花容月貌，根据现实规则想象一下应该也不差。 丈夫经营一家还算够得上档次的公司，家有一宝贝女儿，从外人眼光看来，家庭也算得上十分圆满了。 在她身上体现了一个现代都市女白领的全部特征，外表时尚，内心传统，上得厅堂，下得厨房——难得的优秀优雅优异的都市女性了。

悄无声息间，一个短信和旁人的几句闲话引起了诸多猜疑，让乔晓静怀疑自己的行踪被丈夫监控了。 回忆起两人相识之初，当年乔晓静刚参加工作，对爱情并非没有憧憬，一直忙于工作，不知不觉都过了二十八岁。 作为一家还算有点档次的公司老板的柳斐然只是她一个采访对象，没有想到此人竟然对她采取性侵的方式，还使她怀了孕。 乔晓静该怎么办？ 该怎么面对这件事？ 这个犯罪行为最后的解决方式让人想到张爱玲的那段关于红玫瑰和白玫瑰的名言。 受过的高等教育，现代职业女性的身份，还有从少女时代就开始千百次憧憬的爱情童话，对这件事全都构不成任何影响，乔晓静的选择和一个庸常女性的选择没有任何区别。恨嫁的压力吗？ 女性的软弱吗？ 父母亲人的反应是只看到这是一个还算合适的结婚对象，结局并不坏。 至于乔晓静遇到了什么伤害，没有人关心，心中的仇恨也许会淡漠，不信任的种子始终留在心中，遇到合适的机会，就会生根发芽。

所以乔晓静在愤怒中想起那条短信——手机监听卡广告，动了反监控的念头。 办，还是不办？ 在进行的过程中，突然，乔晓静识破了办卡公司本身也是个骗局，终止了反监控丈夫柳斐然的想法。

　　最后，同样平凡得不能再平凡，误会冰释，柳斐然没有监控她，柳斐然是清白的。 整件事情过程中，乔晓静心中想了些什么，经历了些什么，柳斐然一无所知，甚至连一丝异样都毫无察觉。

　　小说里有一个细节，是奚同发的手术刀奉献给我们的一幅稍微细想一下就会惊心动魄的现代人的灵魂困境的画面。 当乔晓静在网上搜索关键词"复制电话卡"，出现了上百万条相关链接目录。 还有其余部分的细节，均让我们意识到，信任的缺失。 乔晓静受到生理上的性侵犯，无数人受到的是心理上的侵犯。

　　性爱原本拉近男女之间的关系，是男女之间相互获得信任的一个捷径。 柳斐然却从来没有得到过乔晓静的信任，不曾在夫妻关系中得到救赎，始终背负着自己的原罪。 即使柳斐然经过婚姻的开光加持，充分以一个"五好男人"的形象出现在大家的面前也一样无济于事。 小说如冰山一角，生活的暗礁，没有揭示出来的更多。 也许是奚同发更懂得怜香惜玉关爱女性吧，小说在叙事过程中对乔晓静的感情给予了充分的尊重，柳斐然的形象却单薄了许多。

　　只是，提出了一个我们司空见惯却很少深思的问题，并没有提供现实的解决方案，生活还得继续。 这同样是我们的时代灵魂秘密之一种吧！

四

　　奚同发让人惊愕的，还有一个容易被他帅气干练常常一脸微笑的外表所蒙蔽的地方，就是喜欢讲一些关于"一念之间"的故事。作为一个已经人生过半的读者，我几乎是借了奚同发的手术刀把自己给丝丝缕缕地解剖了。读着小说，感同身受：人生既不像你希望的那么好，可也不像你想象中那么糟糕。万事万物男男女女无一不在纠结中度过，什么才是我真正想要的？什么是我不想要的？得不到我想拥有的，能不能做到拒绝我不喜欢的？

　　作者多篇小说都在讨论这个问题。乔晓静从来没有爱过柳斐然，依然可以琴瑟和谐度过这一生。对比姜小瑶（《日子还将GO ON》），很难说谁更幸或更不幸。一只翱翔天空的雄鹰，努力抗争之后，一个桀骜不驯的自由灵魂消失了！仅此一点，比人类好多了，不要说努力抗争，心理上纠结过，已算得上还有灵魂。（《你敢说你没做》）是呀，你敢说你没做？小说《彼此》中的邹晓亮，一个本应风华正茂的青年记者，无冕之王；董震欧，靠关系招警进入派出所，靠警察小说维持工作热情等等。无不在自己的人生中苦苦挣扎。日子还将 go on（继续），我们都在卑微中活着。

小说《出卖》中的外科大夫余克平，是一个众所公认的骨干精英，妻子美丽且贤惠，夫妻感情极好，即将迎接一个小生命的到来。面对年轻同事纪梅的追求，余克平毫不动心，称不上大才大德，却也是作者笔下少有带有显明亮色的一个人物。在生活遭逢大难之际，违背自己的本心，捐献出妻子的遗体，造成终生伤痛。余克平为什么会做出这样的选择？想想纪梅那句，他会不虚此行，何其恶毒。

余克平一念之间出卖了妻子的遗体，冯松林一念之间错过红叶，王五魁一念之间做了错事（《当我想你的时候》）。人生多少事都在一念之间。虽说性格决定命运，人不单活在自己的命运中，也活在他人的命运中，最后都是日子还将 go on。

所有喜怒哀乐悲欢离合，都在时间的流逝里打着转，痛苦的时光没有停下，幸福的日子也不会静止；那些在当时了不得的时刻，都只不过是一闪而逝的镜头，生活却是一日一日天长地久的重复。

我们都没有活成自己的理想。

五

怀抱着一份优秀新闻人的知性与良知、理解和宽容之外，奚同发尽了自己最大的努力站在多元视角去看待世界，并竭力将其描绘出来，是这种营养的汁液让他的小说如此饱满立体。 他在用那把锋利无匹的手术刀切割、解剖我们时代的灵魂，写的是关于现实中无迹可寻的人类精神困境的小说，却如此地充满了结结实实的肉身感。 虽然这里的肉身更大的可能还是指理智、情感、精神这样一种意义上的东西，毕竟奚同发给了我们一个不啻石破天惊的启发：一时一代的人类只是视角不同，并不是艰难到只能通过肢体语言和单音节语气助词进行交流。 如果完全抽离了这样的肉身，又会如何？ 不是始终想要别人站在和我们同样的视角看待世界，而是完全不去思考别人的视角与自己的视角的不同，一味地自吟自唱，恐怕只能是描画出一个让我们感觉彷徨无地的苍凉世界。 在这个基础上重现的古典美学，似乎也毫无美感可言了。我们的文学市场现今正是充斥了这样一种没有肉身的僵硬堆砌物，只因为这一点，我就有了十分的理由向和我一样喜欢读书的朋友们倾力推介奚同发的小说。

我们常常纠结于长日入夜之后，我们的火光又在哪里？ 去往何方？ 我想，读读"老奸巨猾"的奚同发手术刀下这些有着莽古洪荒时代的巫师咒语一般神秘力量的小说，大概我们可以多睡几个梦见理想的火光的觉了吧！

原载《莽原》2018 第 2 期

（李少咏，文学博士，中国当代文学研究会会员，被誉为"河南文学评论第一人"。现任洛阳师范学院教授，博士、硕士研究生导师。出版有文学评论集《没有人看见草生长》，曾获河南省社会科学优秀成果奖、河南省文学奖等）

后记:从泡茶说起

应该是二十多年了! 那时郑州还没开几家茶馆,有一天,来自陕西同乡经营的"紫盛和"通过朋友约我。 于是,第一次喝到用紫砂茶具冲泡的工夫茶。 不几天,我另约了作家李佩甫同去。当时,他写的电视剧《红旗渠的故事》正在央视热播——约他一起去,也算帮着刚结识的同乡的茶馆扩大点知名度。 本设想能像南方生意人可以在静静的茶馆里谈谈生意聊聊天,岂知中原人多是以酒招待来客——无酒不成席,坐茶馆喝一通茶不过瘾,而后还要去饭店再喝个三瓶四瓶不醉。 因此,来者多以为加上喝茶,等于钱花了两次,不划算……

同乡的茶馆在郑州的经营并不成功,很快撤出。 我却因此明白了茶还可以这样喝,于是乎,自己置办了一套紫砂茶具,喜欢上了泡茶。 先在自家书房自泡独品,后也三两次约友人共赏。

后来，便有朋友细心热情地从外地给我带来各种茶或茶具……随着茶具的增多，我买了与茶相关的书籍，如《茶缘》《品茶》等!

关键是再后来我开始在办公室泡茶，便有同事常隔了几个门来喝，均自带杯子。不久，各部室同事纷至沓来，大有供不应求之势——我立即置办了一个较大的紫砂茶台。只要我到办公室，便可能有人接了一壶凉水送来，等我泡茶。甚至一位美女同事说，喝了一个冬天我泡的茶，竟然水水的皮肤，没有一次感冒!如此下来，武夷岩茶、云南普洱自不必说，安吉白、桐木关的正山小种、斯里兰卡的锡兰红，西湖龙井、太平猴魁，台湾华冈、安化茯茶，等等，许多我之前只在书本上看到的茶类，经诸多朋友或同事，纷纷来到我的手中。我则常常泡了与大家共品。从中，我与大家分享着茶所带来的快乐!

我的小说集常常配有其他作家的题词和推荐，也就是类似的意思。我在上一部小说集《雀儿问答》后记《分享与传染》中有所表达，那就是:"快乐与悲痛一样，人的情绪都有传染的能力。"本书插页的题词旨在与大家分享:陈忠实提醒我们，一部成功的作品关键是"能否让人物立住"。贾平凹则强调语言在文学写作中的重要性。毕飞宇那么认真而耐烦地写了长长的一段话，既是写作者的表情，也是写作的个性视角。王安忆让我看到一个作家在处理题材存在先天缺陷时"自信的力量"。毕淑敏以诗的语言，阐释了小说的存在意义。 先锋作家马原对现实的认识，极为特殊和别样。

本书开篇的中篇小说《那一夜，睡得香》，受到李佩甫、墨白、李少咏等多位作家、评论家的高度评价，文学博士郑积梅为此撰写的研究文章《手机·梦魇及其他》在国内学术期刊发表，本书原文转载。

书中收录了我各时期发表的小说，最新的是 2017 年开年之初发表的《求离》，它们与小说集《雀儿问答》一起，构成了我几乎之前最重要的创作积累。 为了还原或记录早期写作的毛糙，也包括较早时间发表的个别篇什。 虽然我为自己曾写过那样的作品而羞怯，但我仍要感谢过去，感谢在那些最可能被人忽略的成长的日子里，有人鼓励和相助。 另外需要说明的是，本书的作品排序没有按照惯例以时间或类别，而以中篇、短篇相应穿插，或许与我作为报人有关，主要考虑长短搭配方便读者阅读的节奏及舒缓——也是无序中的有序吧！

感谢萌萌师妹，值一年一度的上海书展之际，穿梭于各项活动的间歇为我辛苦作序。 感谢墨白兄一贯对我的厚爱，在他长篇小说创作间隙金子般宝贵的时间中，仍然舍得切割一块，来阅读我的小说，并欣然作序。 还要最最隆重感谢李一鸣先生，在我的书即将付梓之际，他还能几度修订并百忙之中写来那篇令我动容的序文。 这些文章,其实是在谈他们各自的文学观念和理想,所以,一并与大家共赏。

　　最后,我还要向读者和出版社表示谢意。 虽然写作是个人的事,但因了读者的分享,就有了不同的意义。 基于此,我能不断写下去。 虽然电子书如今占据半壁天下,但我仍喜欢半躺在床头或沙发,手捧一本纸质书的感觉。 我相信,还有许多朋友与我一样坚持。 感谢出版社成全,让这部书能以纸质呈现,从而使得人类最重要的传统阅读方式的延续成为可能!

　　　　　　　　　2018 年 7 月 9 日修订于郑州凤凰台白水轩

图书在版编目（CIP）数据

你敢说你没做/奚同发著. —郑州:河南文艺出版社,2019.4

ISBN 978-7-5559-0749-7

Ⅰ.①你…　Ⅱ.①奚…　Ⅲ.①小说集-中国-当代
Ⅳ.①I247

中国版本图书馆 CIP 数据核字(2019)第 063534 号

出版发行　河南文艺出版社
本社地址　郑州市郑东新区祥盛街 27 号 C 座 5 楼
邮政编码　450018
承印单位　河南瑞之光印刷股份有限公司
经销单位　新华书店
纸张规格　890 毫米×1240 毫米　1/32
印　　张　12
字　　数　222 000
版　　次　2019 年 4 月第 1 版
印　　次　2019 年 4 月第 1 次印刷
定　　价　28.00 元

印厂地址　河南省武陟县产业集聚区东区(詹店镇)泰安路
邮政编码　454950　　电话　0391-2527860